TOCHTER
EINES NEUEN
MORGEN

WEITERE TITEL VON MARION KUMMEROW

MARION KUMMEROW

TOCHTER EINES NEUEN MORGEN

Übersetzt von Tora von Collani

bookouture

Die Originalausgabe erschien 2022 unter dem Titel
„Daughter of the Dawn"
bei Storyfire Ltd. trading as Bookouture.

Deutsche Erstausgabe herausgegeben von Bookouture, 2023
1. Auflage Juli 2023

Ein Imprint von Storyfire Ltd.
Carmelite House
50 Victoria Embankment
London EC4Y 0DZ

deutschland.bookouture.com

ISBN: 978-1-83790-680-2
eBook ISBN: 978-1-83790-679-6

1

PLAU AM SEE, FRÜHLING 1944

Margarete Rosenbaum alias Annegret Huber verließ das Gutshaus, in dem sie lebte, und bat ihr Faktotum Nils, sie in die nahegelegene Stadt Plau am See mitzunehmen.

Am Marktplatz angekommen sagte sie: »Während du mit den Besorgungen beschäftigt bist, treffe ich mich mit einigen der Damen. Hol mich bitte in drei Stunden wieder hier ab.«

»Natürlich, Fräulein Annegret.« Der alte Mann nickte. Inzwischen waren die meisten arbeitsfähigen Männer eingezogen worden, und der über sechzigjährige Nils war einer der wenigen Angestellten der Hubers, der noch für sie arbeitete.

Drei Stunden waren mehr als ausreichend für einen Kaffeeklatsch in der kleinen Bäckerei, die zum Treffpunkt der nicht erwerbstätigen Frauen der Stadt geworden war. Doch zuerst musste sie eine andere Person aufsuchen: den Mann, den sie liebte und der ihr, wie sie hoffte, bei einem dringenden Problem in ihrer Rüstungsfabrik helfen konnte. Im vergangenen Sommer hatte sie sich in Stefan verliebt, und seit er sie vor einem Mordversuch gerettet hatte, wusste er auch über ihre Vergangenheit Bescheid.

Neben ihrem Gutsverwalter Oliver und dessen Frau Dora,

die gleichzeitig Annegrets Dienstmädchen war, war Stefan die dritte Person, die ihre wahre Identität kannte: eine jüdische Frau, die sich für die reiche Nazi-Erbin Annegret Huber ausgab.

Nachdem sie inzwischen seit mehr als zwei Jahren unter diesem falschen Namen lebte, vergaß sie manchmal selbst, wer sie wirklich war. Deshalb genoss sie die Momente mit Stefan, wenn sie ganz sie selbst sein konnte.

Natürlich durfte niemand etwas von ihrer wachsenden Liebe erfahren, denn die Oberschicht der Stadt wäre schockiert, dass Fräulein Annegret sich für einen einfachen Fischer interessierte. Die politische Elite hingegen würde noch mehr Anstoß daran nehmen, dass sich Annegret als überzeugte Anhängerin der Nazis zu einem Mann hingezogen fühlte, dem Sabotage vorgeworfen worden war und der deshalb als politisch unzuverlässig galt.

Wenn sie wüssten, dass Annegret nicht die war, die sie zu sein vorgab! Nervös kicherte sie, wurde aber sofort wieder ernst. Sie hatte bereits einen ziemlich unangenehmen Vorgeschmack darauf bekommen, was es bedeutete, wenn jemand hinter ihr Geheimnis kam.

Sie schob den Gedanken beiseite und beschleunigte ihre Schritte Richtung Kai. Trotz ihrer Ungeduld, Stefan zu sehen, blickte sie sich sorgfältig um, ob jemand sie beobachtete und sich womöglich fragte, wohin sie ging.

Stefan stand auf seinem Boot und nahm den morgendlichen Fang aus. Nach einem weiteren schnellen Blick über die Schulter, hielt sie an, um mit ihm zu sprechen. Wie immer, wenn sie Stefan sah, durchflutete ein warmes Gefühl von ihrem Herzen ausgehend ihren ganzen Körper. Es war nicht nur sein raues Aussehen mit dem flachsblonden Haar, den blauen Augen und breiten Schultern, das sie liebte, sondern auch seine wunderbare Persönlichkeit. Doch über alles liebte sie ihn dafür, dass er einer der wenigen guten Menschen auf der Welt war, die nicht den Blick abwandten, wenn Juden und andere Unglückliche von der Naziregierung verunglimpft oder misshandelt wurden.

»Guten Morgen, Herr Stober«, rief sie, um ihn auf sich aufmerksam zu machen, wobei sie sich zu seiner Linken stellte, denn seit einer Explosion in seiner Fabrik war er auf dem rechten Ohr taub. Diese Explosion hatte ihn nicht nur sein Gehör, sondern auch seine Arbeitsstelle gekostet, weil die Nazis ihn der Sabotage bezichtigt hatten und ihm schließlich verboten, weiter als Chemieingenieur tätig zu sein. Stattdessen verdiente er seither seinen Lebensunterhalt mit dem Fischerboot seines Großvaters.

Kaum blickte Stefan auf, erschien ein strahlendes Lächeln auf seinem Gesicht. Um den Schein zu wahren, siezten sie einander in der Öffentlichkeit. »Guten Morgen, Fräulein Annegret. Was führt Sie zu so früher Stunde hierher?«

Mit klopfendem Herzen fragte sie sich, wie sie das heikle Thema am besten ansprechen sollte. »Heute Morgen einen guten Fang gemacht?«

»Gut genug«, antwortete er und legte das Messer weg, mit dem er die Fische gesäubert hatte. Er ging zur Reling, lehnte sich darüber und spülte sich die Hände mit einem Eimer Wasser ab, bevor er sie an einem Handtuch trockenrieb. Dann hielt er ihr die Hand hin, damit sie an Bord kommen konnte.

Margarete schüttelte den Kopf und trat instinktiv einen halben Schritt zurück. »Nein, nein, ich bleibe besser an Land.« Schlimme Erinnerungen überfielen sie und versetzten sie zu dem Felsvorsprung oberhalb des Sees zurück. Ihr gesamter Körper versteifte sich schmerzhaft, als sie in den Abgrund blickte. Das schwarze, eiskalte Wasser hielt sie in seinem Bann, wollte sie hinabziehen unter die Oberfläche, sie verschlingen und ihr alles Leben aussaugen.

»... in Ordnung?« Stefans tiefe Stimme erreichte sie und riss sie aus der Todesangst, die sie im Griff hielt.

»Ja, ich war nur ... Für einen Moment ...« Sie brauchte es nicht auszusprechen, denn sie wusste, dass er verstand. Er hatte sie aus dem tödlichen Wasser gezogen wenige Sekunden, bevor sie ertrunken wäre. Als sie sich wieder gefasst hatte, sagte sie: »Ich bin gekommen, um dich um Hilfe zu bitten.«

Stefan warf ihr einen prüfenden Blick zu. Aus der Art, wie seine Augenbraue zuckte, schloss sie, dass er wusste, um welche Art von Hilfe es sich handelte. Wie um ihre Einschätzung der Situation zu bestätigen, fragte er: »Wäre es nicht besser, dieses Gespräch hier an Bord zu führen, wo keine neugierigen Ohren lauschen können?«

Sie nickte zögerlich, nahm all ihren Mut zusammen, um einen Schritt nach vorne zu machen, und murmelte: »Hoffentlich bereue ich das nicht.«

Wieder streckte Stefan eine Hand aus und diesmal legte sie ihre zaghaft hinein. Seine Finger umschlossen sie beruhigend, während er sagte: »Immer sachte.« Dann führte er sie aufs Deck.

Margarete seufzte hörbar vor Erleichterung, als ihre Füße fest auf den Holzplanken zu stehen kamen, was Stefan ein Schmunzeln entlockte. Der strafende Blick, den sie ihm zuwarf, ließ ihn sofort wieder ernst werden. Auch wenn sie sich der Albernheit ihrer Angst bewusst war, konnte sie sie nicht abstreifen. Als Jüdin, die sich seit einer gefühlten Ewigkeit als deutsche Erbin ausgab, war sie täglich mehr Gefahren ausgesetzt, als ihr lieb war, und dennoch war es das Wasser, das sie am meisten ängstigte.

»Setz dich doch, solange ich den Fang ausnehme«, lud Stefan sie ein.

Obwohl sie alleine an Bord waren, war ihre Stimme kaum mehr als ein Wispern: »Ich möchte, dass du in meiner Fabrik arbeitest.«

Stefans Augenbrauen verschwanden unter seinem Haar. »Ich? Wieso ich?«

»Ich brauche dort jemanden, der die Produktion sabotiert.«

Er nickte und nahm einen weiteren Fisch in die Hand. Gekonnt ließ er das Messer durch dessen Bauch gleiten, nahm ihn aus, legte ihn beiseite und griff nach dem nächsten.

»Nach allem, was passiert ist, hältst du trotzdem an dieser Idee fest?«

»Mehr denn je.«

»Es ist unglaublich riskant. Ich will nicht, dass dir etwas passiert«, sagte er liebevoll.

»Genau deshalb brauche ich dich. Du hast das Fachwissen, um es so zu arrangieren, dass man es nicht nachweisen oder zur Fabrik zurückverfolgen kann.«

Stefan schüttelte den Kopf. »Ich weiß nicht ...«

»Du hast es versprochen! Erinnerst du dich? Letzten Herbst, als wir bei deiner Bekannten tanzen waren. Da hast du gesagt, du würdest mir helfen.«

Er zog eine Grimasse. »Ich erinnere mich sehr gut daran, doch damals wusste ich noch nicht, was ich jetzt weiß.«

Sie sah ihn mit der durchdringendsten Miene an, die sie aufbringen konnte. »Wieso macht das so einen Unterschied, dass du dein Versprechen nicht halten willst?«

»Ach, Gretchen.« Er wischte sich eine Hand an einem Lappen ab und strich mit dem Finger über ihren Handrücken. Die Berührung sandte wohlige Schauer durch ihren Körper. »Ich habe mich in dich verliebt und will nie wieder ohne dich leben.«

Obwohl seine Worte sie berührten, beharrte sie: »Hier steht Größeres auf dem Spiel als meine persönliche Sicherheit. Wir müssen alles in unserer Macht Stehende tun, um diesen Krieg zu verkürzen. Und wer könnte das besser als du?«

Er seufzte. »Du hast ja recht. Trotzdem halte ich es für keine gute Idee, dass ich für dich arbeite.«

»Wieso? Weil du keine Befehle von mir annehmen möchtest?« Sie konnte sich ein Grinsen nicht verkneifen.

»Du weißt genau, dass du mir den ganzen Tag Befehle erteilen könntest, und es würde mir nichts ausmachen.« Der Schalk leuchtete ihm aus den Augen. »Aber das hier ist etwas anderes. Glaubst du nicht, dass die Behörden Verdacht schöpfen, wenn du mich einstellst? Immerhin bin ich ein bekannter Regimekritiker.«

Sie hatte bereits mehrere Tage lang über genau diese Frage nachgedacht und sich eine zufriedenstellende Lösung überlegt. »Kann sein, aber nachdem fast alle wehrfähigen Männer eingezogen wurden, habe ich nicht viele Alternativen, die offene Position des Leiters der Qualitätskontrolle zu besetzen.«

»Du hast wohl an alles gedacht?«, fragte er schmunzelnd.

»Natürlich. Und bevor dir noch mehr Gründe einfallen, die dagegensprechen, hier die Kurzfassung: Ich brauche dich. Die Häftlinge brauchen dich. Unser Land braucht dich.«

»Das ist eine ganz schöne Last, die du mir da aufbürdest.«

»Ich würde dich nicht darum bitten, wenn es nicht sein müsste.« Sie atmete tief ein, bevor sie weitersprach. »Glaub mir, die Idee gefällt mir genauso wenig wie dir, denn es ist gefährlich. Nicht auszudenken was passiert, wenn du erwischt wirst. Entgegen landläufiger Meinung bin ich nämlich nicht die kaltherzige Erbin, die andere Menschen nur als Bauern in ihrem Schachspiel betrachtet. Ich will dich auch nicht verlieren.« Ihre Stimme zitterte. Sie hatte gedacht, dass es leicht sein würde, Stefan zu überreden, ihre Fabrik zu sabotieren. Doch nun, da ihr klar wurde, was für eine schwerwiegende Entscheidung das war, ergriff blanke Angst ihr Herz.

»Schsch.« Er blickte sich verstohlen um, um sicherzustellen, dass niemand in Hörweite war. Dann nahm er ihre Hände in seine. »Ich mache es.«

»Danke.« Sie war zu gleichen Teilen erleichtert wie entsetzt.

»Bevor du mir dankst: Wir machen das zu meinen Bedingungen.« Neben der Liebe in seinen Augen, erspähte sie auch eine stählerne Entschlossenheit.

»Und die wären?«

»Zunächst einmal werde ich kein Angestellter sein.« Sie öffnete den Mund, um zu protestieren, doch er brachte sie mit einer Handbewegung zum Schweigen. »Stattdessen werde ich als externer Berater fungieren und den Produktionsleitern Empfehlungen aussprechen. Nicht mehr und nicht weniger.«

Margarete nickte zögernd.

»Zweitens: Ich werde ausschließlich deinem Gutsverwalter Bericht erstatten.«

»Aber ...«

»Dieser Punkt ist nicht verhandelbar. Ich werde nicht dein Leben gefährden, indem ich dabei erwischt werde, wie ich mit dir über Sabotage spreche. Nach dem heutigen Tag werden du und ich nie wieder ein Wort über dieses Thema verlieren.« Stefans angespannter Kiefer verriet ihr, dass er in diesem Punkt nicht nachgeben würde. Nicht einmal einen winzigen Millimeter.

Sie dachte kurz über seine Bedingungen nach und stimmte dann zu. »In Ordnung, wir machen es, wie du vorschlägst. Du kannst, was auch immer du tust, mit Oliver besprechen.«

»Und du wirst auch nicht fragen, was vor sich geht?«, hakte Stefan nach.

»Ja gut, ich werde dich nicht nach deinen Plänen fragen«, seufzte sie. Als Stefan schmunzelnd mit seinem Daumen über ihren Handrücken fuhr, fügte sie hinzu: »Sie sind ein knallharter Verhandlungspartner, Herr Stober. Hoffentlich werden Sie in Ihrer neuen Position genauso gewieft vorgehen.«

»Ja, hoffentlich«, stimmte Stefan mit einem breiten Grinsen zu, bevor er ihr auf den Steg zurückhalf. Kaum ließ er ihre Hand los, vermisste sie seine Nähe bereits.

»Wir erwarten die Lieferung morgen Nachmittag am Gutshaus«, sagte sie laut für den Fischer, der gerade sein Boot neben Stefans festmachte.

»Alles wird zu Ihrer vollsten Zufriedenheit sein, Fräulein Annegret«, antwortete Stefan mit einem Augenzwinkern.

»Guten Tag«, grüßte sie den anderen Fischer. Auf dem Heimweg fragte sie sich, ob es richtig gewesen war, den Mann, den sie liebte um Hilfe zu bitten. Einerseits wusste sie, dass er für diese Aufgabe der Beste war, andererseits hasste sie es, ihn in Gefahr zu bringen. Die Sabotage kriegswichtiger Produktion war ein schweres Verbrechen, das mit dem Tode bestraft wurde. Doch worauf stand dieser Tage keine Todesstrafe?

2

Stefan beobachtete, wie sein geliebtes Gretchen den Kai verließ. Er schüttelte den Kopf darüber, wie leicht er sich hatte überreden lassen, ihr zu helfen. »Ich hätte ablehnen sollen«, murmelte er, während er das Deck schrubbte und dann kontrollierte, dass sein Boot sicher vertäut war. »Warum nur habe ich mich darauf eingelassen?«

Weil du das Richtige tun willst. Weil du ihr und den Häftlingen helfen möchtest. Und weil du dich Hals über Kopf in sie verliebt hast und alles tun würdest, um ihr ein Lächeln ins Gesicht zu zaubern.

Stefan mochte es nicht, wenn seine innere Stimme recht behielt. Es wäre nicht das erste Mal, dass sein Gewissen ihn in ernsthafte Schwierigkeiten brachte. Also packte er den Fang des Morgens zusammen und lieferte ihn bei der offiziellen Ankaufstelle ab. Alle Fischer waren verpflichtet, ihren gesamten Fang an die Reichsstelle für Fische des Reichsministeriums für Ernährung und Landwirtschaft abzugeben. Sie durften lediglich einen kleinen Anteil zur persönlichen Verwendung behalten.

Nach getaner Arbeit ging er nach Hause, seinen eigenen

Fisch in Wachspapier gewickelt. Sein Großvater saß auf der Veranda des Häuschens, das versteckt hinter einem Kiefern- wäldchen lag. Stefan hielt inne, um ihn einen Moment lang unbemerkt zu betrachten. Der alte Mann wurde allmählich gebrechlich, aber sein Verstand war immer noch scharf, auch wenn er so tat, als litt er unter Demenz. *Wenn doch nur sein Körper nicht so verfiele.*

Stefan sah seit seiner Kindheit zu seinem Großvater auf und schätzte den Rat des alten Mannes. Nachdem Stefan als politisch unzuverlässig eingestuft worden war, war er von Köln hierher aufs Land gezogen und hatte das Fischerboot des Groß- vaters übernommen.

Er sinnierte eine Weile darüber, wie viel dieser Mann ihm bedeutete. Dann trat er durch das kleine Gartentor und setzte sich zu ihm auf die Veranda.

»Guten Morgen, Opa«, grüßte er ihn.

»Guten Morgen, Stefan. Du bist spät dran. Ist was passiert?«

Stefan wusste, dass sein Großvater sich ständig um sein Wohlergehen sorgte, besonders seit der Explosion und der anschließenden Untersuchung, bei der er nur um Haaresbreite einer Gefängnisstrafe wegen Verrats entkommen war. »Fräu- lein Annegret war unten am Hafen.«

»Die Huber-Erbin?«

»Ja, die.« Stefan fühlte, wie seine Ohren unter dem forschenden Blick des Großvaters brannten.

Opa nickte, dann begegneten sich ihre Blicke. »Stefan, du musst vorsichtig sein. Sie gehört einer anderen Schicht an. So jemand wie sie verkehrt nicht mit Leuten wie uns.«

»Ich weiß.« Sein Großvater sprach die Warnung nicht zum ersten Mal aus. Wie gerne hätte Stefan ihm die Wahrheit gesagt. Doch das war viel zu gefährlich und er würde Opa niemals in eine solche Lage bringen.

Es lag nicht daran, dass er dem alten Mann nicht vertraute,

denn dieser würde seinen Enkel niemals absichtlich in Gefahr bringen, aber genau das war der Punkt: absichtlich. Alle Deutschen, nicht zuletzt die Widerständler, wussten, dass die Gestapo Mittel und Wege hatte, jedem in ihrer Obhut ein Geheimnis zu entreißen. Was sein Großvater nicht wusste, konnte er nicht preisgeben, sollte er – Gott behüte – befragt werden. Ihn nicht einzuweihen, war zu seiner eigenen Sicherheit.

»Was wollte sie denn?«, fragte Opa.

»Wer?«

»Fräulein Annegret. Du willst mir doch nicht erzählen, dass sie persönlich zum Kai gekommen ist, um Fisch zu kaufen?«

Genau das hatte Stefan allen erzählen wollen, die danach fragten. »Was ist denn daran so schlimm?«

Opa grinste, wobei er mehrere Zahnlücken entblößte. »Verkauf mich doch nicht für dumm. Sie ist die Gutsherrin, sie hat Personal, das für sie einkaufen geht.«

Stefan überlegte, ob er Opa sagen sollte, dass sogar die reichen Leute wegen des Kriegs den Gürtel enger schnallen mussten, bevor er sich eines Besseren besann. Der alte Mann war viel zu schlau, um auf so eine Flunkerei hereinzufallen. »Sie will, dass ich in ihrer Fabrik arbeite.«

»Was sollst du denn da tun?«

Stefan wand sich unter dem prüfenden Blick seines Großvaters. »Anscheinend sind alle ihre Facharbeiter eingezogen worden und sie braucht dringend einen Leiter für die Qualitätskontrolle.«

»Aha.« Opa stopfte bedächtig seine Pfeife, kniff dann die blauen Augen zusammen und sah seinen Enkel prüfend an. »Weiß sie denn nicht, dass du als politisch unzuverlässig giltst?«

»Ich hatte den Eindruck, dass meine Erfahrungen in Köln genau der Grund waren, aus dem sie mich gefragt hat.« Stefan wagte es nicht laut auszusprechen, dass sie ihn gebeten hatte, ihre Fabrik zu sabotieren. Doch sein Großvater würde die Andeutung bestimmt verstehen.

»Ach, ja.« Opa zündete die Pfeife an und nahm einen langen Zug. »Wir müssen alle tun, was wir können, um diesen Krieg zu beenden.« Er klopfte sich auf den Oberschenkel. »Diese alten Knochen hier lassen mich im Stich, sonst würde ich selbst in den Kampf ziehen.«

»Opa, du hast schon genug getan. Ohne dich wäre ich bestimmt im KZ gelandet. Man hat mich gehenlassen, weil man davon überzeugt war, dass ich so weit ab vom Schuss nichts anstellen kann, und weil jemand dein Boot übernehmen musste. Du weißt schon, Kriegsanstrengung, Versorgung der Bevölkerung und so.«

»Pass auf dich auf, Stefan. Ich will nicht, dass du diese Erde vor mir verlässt.« Mit dieser Warnung nahm Opa einen weiteren Zug von seiner Pfeife. Nur wenige Minuten später sank sein Kinn auf die Brust und leises Schnarchen ertönte.

Stefan nahm ihm die Pfeife aus dem Mund und löschte sie. Dann betrat er das Häuschen, in dem sie beide lebten, um eine Decke für den alten Mann zu holen. Nachdem seine Eltern vor nicht allzu langer Zeit bei den fürchterlichen Bombenangriffen auf Köln ums Leben gekommen waren, war Opa sein einziger noch lebender Verwandter. Er liebte ihn innig, hatte ihn schon als kleiner Junge geliebt.

3

Ernst Rosenbaum, Margaretes Onkel, holte vorsichtig Luft. Als ihn die Welle des Schmerzes traf, die damit einherging, schloss er die Augen. Nach der Folter durch Oberscharführer Thomas Kallfass war er in eine Zelle gesperrt worden, von der er annahm, dass sie zu einem Gefängniskrankenhaus gehörte. Wo sich dieses befand, wusste er nicht.

Bisher war ihm außer der Krankenschwester und dem Arzt, die sich um ihn kümmerten, keine lebende Seele begegnet. Diese beiden hätten genauso gut stumm sein können, denn bis auf ein paar ruppige Befehle weigerten sie sich, mit ihm zu sprechen.

Während der ersten schmerzerfüllten Tage – oder Wochen? – hatte er sie kaum wahrgenommen, und es war ihm auch egal gewesen, denn er hatte jedes Quäntchen Energie benötigt, um die quälenden Schmerzen aufgrund der schweren Folterverletzungen zu ertragen.

Nach einiger Zeit jedoch hatte er versucht, ihnen Informationen zu entlocken: Wo war er, und wieso war er hier? Normalerweise wurde ein Jude wie er, ein Häftling, der in den KZs zur Zwangsarbeit gepresst wurde, nicht in einem Hospital behandelt, sondern wie ein Stück Dreck weggeworfen. Stattdessen versorgte man hier seine Wunden, damit sie heilten und er wieder zu Kräften kam.

Wieso um alles in der Welt bemühten sie sich darum, dass er die Tortur überlebte, die er doch durch ihre Hand erlitten hatte? Oder war das nur eine weitere grausame Wendung in ihrem morbiden Spiel? Das Leiden der Opfer zu verlängern, wenn alles, worauf diese hofften, ein schneller Tod war? Doch niemand war willens, ihm Auskunft zu geben.

Als Professor der Philosophie an der Leipziger Universität hatte er einen großen Teil seiner Zeit damit verbracht, über den Sinn des Lebens nachzudenken. Welche Motivation steckte hinter den Taten der Menschen? Welcher höhere Sinn verantwortete ihr Handeln?

Während der letzten Wochen war ihm klar geworden, dass nichts davon irgendeine Bedeutung hatte. Jeder noch so mitfühlende und altruistisch denkende Mensch kämpfte letztlich nur für sich selbst, sobald er mit der eigenen Sterblichkeit konfrontiert wurde. Tapferere Männer als er mochten sich vielleicht behaupten, aber er war bereit gewesen, alles und jeden zu opfern, um auch nur einen einzigen Augenblick des unerträglichen Schmerzes zu vermeiden.

Und was hatte er im Gegenzug erhalten? Mehr Schmerz.

Zugegeben, er war weniger intensiv, doch er quälte ihn unaufhörlich, ausgelöst durch die kleinste Bewegung, und sei es nur das Atmen. Seine Qualen waren erträglicher als das, was Oberscharführer Kallfass ihm in kurzen, unfassbar peinigenden Schüben angetan hatte. Welle um marternde Welle jämmerlicher Schmerzen, bis Ernst aufgegeben und dem Mann gesagt hatte, was er wissen wollte.

Die Schuld, sein eigen Fleisch und Blut, seine geliebte Nichte Margarete, verraten zu haben, nagte an seiner Seele wie ein Hund an einem Knochen. Der emotionale Schmerz übertraf sogar den körperlichen. Als Jude geboren, verheiratet mit einer Christin, war er im Alter Atheist geworden. Nachdem er gesehen hatte, wie die Nazis wüteten, war es ihm unmöglich, noch an die Existenz eines Gottes zu glauben.

Am Ende hatte er selbst sein miserables Leben über das seiner Nichte gestellt. Denn eines stand fest: nachdem Ernst ihr Geheimnis verraten hatte, bestand keine Hoffnung, dass der Oberscharführer sie am Leben gelassen hatte. Tränen der Scham standen Ernst in den Augen, als er den Moment noch einmal durchlebte, in dem er ihre wahre Identität preisgegeben hatte, seine Stimme heiser von stundenlangem gequälten Schreien.

In seiner Verzweiflung betete er um Vergebung. Wenn schon nicht von einem Gott, an den er nicht glaubte, so doch wenigstens von seinem geliebten Gretchen, sollten sie sich je wieder begegnen, in diesem Leben oder im nächsten.

Er haderte noch immer mit seinen Schuldgefühlen, als sich die Türe öffnete und ein Mann hereinkam, den er gehofft hatte, niemals wiederzusehen: Lothar Katze, Oberscharführer Kallfass' sadistischer Untergebener.

Katze persönlich hatte die arme – geflohene und wieder eingefangene – Lena zu Tode gepeitscht und mit großem Vergnügen bei Ernsts Folter assistiert, wenn sein Chef sich die Hände nicht allzu schmutzig machen wollte. Passend zu seinem Nachnamen genoss Katze es, mit seinen Opfern zu spielen, bevor er sie bei lebendigem Leib verschlang.

Ernst versuchte, sich aufzusetzen, als der Mann an seine Pritsche trat. Doch erneut raste der Schmerz durch seinen Körper und ließ ihm schwarz vor Augen werden, sodass er ermattet auf die Laken zurücksank. »Herr Unterscharführer.«

»Oberscharführer!«, korrigierte Katze ihn und zeigte stolz auf seine glänzenden neuen Schulterstücke. »Ich bin befördert worden, nachdem ich meinen Vorgesetzten wegen Verrats angezeigt habe.«

Ernst behielt seine Verachtung für jemanden, der auch

noch damit prahlte, seinesgleichen verraten zu haben, für sich. Womöglich beneidete er diesen Unmenschen sogar ein wenig darum, dass er die moralischen Zweifel nicht zu kennen schien, die das Gewissen weniger korrumpierter Menschen plagten. Irgendwie gelang es ihm, sich zusammenzureißen und doch noch aufzusetzen, auch wenn er sich gegen die Wand lehnen musste. »Glückwünsche sind also angebracht, Herr Oberscharführer?«

»In der Tat.« Katze betrachtete ihn mit einer Miene, die Ernst nicht deuten konnte. »Aber ich bin nicht hergekommen, um mir von einer Judensau huldigen zu lassen.«

»Natürlich nicht«, sagte Ernst, denn Katze schien eine Antwort zu erwarten.

»Wissen Sie, Sie und Ihresgleichen sind mir völlig egal. Dieses ganze ideologische Gerede ist was für gebildetere Leute als mich. Ich teile die Menschen, oder besser gesagt Untermenschen, lediglich in zwei Kategorien ein: nützlich und nutzlos. Und die Judensau hat Schwein gehabt«, Katze lachte kurz über seinen eigenen Witz, »denn Sie haben sich als nützlich herausgestellt.« Dann sah er Ernst erwartungsvoll an.

»Nun, vielen Dank, Herr Oberscharführer.« Ernst hoffte, dass seine Antwort Katze zufriedenstellen würde, und er wurde tatsächlich mit einem breiten Grinsen belohnt.

»Sie halten sich wohl für ziemlich schlau?«

Dieses Mal zog Ernst es vor, nicht zu antworten, und senkte stattdessen den Kopf, da Katze die feine Ironie eines, durchaus angebrachten, Eigenlobs sicher nicht schätzen konnte. Noch immer zerbrach er sich den Kopf darüber, wieso der Mann sich die Mühe gemacht hatte, ihn aufzusuchen.

»Wie gesagt, heute ist Ihr Glückstag, denn ich werde Sie in ein Gefängnis für Politische verlegen lassen, statt Sie gen Osten zu schicken.« Katze hielt inne, bevor er seine ungewöhnliche Entscheidung begründete: »Ich verabscheue die Grausamkeit der Lager.«

Ernst konnte einen ungläubigen Blick ob der unverfrorenen Lüge kaum unterdrücken. Der Mann, der ihn persönlich gefoltert hatte, wollte ihm auf einmal weismachen, dass er nur sein Bestes im Sinn hatte? Die Sache stank zum Himmel. »Dann bin ich wohl wirklich ein Glückspilz, Herr Oberscharführer. Womit habe ich diese Großzügigkeit verdient?«

»Ich vertraue darauf, dass Sie sich zu gegebener Zeit daran erinnern werden, wem Sie zu Dank verpflichtet sind.« Damit schlug Katze die Hacken zusammen und verließ die Zelle.

Ernst blieb nachdenklich zurück. Katze versuchte offenbar, sich für den nicht unwahrscheinlichen Fall abzusichern, dass die Alliierten den Krieg gewannen und die Nazis für ihre Verbrechen zur Rechenschaft zogen.

Anscheinend dachte Katze, er könnte sich der Justiz entziehen, indem er einem einzelnen Juden in Not half. Doch Ernst wollte lieber auf ewig Höllenqualen erleiden, als ein gutes Wort für einen Nazi einzulegen. Das war das Mindeste, was er für Margarete und so viele andere Opfer tun konnte.

4

»Fräulein Annegret, hier ist eine Nachricht für Sie«, verkündete Frau Mertens, die Haushälterin, und blieb in der Tür zu Margaretes Gemächern stehen. Es war noch nicht einmal neun Uhr und damit ungebührlich früh für Besucher.

»Von wem?«, fragte Margarete, während sie ihr Buch sinken ließ.

»Vom Kreisamt in Parchim. Der Fahrer wartet unten auf Ihre Antwort.«

Margarete zog eine Augenbraue hoch, um ihre Anspannung zu verbergen, und streckte die Hand nach dem Schreiben aus. Beim Lesen lief es ihr kalt über den Rücken.

Oberscharführer Katze bittet Sie, umgehend in seinem Büro zu erscheinen.

Sie spürte, wie sie unter Frau Mertens besorgtem Blick erbleichte. So gut es ging, unterdrückte sie ihre Nervosität, und verwendete all ihre Kraft darauf nicht zu zittern. »Es scheint, ich werde in Parchim gebraucht. Oberscharführer Katze war sogar so aufmerksam, mir seinen Wagen zu schicken. Bitte sagen Sie dem Fahrer, dass ich in zehn Minuten bereit bin.«

Frau Mertens runzelte missbilligend die Stirn. »Wenn Ihr Vater noch am Leben wäre, hätte der Oberscharführer ein solches Benehmen niemals gewagt.«

»Ich nehme an, es ist dringend. Der Krieg hebt leider die üblichen Regeln der Höflichkeit auf«, antwortete Margarete. Gesellschaftliche Regeln galten zwar immer noch, aber ganz bestimmt nicht, wenn es um eine untergetauchte Jüdin ging. Schließlich hatte Margarete allen Grund anzunehmen, dass Katze ihre wahre Identität kannte.

»Dora ist in die Stadt zur Hebamme gegangen. Ich schicke Gloria hoch, damit sie Ihnen beim Ankleiden hilft.«

Kaum war Frau Mertens verschwunden, sackte Margarete in sich zusammen. Es bestand eine klitzekleine Chance, dass Katze nichts von ihrem dunklen Geheimnis wusste. *Es geht bestimmt um die Fabrik*, versuchte sie, sich selbst zu beruhigen. Aber egal was der Grund für die Vorladung war, wenn der neue SS-Kreisleiter sie sehen wollte, musste sie dem Befehl Folge leisten. Alles andere hätte Verdacht erregt und zöge möglicherweise eine Katastrophe nach sich.

Wenige Minuten später erschien Gloria, das polnische Mädchen, das Margarete eingestellt hatte, um ihr getreues Dienstmädchen Dora bei der Hausarbeit zu unterstützen. Gloria sprach kaum Deutsch und arbeitete normalerweise in der Küche, wo sie Frau Mertens bei der Zubereitung der Mahlzeiten für mehrere Dutzend Stallknechte und Landarbeiter half, während Dora sich um Margaretes persönliche Belange kümmerte.

»Reich mir das schwarze Kostüm da ganz links«, bat Margarete und zeigte auf den riesigen Kleiderschrank, der eine ganze Wand ihres Schlafzimmers einnahm. Sie hätte sich durchaus alleine anziehen können, aber die Tradition verlangte es offenbar, dass die Gutsherrin dabei Hilfe bekam.

Heute jedoch war sie dankbar dafür, denn ihre Finger zitterten unkontrollierbar, als sie in das elegante und doch schlichte schwarze Kostüm aus einem schmalen wadenlangen Rock und einer leicht taillierten Jacke schlüpfte. Dazu entschied sie sich für einen schwarzen Hut und schwarze Handschuhe, da sie vorgab, über den tragischen Tod ihres väterlichen Mentors Horst Richter zu trauern, seines Zeichens Reichskriminaldirektor der Gestapo.

Ob Katze ihr sein Beileid aussprechen wollte? Sie schüttelte den Kopf. In dem Fall hätte er einfach ein Kondolenzschreiben geschickt, statt sie in sein Büro zu beordern. Je länger sie darüber nachdachte, desto mehr kam sie zu dem Schluss, dass es sich um eine Machtdemonstration handeln musste. Was auch immer er von ihr wollte, es ging darum, ihr zu zeigen, dass er alle Karten in der Hand hielt.

Sie stieg die Treppe hinunter, verabschiedete sich von Frau Mertens und trat auf den Hof, wo Katzes Dienstwagen auf sie wartete. Der Chauffeur, ein Mann Mitte fünfzig in SS-Uniform, hielt ihr die Türe auf und schloss sie, nachdem sie Platz genommen hatte.

Oh ja, ihr einen Fahrer mit Wagen zu senden, war unverkennbar ein Machtspielchen, gleichzeitig jedoch ein Zeichen der Wertschätzung. Für den Moment hatte sie nichts zu befürchten – zumindest versuchte sie, sich das einzureden.

Während der Fahrt tat sie ihr Bestes, ihre Nerven zu beruhigen, und sich in Annegrets Persönlichkeit zu hüllen: hochmütig, selbstbewusst, selbstsicher.

Als sie das Hauptquartier in Parchim erreichten, stieg der Fahrer aus und öffnete ihr die Tür. Sie betrachtete dies als ein gutes Zeichen, denn wenn Katze ihre Festnahme oder Schlimmeres plante, wäre sie sicherlich nicht mit solch ausgesuchter Höflichkeit behandelt worden.

»Der Oberscharführer erwartet Sie in seinem Büro«,

verkündete der Chauffeur und zeigte auf die Eingangstür des Gebäudes.

»Danke.« Margarete senkte anmutig den Kopf und schritt dann zügig die Stufen hinauf. Es graute ihr davor, das Gebäude zu betreten, das sie so sehr an Thomas Kallfass erinnerte. Ein Nazi, der sie in seiner Verliebtheit unerbittlich verfolgt hatte und drauf und dran gewesen war, sie nach Auschwitz zu schicken, als er von ihrer Täuschung erfuhr. Nur durch einen glücklichen Zufall war sie diesem Schicksal entkommen.

Sie nahm an, dass Lothar Katze jetzt in Thomas' Büro residierte. Beim bloßen Gedanken daran, diesen Raum zu betreten, stellten sich ihr die Nackenhaare auf. Doch statt ihre Schritte zu verlangsamen, wie es ihre Angst verlangte, beschleunigte sie sie. Was auch immer passierte, sie wollte es schnellstmöglich hinter sich bringen.

Freundlich grüßte sie die Vorzimmerdame hinter dem dunkelbraunen Eichenholzschreibtisch. »Guten Morgen. Oberscharführer Katze möchte mich sprechen.

Die junge Frau fragte: »Sind Sie Annegret Huber?«

»Gewiss«, antwortete Margarete spitz, ganz so wie es die echte Annegret getan hätte.

»Der Oberscharführer erwartet Sie bereits.«

Margarete neigte den Kopf und ging, ohne ein weiteres Wort zu verlieren, an der respektlosen Frau vorbei. Als sie das riesige Eckbüro betrat, lief ihr ein kalter Schauer den Rücken herunter, den sie als Thomas' Gespenst abtat. Nach all den grausigen Ereignissen der vergangenen Monate war es kein Wunder, dass sie sich in seinem ehemaligen Büro von ihm heimgesucht fühlte.

Lothar Katze blickte vom Schreibtisch auf. »Ach, da sind Sie ja, Fräulein Annegret. Vielen Dank, dass Sie so prompt erschienen sind.«

Hatte sie es sich nur eingebildet oder hatte er die einzelnen Silben ihres Namens langgezogen, sodass er wie An-na-gre-te geklungen hatte? Sie riss sich zusammen und antwortete in sachlichem Ton: »Es ist mir immer daran gelegen, Führer und Vaterland zu dienen, Herr Oberscharführer.«

Er blickte etwas überrascht, dann erhob er sich, um ihr die Hand zu schütteln, was, wenn schon nicht unangebracht, so doch zumindest ungewöhnlich war. »Bitte setzen Sie sich doch.« Er zeigte auf den Stuhl vor seinem riesigen Schreibtisch.

Während sie Platz nahm, ging er zur Tür und rief der Vorzimmerdame zu: »Ich möchte nicht gestört werden, solange Fräulein Annegret hier ist.« Dann schloss er energisch die Tür und kehrte zu seinem Schreibtisch zurück. Er machte es sich auf seinem übergroßen Stuhl bequem und blickte mit seinem katzenhaften Grinsen, das sie zu fürchten gelernt hatte, auf sie herab. Das Glitzern in seinen Augen steigerte ihre Angst ins Unermessliche.

Nach einer längeren Stille, die kaum auszuhalten war, legte er die Finger aneinander und sagte ohne weitere Umschweife: »Ich weiß, wer Sie sind.«

Margarete stockte der Atem. Als sie die Kontrolle über ihre Reflexe wiedererlangt hatte, antwortete sie: »Nun, das will ich doch meinen.«

»Die meisten Menschen glauben zu wissen, wer Sie sind. Aber ich kenne Ihren wahren Namen.« Er rieb sich das Kinn und musterte sie von Kopf bis Fuß, wobei sein Blick eine brennende Spur der Verzweiflung auf ihrer Haut hinterließ. »Anders als mein Vorgänger habe ich jedoch durchaus Verständnis für Ihre Notlage.«

Sie atmete auf, obwohl sie kein einziges Wort glaubte. Katze war für seine außergewöhnliche Grausamkeit berüchtigt, die sie selbst bei verschiedenen Gelegenheiten miterleben musste. Sie wurde nur von seiner Habgier übertroffen.

Wenn er vorgab, Verständnis zu haben, wollte er offensichtlich etwas von ihr. Da sie bisher nicht wusste, was das war, entschied sie, auf Zeit zu spielen, nicht zu antworten und – das war das Wichtigste – keine Angst zu zeigen.

Zum Glück war Katze zu sehr von seiner eigenen Wichtigkeit eingenommen, um auf ihre Körpersprache zu achten, wie es ein erfahrener Vernehmer getan hätte. Unfähig ihr Schweigen länger zu ertragen, fuhr er fort: »Sie fragen sich bestimmt, wie ich es herausgefunden habe, nicht wahr? Lassen Sie mich Ihnen eines sagen: Ich bin genauso gewieft wie mein Vorgänger. Sogar noch mehr, denn während er jetzt in einem KZ schuftet, wurde ich, der immerfort unterschätzte Lothar Katze, zum Oberscharführer befördert und sitze nun auf seinem Stuhl. Und das alles, weil er zu dumm war, die Zeichen zu lesen.«

Margarete nickte schweigend. Sollte der Narr sich ruhig weiter selbst beweihräuchern, sie würde geduldig warten und so viele Informationen wie möglich sammeln.

»Und wenn Sie denken, Sie kommen noch ein zweites Mal davon, dann lassen Sie mich Ihnen Folgendes sagen: Ich bin nicht Ihr Feind. Ich kann Sie beschützen und am Leben lassen, solange Sie nach meinen Regeln spielen.«

Obwohl ihr kalter Schweiß über den Rücken lief, saß sie ganz still und schenkte ihm ein liebenswürdiges Lächeln. Katze war zwar grausam und habgierig, aber auch ziemlich dumm. Deshalb entschied sie abzuwarten, um zu sehen, was er wollte. Vielleicht konnte sie sich aus der Sache herausreden.

Er blickte sie verwirrt an. »Sie leugnen Ihr Verbrechen noch nicht einmal? Wieso nicht?«

Margarete setzte ihre unschuldigste Miene auf und öffnete die Augen weit, als sie antwortete: »Herr Oberscharführer, Sie haben mich bisher keines Verbrechens beschuldigt.«

Er presste die Lippen zu einer schmalen Linie zusammen, offenbar auf der Suche nach einer geistreichen Antwort. »Sie halten sich wohl für sehr schlau, hm? Aber ich bin derjenige, der alle Trümpfe in der Hand hält. Ich brauche nur einen

Anruf zu machen, um Sie als die entsetzliche Person zu entlarven, die Sie sind: eine widerliche Jüdin, die sich für eine der angesehensten Frauen der Gegend ausgibt.«

Margarete hob eine Augenbraue. Horst Richter hatte die verräterische Kennkarte, die sie als Jüdin auswies, vor ihren Augen verbrannt. »Es gibt keine Beweise für Ihre ungeheuerliche Anschuldigung.«

»Ach, mein Herzchen, es gibt jede Menge Beweise. Ich habe mir die Freiheit genommen, Ihre echte Kennkarte abzufotografieren.« Er schob ein ziemlich körniges Bild über den Tisch. Trotz der schlechten Qualität waren ihr Portrait und das große J, das über ihren Namen und ihre Daten gestempelt war, deutlich erkennbar. »Und damit Sie nicht auf dumme Gedanken kommen: Das hier ist nicht die einzige Kopie in meinem Besitz.«

»Nichts läge mir ferner«, log sie. »Aber wieso erzählen Sie mir das alles? Was wollen Sie?«

»Sie sind wirklich so scharfsinnig, wie alle sagen. Und Sie reden nicht lange um den heißen Brei herum. Das gefällt mir.« Auf Katzes Gesicht erschien ein zufriedenes Grinsen. »Bevor ich Ihnen meine Bedingungen nenne, sollen Sie wissen, was auf dem Spiel steht. Es geht nämlich nicht nur um Ihr eigenes Leben, sondern auch um das Ihres Onkels.«

Seine Bemerkung ließ sie zusammenzucken, als hätte er sie ins Gesicht geschlagen.

»Es wird Sie freuen zu hören, dass es ihm den Umständen entsprechend gut geht. Um meine Aufrichtigkeit zu beweisen, habe ich mir erlaubt, ihn unter meinen persönlichen Schutz zu stellen. Just in diesem Moment wird er in ein Gefängnis für politische Gefangene verlegt, statt in einen Zug nach Auschwitz verfrachtet zu werden.« Sein Blick ruhte eindringlich auf ihr. »Sie und ich, wir wissen beide sehr genau, was mit den Alten und Gebrechlichen passiert, sobald sie dort ankommen. Wie ich höre, war Standartenführer

Wolfgang Huber, von dem Sie vorgeben, dass er Ihr Vater war, einer der führenden Köpfe hinter der Endlösung der Judenfrage. Von daher bin ich sicher, dass diese Warnung nicht nötig ist. Trotzdem möchte ich sie aussprechen: Ihr Onkel ist nur so lange sicher, wie Sie vollständig kooperieren.«

Das war das Ende. Es gab keinen Ausweg. Die Nachricht über den Verbleib ihres Onkels erschütterte Margarete zutiefst. Sie hatte sich geschworen, ihn zu beschützen, und war gescheitert. Es war ihre Schuld, dass er ins Durchgangslager deportiert worden war. Und nur aufgrund eines weiteren Fehlers von ihr hatte Thomas die Verbindung zwischen ihr und Ernst herstellen können. Sie hatte durch und durch versagt. Schuldgefühle nagten an ihr, weil sie nicht besser auf den jüngsten Bruder ihres Vaters aufgepasst hatte.

Was auch immer Katze im Gegenzug für Onkel Ernsts Leben von ihr wollte, sie würde es ihm geben. Nie würde sie ungeschehen machen können, was Onkel Ernst ihretwegen hatte erleiden müssen, aber so wahr ihr Gott helfe, sie würde es wiedergutmachen.

»Ich weiß Ihre Großzügigkeit zu schätzen. Bitte nennen Sie mir Ihre Forderungen«, sagte Margarete mit dem Tonfall, als würde sie eine Geschäftsvereinbarung mit ihm aushandeln, was es im Wesentlichen ja auch war.

»Ich hatte auf Ihr Verständnis gezählt. Meine Forderungen sind alles andere als unangemessen, wie Sie selbst sehen werden. Subjekten, die als Volksfeinde gelten, Schutz zu gewähren, ist ziemlich – wie soll ich sagen? – kostspielig.«

Nun wusste sie sicher, dass es ihm nur ums Geld ging, und ein Stein fiel ihr vom Herzen. Sie hatte befürchtet, er würde sie selbst zu einem Teil der Vereinbarung machen. »Das kann ich mir vorstellen.«

»Es ist beruhigend zu wissen, dass Sie meinen Standpunkt nachvollziehen können. Ich persönlich habe nichts gegen euch

Juden, aber natürlich befolge ich die Gesetze und Regeln unseres allwissenden Führers.«

Margarete hoffte, dass er endlich zum Punkt kam. Jetzt, da sie wusste, worum es ihm ging, wollte sie es einfach nur hinter sich bringen. *Nenn mir endlich die Summe, damit ich mein Leben weiterleben kann.*

»Ich stelle mir eine monatliche Zuwendung vor, um meine Ausgaben zu decken.« Dann nannte er einen Betrag, der Margarete den Atem verschlug. Er deckte sich in etwa mit der Summe, die sie jeden Monat ausgab, um mehrere Dutzend Angestellte auf Gut Plaun zu ernähren.

»Das ist eine ungeheuerliche Summe, so viel habe ich nicht zur Hand. Es wird eine Weile dauern, sie zusammenzubekommen«, sagte sie ausweichend.

»Ich überlasse es Ihrer Geschicklichkeit, das nötige Geld aufzubringen.« Er sah sie eine Weile an, bevor er hinzufügte: »Nur um meinen guten Willen zu zeigen, bin ich des Weiteren bereit, Ausnahmegenehmigungen für sämtliche jüdischen Arbeiter in Ihrer Fabrik in unsere Vereinbarung aufzunehmen.

Sorgfältig verbarg sie die Hochstimmung, die dies in ihr auslöste. In ihrer Fabrik arbeiteten um die vierhundert jüdischen Häftlinge, die ständig in der Gefahr schwebten, aus heiterem Himmel deportiert zu werden. Wenn Katze neue Ausnahmegenehmigungen für sie ausstellte, hatte sie zumindest ein Problem weniger.

Obwohl sie ihm nicht vertraute, nickte sie zustimmend. »Dann haben wir eine Abmachung.«

»Ich wusste, Sie würden die richtige Entscheidung treffen«, grinste Katze. »Wie wäre es, wenn ich in, sagen wir, zwei Wochen aufs Gut komme? Ich würde mich freuen, wenn wir uns bei einem netten Abendessen weiter unterhalten. Bis dahin haben Sie sicherlich meine erste monatliche Zahlung zur Hand.«

»Also gut, dann sehen wir uns im Gutshaus.« Margarete

erhob sich und verließ sein Büro. Da sie nicht den offiziellen SS-Chauffeur in Anspruch nehmen wollte, machte sie einen weiten Bogen um seinen Wagen und ging in Richtung Bahnhof. Sie hoffte, ohne lange Wartezeit einen Zug nach Plau am See zu bekommen. Dieser Tage gingen die Züge nicht nach Fahrplan. Man fand sich einfach am Bahnhof ein, um zu sehen, ob ein Zug erwartet wurde oder nicht.

Eine Million Gedanken schwirrten ihr im Kopf herum, angefangen von Onkel Ernst über die Zwangsarbeiter in ihrer Fabrik bis hin zum monatlichen Schmiergeld, das sie nun für Katze auftreiben musste. Schon bald hörte sie das Schnaufen einer Lokomotive und schob die quälenden Gedanken bewusst beiseite.

Sie konnte nur einen Schritt nach dem anderen machen.

5

Oliver stellte das Glas Wasser auf den Tisch neben seiner Frau Dora. Nach dem Mittagessen machte sie mit Frau Mertens' Erlaubnis eine Pause, um ihre geschwollenen Füße hochzulegen.

Besorgt über ihre Augenringe küsste Oliver sie auf die Wange. »Herzelein, du siehst müde aus.«

Dora neigte sich zu ihm und griff nach dem Wasser. »Mir geht es gut. Ich bin letzte Nacht nur immer wieder von den Tritten des Babys aufgewacht und konnte dann nicht mehr einschlafen.«

»Wenn es jetzt schon Fußball spielt, dann muss es ein Junge sein.« Der Stolz über das neue Leben im Bauch seiner Frau wärmte Olivers Herz. Bald schon würde er Vater sein, und wie so viele Männer wünschte er sich einen Sohn, um den Familiennamen weiterzugeben. Gleichzeitig fürchtete er um die Zukunft des Kleinen. Wenn Hitler nicht bald besiegt wurde, war Deutschland kein geeigneter Ort, um ein Kind großzuziehen.

»Da wäre ich mir nicht so sicher«, lachte Dora.

»Ruh dich aus, ja?«

»Nur ein bisschen, ich habe noch jede Menge zu erledigen. Fräulein Annegret hat mich gebeten, ihren Kleiderschrank für die warme Jahreszeit umzuräumen.«

»Apropos, wo ist sie eigentlich? Ich habe sie den ganzen Morgen nicht gesehen.« Oliver nahm das Glas aus Doras Hand und stellte es zurück auf den Tisch.

»Ich habe gerade gebügelt, als ein schwarzer Mercedes auf den Hof gefahren ist. Frau Mertens hat gesagt, dass das Kreisamt in Parchim dringend nach ihr geschickt hat.«

»Seltsam«, murmelte Oliver, der sich sofort den Kopf darüber zerbrach, was dahinterstecken mochte.

»Es ist bestimmt der neue Kreisleiter, der zeigen will, wie wichtig er ist.«

Dora und Oliver waren Lothar Katze mehrfach begegnet. Oliver hielt ihn für einen unintelligenten Mann, dessen Brutalität nur von seiner Habgier übertroffen wurde, was während Friedenszeiten keine gute Kombination war. Für die Zwecke von Gut Plaun war seine Bestechlichkeit jedoch von Vorteil.

Katze zu handhaben war um vieles einfacher, als es mit Thomas Kallfass gewesen war, der sich selbst für einen ehrlichen und aufrichtigen Mann hielt. Leider war er von der Nazi-Ideologie völlig verblendet gewesen, sodass er keinen Millimeter von der offiziellen Parteilinie abgewichen war, schon gar nicht beim Thema Juden.

Oliver stöhnte innerlich. Kallfass gehörte wohl oder übel der Vergangenheit an. Nach den turbulenten Ereignissen, bei denen Fräulein Annegrets wahre Identität beinahe aufgedeckt worden wäre, war der SS-Mann ins KZ Mauthausen abtransportiert worden. Er würde sie nicht mehr belästigen.

Vom Hof ertönte Hufgeklapper, was darauf hindeutete, dass Nils mit dem Gespann zurückgekommen war. Kurz darauf betrat Frau Mertens die Küche und beäugte Dora und Oliver. Sie war der Heirat der beiden gegenüber zunächst skeptisch gewesen, denn Oliver stammte aus einer der alteingesessenen

Familien vor Ort und hatte sich vom Stallburschen zum Gutsverwalter hochgearbeitet. Dora hingegen war eine Ukrainerin, die erst vor Kurzem eingedeutscht worden war. Doch nach der Ankündigung, dass die beiden ihr erstes Kind erwarteten, war Frau Mertens Haltung weicher geworden.

Sie sprach es zwar nie aus, dennoch war es unverkennbar, dass sie sich über die Aussicht auf ein Baby im Haus freute. Wenn es schon nicht der Nachwuchs der Herrin war, so doch wenigstens der des Gutsverwalters.

Oliver erinnerte sich daran, wie streng sie in seiner Kindheit mit allen Kindern auf Gut Plaun gewesen war, und fragte sich, ob sie mit ihren knapp sechzig Jahren sentimental wurde. Ihre beiden Söhne waren im Krieg gefallen, sodass sie keine eigenen Enkelkinder haben würde.

»Da bist du ja, Oliver«, sagte sie. »Fräulein Annegret möchte dich dringend sprechen. Sie wartet bereits in deinem Büro.«

»Vielen Dank, Frau Mertens, ich gehe sofort zu ihr.« Auf dem Weg zu seinem Arbeitszimmer überlegte Oliver, dass es genauso gut Annegrets Büro war. Doch da sie eine Frau war, wurde von ihr erwartet, das Familienanwesen nicht selbst zu führen. Um den Schein zu wahren, repräsentierte Oliver das Gut nach außen. Keinesfalls bedeutete dies jedoch, dass sie keine klaren Vorstellungen davon hatte, wie er das Anwesen und ganz besonders die Nitropentafabrik zu leiten hatte. Die Fabrik galt als kriegswichtig, denn sie produzierte Sprengstoff und Munition. Dafür wurden Häftlinge aus den Lagern eingesetzt.

Vor Annegrets Ankunft auf Gut Plaun hatten die Zwangsarbeiter unter den erbärmlichsten Bedingungen ihr Leben gefristet und geschuftet. Sobald sie erfahren hatte, dass dieses Vernichtungslager ihr gehörte, hatte sie damit begonnen, die Bedingungen der Häftlinge Schritt für Schritt zu verbessern und die jüdischen Arbeiter vor der Deportation zu bewahren.

Annegret redete nie über die Gräuel, von denen sie wusste, dass sie in Lagern wie Auschwitz stattfanden, und Oliver fragte nicht danach, denn es gab Dinge, die besser unausgesprochen blieben.

»Du wolltest mich sehen?«, fragte er, als er das Büro betrat, wo Annegret am Schreibtisch saß und etwas auf einen Notizblock kritzelte.

»Ja, bitte setz dich.« Sie stand auf, überließ ihm den Drehstuhl und begann, im Zimmer auf- und abzugehen. An der Tür hielt sie inne, um abzuschließen. »Oder vielleicht bleibst du besser stehen. – Ach, ich weiß auch nicht.«

»Was ist denn los?«

Sie seufzte tief und sah aus, als wollte sie jeden Moment in Tränen ausbrechen. Oliver fand das äußerst beunruhigend, weil sie sonst die Ruhe in Person war. »Wir haben ein Problem.«

»Was für ein Problem?« Die heimlichen Widerstandsaktivitäten gegen das Reich brachten eine einzige Abfolge von Sorgen mit sich.

»Ein schlimmes. Vielleicht solltest du doch besser sitzen.« Sie ließ sich auf den Besucherstuhl vor dem Schreibtisch sinken. »Katze hat mich heute Morgen ins SS-Hauptquartier beordert.«

»Davon habe ich gehört.«

»Er weiß Bescheid.«

»Worüber?« Oliver war nicht dumm, aber an diesem Tag konnte er sich keinen Reim auf Annegrets kryptische Aussagen machen.

»Über alles. Über mich. Er besitzt sogar eine Kopie meiner verflixten Kennkarte.«

Olivers Herz setzte einige Schläge lang aus. Das war in der Tat eine schlechte Nachricht. Allerdings hatte Katze Annegret nicht sofort festnehmen lassen, vielleicht also versteckte sich irgendwo noch ein Hoffnungsschimmer. »Was will er?«

»Geld. Er will eine monatliche Zuwendung, die das übersteigt, was ich für Lebensmittel für alle Angestellten in Haus und Stall ausgebe.«

Jetzt war Oliver froh, dass sie ihn aufgefordert hatte, sich zu setzen. »Das ist verdammt viel. Was hast du gesagt?«

»Ich habe natürlich zugestimmt.« Sie verbarg ihr Gesicht in den Händen. »Er hat Onkel Ernst. Er hält ihn als Geisel, um sicherzustellen, dass ich ‚kooperiere‘, wie er es ausgedrückt hat.«

Oliver hatte Katze nicht für schlau genug gehalten, sich ein Druckmittel zu beschaffen. Möglicherweise musste er sein Urteil revidieren, dass der Mann einfach nur dumm und habgierig war. In dem Versuch, Annegret zu beruhigen, sagte er: »Es hätte schlimmer sein können. Irgendwie werden wir das Geld schon auftreiben.«

Sie hob den Kopf, und er erkannte plötzlich die Verletzlichkeit in ihren haselnussbraunen Augen. »Wir brauchen das Geld unbedingt, um die Gefangenen zu ernähren. Ich bin das nicht wert.«

»Was?«

»Ein Leben, oder sogar zwei, wenn wir das meines Onkels dazuzählen, ist es nicht wert, eine solch exorbitante Summe für weiß Gott wie lang zu berappen.« Sie sprang auf und ging auf die Tür zu. »Ich fahre zurück nach Parchim und sage Katze, dass er mich meinetwegen hängen kann, aber er wird keinen einzigen Pfennig von uns bekommen.«

»Warte!« Oliver eilte ihr nach und erwischte sie an der Schulter, als sie gerade die Türe aufschließen wollte.

»Nein.« Sie drehte sich um und starrte ihn an. »Glaub mir, das ist die richtige Entscheidung. Ich bin nur eine Person. Es ist besser, das Geld für die Häftlinge auszugeben.«

Olivers Gehirn arbeitete auf Hochtouren. Er musste ihr irgendwie ausreden, sich zu opfern, denn es ging um das Wohle aller, einschließlich seiner selbst, Doras und des ungeborenen Kindes.

»Bitte hör mir zu.« Endlich bildeten sich in seinem Kopf Sätze, um auszudrücken, wie die Situation in Wirklichkeit aussah. »Nicht nur dein Leben steht hier auf dem Spiel.«

»Das Leben meines Onkels ist sowieso verwirkt. Ich traue Katze nicht. Er wird sein Wort, ihn zu verschonen, nicht halten.«

»Es geht nicht nur um deinen Onkel, sondern um uns alle. Mich, Dora, Nils, Frau Mertens. Wenn du als Jüdin entlarvt wirst, stehen wir alle unter Verdacht, dir geholfen zu haben.«

Sie zuckte mit den Schultern, doch er hatte einen Funken von Zweifel in ihren Augen entdeckt. »Das Risiko ist gering. Nicht einmal Reichskriminaldirektor Richter wusste davon. Das wird doch bestimmt für euch sprechen, oder?«

»Vielleicht, vielleicht auch nicht. Aber glaubst du, wir können dann so weitermachen wie bisher? Was geschieht mit den Zwangsarbeitern, wenn du weg bist? Wer wird der neue Eigentümer von Gut Plaun? Wird das Reich es sich einverleiben und einen Gutsverwalter einsetzen, der strikt die Parteilinie befolgt? Denkst du, er wäre einverstanden, sein ganzes Privatvermögen für Lebensmittel und Kleidung für die Häftlinge auszugeben? Glaubst du wirklich, sie sind ohne dich besser dran? Wer soll dann die Ausnahmegenehmigungen für die jüdischen Arbeiter beantragen? Oder werden sie deportiert, noch bevor dein Leichnam entsorgt wurde?«

Ein Schaudern durchlief sie, und er hoffte, dass seine drastischen Worte sie umstimmten. Oliver machte sich nicht nur um ihr Leben Sorgen oder um seins ... Hunderte von Menschen waren auf ihren Schutz angewiesen.

»Annegret?«

Sie blinzelte mehrmals, bevor sie schließlich nickte. »Ich schätze, du hast recht. Das war egoistisch von mir.«

Wäre die Situation nicht so ernst gewesen, hätte er laut aufgelacht. Wie konnte sie es egoistisch nennen, sich selbst für das Wohl anderer opfern zu wollen?

»Nein, das war es nicht. Dir war nur nicht klar, was alles auf dem Spiel steht. Ohne dich ist niemand hier mehr sicher. Ob wir wollen oder nicht, wir müssen auf Katzes Erpressung eingehen. Zumindest für den Moment sehe ich keine andere Lösung.«

6

Stefan betrat das Hauptgebäude der Fabrik, wo die Arbeiter Hülsen mit Nitropenta befüllten, um Patronen, Granaten und andere Munition herzustellen. Aufmerksam ging er von einer Arbeitsstation zur nächsten, beobachtete die Abläufe und machte sich Notizen in ein Büchlein.

Er hatte bereits die eine oder andere Idee, wie sich die Produktion sabotieren ließe, wollte sich jedoch ein akkurates Bild von den Abläufen machen, bevor er eine Entscheidung traf. Es war von höchster Wichtigkeit, dass durch sein Eingreifen keiner der Arbeiter verletzt wurde und dass der Verdacht auf die schlechte Qualität der Rohmaterialien gelenkt wurde. Man durfte keinesfalls Fahrlässigkeit vermuten.

Oliver hatte ihn dem Fabrikleiter Franz Volkmer als externen Berater für die Qualitätssicherung vorgestellt. Trotz seiner offiziellen Rolle hatte Stefan die Inspektion bewusst auf Volkmers freien Tag gelegt.

Der Mann gehörte zwar nicht zu den hartgesottenen Nazis der Stadt, dennoch traute Stefan ihm nicht. Volkmer mochte Mitgefühl mit den Häftlingen haben, doch — da war sich Stefan sicher — würde er jeden unverzüglich bei der Gestapo anzeigen, den er im Verdacht hatte, die Produktion zu sabotieren. Deshalb zog Stefan es vor, ihm aus dem Weg zu gehen.

Er überquerte den Hof und ging auf einen der vielen kleinen Bunker zu, die über das riesige Gelände des Fabrikkomplexes verstreut lagen. Auf einer Fläche von etwa vier Quadratkilometern waren zahllose Betonbunker durch Erdwälle und Gräben voneinander getrennt. Ausladende Bäume verbargen den ganzen Komplex vor feindlichen Flugzeugen. Sollten die alliierten Aufklärungsflieger jemals bis hierher vordringen, sähen sie nichts als Blätterwerk.

Vertieft in den Anblick zweier Frauen, die schwere Säcke zu den Bunkern schleppten, wo das explosive Nitropenta gekocht wurde, wäre Stefan beinahe mit einem der Vorarbeiter zusammengestoßen.

»He, wer bist du denn? Was machste hier?«, blaffte der Mann ihn an.

»Verzeihen Sie. Ich heiße Stefan Stober. Man hat mich mit der Qualitätssicherung beauftragt.«

»Ick hab dir hier noch nie jesehn«, brummte der Mann ein wenig besänftigt.

»Stimmt. Ich bin neu. Erst Anfang der Woche hatte ich mein erstes Treffen mit Herrn Volkmer.«

Der Vorarbeiter zuckte mit den Schultern. Offenbar war er mit der Antwort zufrieden. Stefan verdrückte sich und folgte den Frauen mit den schweren Säcken. Als er sie eingeholt hatte, rief er: »Warten Sie bitte einen Moment.«

Die beiden blieben wie angewurzelt stehen und drehten sich mit angsterfüllten Augen zu ihm um. Sein Blick fiel auf den gelben Stern auf ihrer Häftlingskleidung. Auch nachdem Annegret die komplette Fabrikleitung ausgetauscht hatte, war es immer noch ein Ort der Furcht und Plackerei, vor allem für die Juden unter den Zwangsarbeitern.

»Kein Grund zur Beunruhigung, ich würde nur gerne einen Blick in die Säcke werfen.«

»Sehr wohl, mein Herr«, antwortete die Ältere der beiden, während die andere den Blick fest auf den Boden geheftet hatte.

Er hätte ihnen gerne versichert, dass er ihnen nichts Böses wollte, konnte jedoch nicht riskieren, dass einer der deutschen Arbeiter etwas davon mitbekam und ihn am Ende als Judenfreund denunzierte. Immerhin war es sein erster Tag in der Fabrik, und er musste noch herausfinden, wem er vertrauen konnte.

»Machen Sie den Sack auf«, bellte er deshalb.

Die Frau gehorchte unverzüglich und zeigte ihm den Inhalt: ein weißes, kristallines Pulver namens Pentaerythrit, einer der Hauptbestandteile von Nitropenta. Aus seinem Chemiestudium wusste Stefan, dass es süßlich schmeckte, entzündlich war und sich in kaltem Wasser, Alkohol oder Benzol nicht löste, dafür aber umso besser in heißem Wasser. Aus genau diesem Grund wurde der Prozess der Veresterung mit Salpetersäure zu einem Sprengstoff als *kochen* bezeichnet.

Als er das Pulver durch die Hand rieseln ließ, kam ihm eine Idee: Wenn er einen Teil des Pentaerythrits mit Mehl ersetzte, würde das Endprodukt nicht ordentlich explodieren. Doch gleich darauf verwarf er die Idee wieder, das Grundnahrungsmittel wurde dringend benötigt, um die Bevölkerung mit Brot zu versorgen. Weißer Pulversand von einem der Strände am Plauer See war zwar schwieriger zu beschaffen, hätte aber dieselbe Wirkung.

Stefan musste nur mit der Menge und Textur des Sandes experimentieren, damit niemand bei einer Inspektion den Unterschied bemerkte. Er machte sich eine Notiz in sein Büchlein und wies dann die Frauen barsch an weiterzuarbeiten.

Nach seinem Rundgang kehrte er zum Verwaltungsgebäude zurück, um Volkmers Sekretärin wissen zu lassen, dass er die Begutachtung der Produktionsabläufe abgeschlossen habe und in den kommenden Tagen einen Bericht mit Verbesserungsvorschlägen vorlegen werde.

Dann bestieg er sein Fahrrad, um beim Gutshaus vorbeizuschauen und Oliver Bericht zu erstatten. Als Stefan die Umzäunung der Fabrik hinter sich gelassen hatte, verspürte er immense Erleichterung. Es war pures Glück gewesen, dass er nach der Explosion an seinem alten Arbeitsplatz nicht auf der falschen Seite eines solchen Zaunes gelandet war.

Während er durch den Wald fuhr, kehrten seine Gedanken zu der Fabrik am Rande von Köln zurück, wo er nach seinem Universitätsabschluss im Januar 1939 als Chemieingenieur gearbeitet hatte. Er war mit der Stelle, die ihm das Arbeitsamt zugewiesen hatte, nie glücklich gewesen, denn dort musste er aus PVC Kabelisolationen für Kriegsschiffe anfertigen. Viel lieber hätte er in einer Fabrik gearbeitet, die Produkte des täglichen Lebens aus dem vielseitigen PVC und seinen unzähligen Derivaten herstellte.

Nicht einmal seine Liebe zum Wasser und zu allem, was mit Booten zu tun hatte, milderte seinen Widerwillen. Als der Krieg dann ausbrach, konnte er nicht länger tatenlos zusehen, und es dauerte nicht lange, bis sich eine Gelegenheit bot.

Er lernte einige Vorarbeiter kennen, die nur zum Schein die Parteilinie der Nazis befolgten, in Wahrheit jedoch alte Kommunisten waren. Nach ihrem anfänglichen Argwohn fingen sie an, ihm zu vertrauen und ihn zu Versammlungen und einem Bierchen nach Feierabend einzuladen. Diese Arbeiter öffneten ihm die Augen für vieles, das er während seines Studiums nie bewusst wahrgenommen hatte.

Von da an war es nur eine Frage der Zeit gewesen, bevor er sich aktiv an der Sabotage der Produktion beteiligt hatte. Doch aufgrund seines Mangels an Erfahrung hatte er versehentlich eine schwere Explosion verursacht, bei der zwei seiner kommunistischen Freunde ums Leben gekommen und mehrere Dutzend Arbeiter verletzt worden waren.

Die Gestapo war für die Aufklärung hinzugezogen worden, und bald wurde offensichtlich, welche Abteilung die Schuld an dem Vorfall trug. Stefan erinnerte sich gut an das geheime Treffen der verbliebenen Gruppenmitglieder.

»Es ist ganz allein meine Schuld. Ich hätte es gründlicher testen müssen«, gab Stefan von Schuldgefühlen gepeinigt zu.

»Jetzt ist nicht der richtige Zeitpunkt für Reue. Wir haben größere Probleme«, meinte der Anführer.

»Größer als der Tod von zwei Kameraden?«

»Viel größer. Wenn die Gestapo etwas über unsere Gruppe herausfindet, baumeln wir bald alle am Galgen«, erklärte ein anderer Mann.

Stefan schaute von einem zum anderen. Sie waren mindestens zwanzig Jahre älter als er. Er mochte der Einzige sein, der Chemieingenieurwesen studiert hatte, aber die anderen verfügten über weit nützlicheres Wissen: Lebenserfahrung.

»Wir müssen retten, was zu retten ist«, entschied ihr Anführer. »Karl, du kümmerst dich darum, dass alle Beweise auf die toten Kameraden deuten.«

»Das könnt ihr nicht machen!«, protestierte Stefan entsetzt darüber, dass sie den Ruf der Toten so beschmutzen wollten.

»Wär es dir lieber, die Gestapo kommt und foltert die Überlebenden, statt ihren Ärger an den Toten auszulassen?«

»Nein ...« Es fühlte sich falsch an, aber Stefan musste zugeben, dass es vermutlich die beste Lösung für alle Beteiligten war.

In den folgenden Tagen und Wochen war ihm klargeworden, wie viel Wahrheit in den Worten gelegen hatte. Jeder einzelne Arbeiter der Fabrik wurde von der Gestapo befragt. Diejenigen, die Bescheid wussten, sagten alle mehr oder weniger dasselbe aus und deuteten an, dass die beiden Toten Verräter und Saboteure gewesen waren. Für deren Familien war es eine schwere Zeit. Stefan wurde entlassen und als »politisch unzuverlässig« abgestempelt, weshalb er nicht mehr in der Industrie arbeiten durfte.

Die anderen Gruppenmitglieder nahmen ihr Leben wieder auf und verhielten sich unauffällig, bis Gras über die Sache gewachsen war. Stefan hingegen zog nach Plau am See und wurde Fischer.

Da entdeckte er Oliver, der gerade auf dem Weg zu den Ställen war.

»Oliver, hast du eine Minute?«, rief Stefan. Die zwei kannten sich schon seit ihrer Kindheit, als Stefan jedes Jahr die Sommerferien bei seinem Großvater verbracht hatte.

»Natürlich.« Oliver trug Reitkleidung. Obwohl er vom Stallmeister zum Gutsverwalter aufgestiegen war, verbrachte er immer noch viel Zeit mit seinen geliebten Pferden.

»Ich komme gerade von der ersten Einschätzung der Produktionsabläufe«, sagte Stefan und blieb bewusst vage. »Wollen wir die Ergebnisse in deinem Büro besprechen?«

Oliver sah ihn abwägend an. »Wie wäre es stattdessen mit einem Ausritt?«

»Bloß nicht!« Als Stadtkind hatte er das Reiten nie gelernt, also deutete Stefan auf sein Fahrrad. »Ich ziehe meinen Drahtesel vor.«

»Gut, dann lass uns spazieren gehen. Du kannst dein stählernes Ross hier im Stall lassen, da ist es in guter Gesellschaft.«

Stefan tat wie geheißen und ging dann mit Oliver in Richtung Koppel. Sie schwiegen, bis sie ein gutes Stück von den Ställen entfernt waren.

Oliver begutachtete einen Zaunpfosten und sagte dabei mit leiser Stimme: »Die Wände scheinen heutzutage Ohren zu haben, es ist besser nichts zu riskieren.«

»Ach, tut mir leid.«

»Es ist ja nichts passiert«, winkte Oliver ab. »Also, was hast du herausgefunden?«

Stefan umriss mehrere Bereiche, in denen er es für möglich

hielt, das Material zu sabotieren, ging jedoch nicht ins Detail. Auch wenn er dem anderen vorbehaltlos vertraute, galt für ihr geheimes Unterfangen: Reden ist Silber, Schweigen ist Gold.

Was Oliver nicht wusste, konnte die Gestapo auch nicht aus ihm herausfoltern, sollte es jemals so weit kommen. Das war eine der Lektionen, die er aus dem Fiasko in der PVC-Fabrik gelernt hatte.

»Besteht dabei nicht die Gefahr, dass jemand etwas merkt?«, wollte Oliver wissen.

»In dem unwahrscheinlichen Fall, dass eine Qualitätskontrolle Mängel aufzeigt, wird es so aussehen, als wären minderwertige Rohstoffe an die Fabrik geliefert worden.«

»Und du bist sicher, dass keiner etwas merkt? Ist es nicht verdächtig, wenn ganze Chargen der Munition nicht explodieren?«

Stefan nickte. Genau darüber hatte er sich am längsten den Kopf zerbrochen. Er konnte nichts an den Metallhülsen ändern, denn dann wäre es offensichtlich, dass die Patronen nicht den Spezifikationen entsprachen. Doch wenn das Schießpulver erst einmal darin versiegelt war, bemerkte keiner etwas, bis es zu spät war.

»Ja, das könnte problematisch sein, doch das lässt sich nicht vermeiden. Deshalb müssen wir darauf hoffen, dass die Munition viele, viele Kilometer von hier entfernt und unter großem Stress eingesetzt wird.« Stefan hielt inne, um Oliver anzusehen. »Die armen Schweine mit der defekten Munition werden vermutlich nicht lange genug leben, um sich darüber zu beschweren.«

Oliver biss sich auf die Lippe und wurde eine Spur blasser. Dies stellte ein quälendes moralisches Dilemma dar. Egal was sie taten, sie machten sich des Mordes mitschuldig: Entweder tötete ihre Munition den Feind – oder die eigenen Soldaten.

Es hätte so einfach sein können: Krieg war Krieg, und man musste eine Seite wählen. In diesem Fall jedoch waren die

Grenzen verwischt, denn die deutschen Soldaten kämpften einen ungerechten Angriffskrieg gegen so gut wie alle anderen, einschließlich eines Teils der eigenen Bevölkerung, unter anderem ihre jüdischen Mitbürger.

Stefan beobachtete Olivers Gesicht, während dieser mit demselben inneren Konflikt kämpfte, den auch Stefan hatte ausfechten müssen. Es war leicht, den genauen Augenblick auszumachen, in dem Oliver zur selben Erkenntnis kam, denn seine Miene verhärtete sich, und er nickte nachdenklich. Um das Richtige zu tun, führte kein Weg daran vorbei, den eigenen Landsmännern zu schaden. »Was brauchst du von mir?«

»Es ist besser, du kennst die Details nicht. Ich habe, was ich brauche, und kümmere mich selbst um alles. So wird niemand sonst in die Sache verwickelt.«

»Das ist sehr nobel von dir.«

»Besser nur einer von uns hat die Konsequenzen zu tragen«, sagte Stefan scheinbar gelassen. Oliver brauchte nicht zu wissen, dass sein Handeln mehr von Schuldgefühlen als Tapferkeit motiviert war. Dieses Mal würde er nicht zulassen, dass andere für sein Versagen den Kopf hinhalten mussten. Würde die Sabotage entdeckt, wäre er der Einzige, der bestraft wurde. »Wenn es sonst nichts gibt, schicke ich dir und Volkmer in den nächsten Tagen meinen Bericht. Ich werde etwas von Qualitätsmängeln bei den eingekauften Rohstoffen hinein-schreiben.«

»Gute Idee. Gehen wir zurück. Da warten noch eine Million anderer Probleme auf mich.«

»Ja, auf mich auch.« Eine Sekunde lang wünschte Stefan sich, in die Zeit seines ruhigen Lebens als Fischer zurückkehren zu können, lange bevor seine Freundin Sandra ihn angeheuert hatte, Illegale zu verstecken, die aus Deutschland hinausge-schmuggelt werden sollten. – Und bevor Annegret ihn dazu gedrängt hatte, die Produktion ihrer Fabrik zu sabotieren.

Der Moment der Schwäche verging. Ein Leben ohne Kampf gegen das Böse war ein vergeudetes Leben.

Weil Oliver zu den Ställen abbog, gab es für Stefan keinen triftigen Grund, auf dem Heimweg einen Umweg über das Gutshaus zu machen, um ein paar Worte mit Annegret zu wechseln oder zumindest einen Blick auf ihr liebliches Gesicht zu erhaschen. Schweren Herzens stieg er aufs Rad und fuhr durch den Wald nach Hause, ohne sie gesehen zu haben.

Um keinen Verdacht zu erregen, hatten sie vereinbart, sich nur dann zu treffen, wenn die Umstände es verlangten, und das war nicht oft der Fall. Wenn sie alleine waren, nannte er sie Gretchen, aber um ihre Tarnung aufrechtzuerhalten und nicht versehentlich ihren wahren Namen auszuplappern, nannte er sie grundsätzlich und immer Annegret, selbst in Olivers Anwesenheit oder in Gedanken.

Zu Hause angekommen verbrachte er den Großteil des Nachmittags damit, seinen Inspektionsbericht zu verfassen. Darin schrieb er, dass einige der Rohstoffe von geringer Qualität oder sogar gänzlich unbrauchbar waren. Er schlug eine gründliche Untersuchung sämtlicher gelagerter Materialien vor und bot sich selbst für die lästige Aufgabe an, die untauglichen Bestände zu identifizieren und zu entsorgen.

Dann machte er es sich mit einer Tasse Ersatzkaffee auf der Veranda gemütlich und dachte über weitere Möglichkeiten einer wirkungsvollen Sabotage nach. Er kritzelte einzelne Wörter auf ein Stück Papier, um seinen Denkprozess in Gang zu bringen.

Er hatte bereits mehrere Maschinen ausfindig gemacht, die leicht mit ein wenig Sand im Schmieröl zum Stillstand gebracht werden konnten. Maschinen mussten ständig gewartet werden, und die Vorarbeiter würden die Ausfälle dem natürlichen Verschleiß zuschreiben.

Ein Schatten fiel auf das Papier, und Stefan blickte auf. Sein Großvater beugte sich über seine Schulter.

»Versuchst du, die Lösung für ein Problem zu finden?«, fragte Opa und zeigte auf das Gekritzel.

»Ich war heute Morgen in der Nitropentafabrik.«

Sein Großvater kannte ihn lange genug, um zu merken, dass Stefan etwas verheimlichte. Er sagte: »Das riecht nach Ärger.«

Stefan, der seinen Opa nie anlog, zog die Schultern hoch. »Das wäre möglich.«

»Ich brauche dich wohl nicht daran zu erinnern, dass das, was du tust, äußerst gefährlich ist?«

»Nein, Opa. Ich bin mir des Risikos bewusst. Ich muss es trotzdem tun.«

»Guter Junge. Ich wünschte, ich könnte dir helfen. Aber schau mich an: Meine klapprigen Knochen werden es nicht mehr lange machen.«

Trauer schnürte Stefans Kehle zu. Die Worte seines Opas spiegelten seine eigenen Sorgen wider. »Sag das nicht. Wenn du es ruhig angehen lässt und mir die harte Arbeit überlässt, dann hast du noch viele Jahre vor dir.«

Sein Großvater grinste verlegen. »Manchmal danke ich dem Schicksal, dass es dich zu mir verschlagen hat. Ich wüsste nicht, was ich machen sollte, wenn du noch in Köln wärst.«

»Mach dir keine Sorgen. Ich werde immer für dich da sein.«

7

Eine Welle unerträglichen Schmerzes schoss durch Doras Unterleib.

»Durch die Wehe atmen«, wies die Hebamme sie an. Dora hatte zuvor zwei Untersuchungstermine bei der älteren Frau mit dem ergrauenden Haar und der runzligen Haut gehabt. Auch wenn sie schroff erschien, hatte jeder in der Stadt versichert, dass sie etwas von ihrem Beruf verstand und unzählige Babys erfolgreich auf die Welt geholt hatte.

»Ich ... Ich ... Ich kann nicht!« Zum Glück dauerten die Wehen nicht länger als einige Atemzüge, bevor sie abklangen und ihr ein oder zwei Minuten Zeit ließen, sich zu erholen. Nie im Leben hätte sie gedacht, dass eine Geburt so schmerzhaft sein konnte.

Die nächste Wehe traf sie heftiger als alle vorherigen, sodass sie laut aufschrie und ihre Hände in das Laken krallte, bis die Knöchel weiß hervortraten.

»Pressen!«, verlangte die Hebamme ungerührt. »Fester!«

Als die Welle über sie gerollt war, fragte Dora heiser: »Wie soll ich denn pressen?«

»Atmen Sie durch die Wehe, dann machen Ihre Muskeln

den Rest. Der Körper einer Frau weiß, was zu tun ist. Sie brauchen sich nur zu entspannen.«

Entspannen? Wie um Himmels willen sollte sie das tun, wenn es sich anfühlte, als würde ein übergroßer Fußball durch sie hindurchgequetscht werden? Eine weitere schmerzhafte Wehe kündigte sich an und drohte Doras verschwitzen Leib zu zerreißen. Es begann ganz erträglich, wurde dann mit jeder Sekunde schlimmer, bis Dora so laut schrie, dass sie fürchtete, man könne sie bis in die Stadt hören.

»Schreien Sie, so viel Sie wollen, aber pressen Sie um Himmels willen!«, befahl die Hebamme.

Wenn schon ihr Verstand nicht dazu in der Lage war, so hörte doch Doras Körper endlich auf die Forderungen der Hebamme. Ihre Bauchmuskulatur schien sich auf uralte Weisheiten zu besinnen und tat genau das, was sie tun sollte. Mit jeder Wehe presste sie stärker, bis irgendwann die Hebamme rief: »Einmal noch! Das Köpfchen ist schon fast durch.«

Wie benommen nahm Dora nochmal alle Kraft zusammen und spürte mit einer letzten Anstrengung, wie etwas aus ihr herausglitt. Augenblicke später verkündete die Hebamme: »Es ist ein Mädchen.«

Von Kopf bis Fuß in Schweiß gebadet sank Dora erschöpft aufs Bett zurück, während die Hebamme ein schleimiges, blutiges Baby hochhielt, um zu prüfen, ob es gesund war und alle Gliedmaßen besaß. Dann trennte sie die Nabelschnur durch und rieb das Baby brüsk ab. Das zappelnde Neugeborene wusste diese grobe Behandlung nicht zu schätzen, und ein empörter Schrei ertönte, der mehr einem glucksenden Schluckauf glich. Erst einige Augenblicke später erfüllte ein richtiges Brüllen den Raum.

»Und ein gesundes noch dazu«, kommentierte die Hebamme unbeeindruckt, bevor sie den Säugling in eine Decke wickelte und das Paket auf Doras Brust legte.

Mutter Natur öffnete die Schleusen der Liebe zu ihrer

kleinen Tochter, und innerhalb von Sekunden hatte Dora die überstandenen Qualen vergessen. Ohne dass sie es bemerkt hatte, musste die Hebamme die draußen Wartenden informiert haben, denn plötzlich stand Oliver wie ein Honigkuchenpferd grinsend neben dem Bett.

»Es ist ein Mädchen«, flüsterte Dora.

»Sie ist wunderschön.« Olivers Augen leuchteten vor Stolz. Wieder einmal wurde Dora bewusst, was für ein guter Mann er war. Andere Gatten hätten sie womöglich dafür getadelt, nur ein Mädchen geboren zu haben, aber Oliver schien das nichts auszumachen. Er fuhr mit seinem schwieligen Daumen über die Wange seiner Tochter, sodass Dora unwillkürlich den Atem anhielt, aus Angst, er könne die Kleine zerquetschen, denn seine Hand war fast so groß wie das Neugeborene selbst.

»Meinen herzlichen Glückwunsch«, erklang eine andere Stimme.

Dora sah auf und merkte erst jetzt, dass auch Fräulein Annegret, Frau Mertens und sogar Gloria, das neue Dienstmädchen, hereingekommen waren, um das Kind willkommen zu heißen.

»Danke, Fräulein Annegret. Für alles, was Sie für uns getan haben.« Ohne die Hilfe ihrer Herrin bei Doras Eindeutschung hätten sie und Oliver niemals heiraten können.

»Du brauchst mir nicht zu danken.« Nachdem alle Frauen das Baby bewundert hatten, erspähte Dora den langjährigen Angestellten Nils, das Faktotum von Gut Plaun. Er stand mit verdächtig schimmernden Augen im Türrahmen. Soweit Dora wusste, waren seine Frau und sein Sohn vor langer Zeit im Kindbett gestorben. Nils hatte danach nicht mehr geheiratet.

»Komm rein, Nils«, rief sie.

Zögerlich trat er mit der Mütze in den Händen vor. Er räusperte sich mehrere Male, bis er endlich sprechen konnte: »Auch von mir Glückwünsche.«

Dora hatte eine Eingebung und flüsterte etwas in Olivers Ohr, der daraufhin nickte.

»Wie soll sie heißen?«, fragte Fräulein Annegret.

Sie hatten verschiedene Namen in Betracht gezogen und sich letztlich auf einen geeinigt, der sowohl in Deutschland als auch der Ukraine geläufig war.

Oliver antwortete: »Sie soll Julia heißen.«

»Ein schöner Name und eine gute Wahl«, meinte Fräulein Annegret, die in ihre Überlegungen eingeweiht war.

»Ist sich passende Name, Yulia«, meldete sich das polnische Dienstmädchen Gloria, wobei sie den Namen mit der slawischen Betonung aussprach.

Dora lächelte, denn für alles andere war sie zu erschöpft.

Oliver räusperte sich und verkündete: »Es mag ungewöhnlich sein, aber da wir uns im Krieg befinden, möchten wir unser Kind schon diese Woche taufen lassen.« Er hielt kurz inne, und alle Anwesenden verstanden. Auch wenn die eigentlichen Kampfhandlungen weit entfernt stattfanden, wusste man nie, ob man den nächsten Tag noch erleben würde. »Und ... Es wäre uns eine große Ehre, wenn du, Nils, einverstanden wärst, der Taufpate unserer Tochter zu werden.«

Nils war sprachlos vor Rührung. Die Freude stand ihm deutlich ins wettergegerbte Gesicht geschrieben. Nach mehreren Atemzügen gewann er den Kampf mit seinen Emotionen und nickte. »Nur zu gern. Ich danke euch für euer Vertrauen.«

Dora schaute ängstlich zu Fräulein Annegret hinüber, denn sie fürchtete, dass diese sich übergangen fühlte, doch ihre Herrin zwinkerte ihr heimlich ihr Einverständnis zu. Nils war die bessere Wahl, nicht nur weil er ein wunderbarer Ersatzgroßvater wäre, sondern auch weil Annegret sich in der schwierigen Situation befand, gar nicht sie selbst zu sein.

»Zeit für die junge Mutter sich auszuruhen«, bestimmte Frau Mertens und scheuchte alle Anwesenden einschließlich

Oliver aus dem Zimmer. Dora war froh darüber, denn sie war völlig erschöpft.

In der Tür drehte Frau Mertens sich noch einmal um: »Ich schicke nachher Gloria mit einer heißen Hühnersuppe. Die lässt dich schnell wieder zu Kräften kommen.«

»Danke, Frau Mertens«, flüsterte Dora, bevor sie sich in die Kissen zurücklegte. Doch noch war es ihr nicht gestattet zu schlafen. Kaum waren alle anderen gegangen, trat die Hebamme heran, um ihr zu zeigen, wie sie das Kind stillen musste.

»Ich komme morgen wieder, um nach Ihnen zu sehen. Im Nullkommanichts sind Sie wieder auf den Beinen und bei der Arbeit.« Damit verließ die ältere Frau Dora und das winzige Neugeborene, das bereits an ihrer Brust nuckelte.

Beide mussten eingeschlafen sein, denn Dora schrak auf, als Gloria eine dampfende Schüssel mit Suppe auf das Nacht-schränkchen stellte.

»Entschuldigung. Frau Mertens wollte das so ...«, murmelte Gloria auf Polnisch, was Dora aufgrund der Ähnlichkeit ihrer Muttersprachen ziemlich gut verstand.

»Macht nichts.« Erst jetzt wurde Dora bewusst, wie hungrig sie war. »Könnte ich bitte auch ein Glas Wasser haben?«

»Ja. Fräulein Annegret sagt, du sollst die nächsten drei Tage im Bett bleiben und dich ausruhen. Sie hat sogar mit Frau Mertens darüber gestritten, die sagt, dass bei Frau Huber die Frauen nach der Geburt immer am nächsten Tag oder sogar am selben Tag wieder zur Arbeit erschienen sind.«

»Bitte bedanke dich bei Fräulein Annegret von mir.« Dora mochte es sich nicht einmal vorstellen, sich in diesem Moment aus dem Bett quälen zu müssen und zum Gutshaus hinüberzu-gehen, um sich um ihre Aufgaben zu kümmern. Sie war mit ihrer Herrin wirklich gesegnet.

8

Einige Wochen später stampfte Oliver wütend über die neueste Wendung der Ereignisse in Richtung Gutshaus. Piet, der Stallmeister, hatte gerade verkündet, dass er und sämtliche verbliebenen deutschen Pferdeknechte eingezogen worden waren.

In ihrem Brief verlangte die Wehrmacht, dass sie sich am kommenden Montag zum Einsatz meldeten. Aus Erfahrung wusste Oliver, dass er nichts dagegen ausrichten konnte. Jeder der Männer war zuvor als unabkömmlich eingestuft und vom Wehrdienst freigestellt worden, weil ihre Arbeit kriegswichtig war.

Wenn die Machthabenden nun entschieden hatten, dass die Aufzucht von Pferden für die Wehrmacht nicht mehr kriegswichtig war, war jeder Einspruch zwecklos. Er würde lediglich den Verdacht erwecken, dass Gut Plaun vielleicht nicht so loyal hinter Hitlers Sache stand, wie es vorgab.

Oliver war sich sicher, dass beim nächsten Liefertermin von Pferden, die Tatsache, dass diese Anordnung das Gestüt sämtlicher Angestellter beraubte, nicht als Entschuldigung gelten würde. Entweder wusste da oben die linke Hand nicht, was die rechte tat, oder sie gingen davon aus, dass er Zauberkräfte besaß oder die Tiere sich selbst ausbildeten.

Die Missachtung des Wohlergehens seiner Schützlinge – das heißt der Pferde – war Oliver ein steter Dorn im Auge. Trotzdem hatte er widerwillig allen Wünschen der Wehrmacht entsprochen, weil er sich bei den Behörden nicht unbeliebt machen wollte.

Als er das Gutshaus erreichte, hatte sein Zorn an Heftigkeit verloren, und er konnte wieder ein bisschen klarer denken, jedoch nicht klar genug, um eine Lösung zu finden. Es war ja nicht so, als gäbe es in den umliegenden Städten arbeitsfähige Männer im Überfluss, schließlich waren fast alle bereits an die Front geschickt worden. Nur die ganz jungen und sehr alten waren zurückgeblieben, und sogar diese wurden zur Arbeit zwangsverpflichtet, sei es in den Ostseehäfen, als Luftwaffenhelfer oder wofür auch immer das Reich sie am dringendsten brauchte.

Oliver betrat die Küche in der Hoffnung, einen Blick auf Julia zu erhaschen und ein paar Minuten mit Dora zu sprechen, aber seine Frau war nicht da. Gloria, die Kartoffeln schälte, fragte: »Suchst du Dora?«

»Ja, genau.«

»Ist sich bei Fräulein Annegret, schon den ganzen Morgen.«

»Danke.« Er wagte es nicht, die beiden Frauen zu stören, deshalb ging er in sein Arbeitszimmer, das im Parterre des Gutshauses lag. Durchs Fenster sah er ein vollbeladenes Pferdefuhrwerk mit Kartoffelsäcken in den Hof fahren. Kaum hielt der Wagen an, sprangen mehrere Männer in gestreifter Uniform herunter, luden die schweren Säcke mit erstaunlicher Geschwindigkeit ab und schleppten sie in den Vorratskeller.

Er biss sich auf die Lippe. Es war keinesfalls seine bevorzugte Lösung, aber er müsste vermutlich Häftlinge für die Pferdepflege einsetzen. Bisher hatte er sie nur für Arbeiten wie das

Ausmisten der Boxen verwendet. Er hatte kein gutes Gefühl dabei, denn jeder seiner Pferdeknechte war für seine Fähigkeiten im Umgang mit Pferden sorgfältig ausgesucht worden.

Ungern wollte er seine geliebten Tiere in unerfahrene Hände geben. Auch wenn die Wehrmacht offenbar anderer Meinung war, ein Pferd für den Kampfeinsatz auszubilden, war eine schwierige Aufgabe, und man konnte dabei viel Schaden anrichten, wenn man es überstürzte.

Er entschied, mit Annegret über die Sache zu reden. Obwohl sie das nicht verlangte, besprach er wichtige Entscheidungen gerne mit ihr, schließlich war es ihr Anwesen. Also kehrte er in die Küche zurück. Dora war immer noch nicht da, aber immerhin Frau Mertens.

»Guten Morgen«, grüßte er die Haushälterin. »Ist Fräulein Annegret noch oben? Ich muss etwas mit ihr besprechen.«

Frau Mertens presste missbilligend die Lippen aufeinander. Die altmodische Frau war der Meinung, dass die Gutsherrin alle geschäftlichen Angelegenheiten den Männern überlassen sollte, so wie es auch ihre Mutter gehalten hatte. »Sie ist mit Dora und der Näherin in ihren Gemächern, weil sie es sich in den Kopf gesetzt hat, die Häftlingsuniformen auszubessern.«

»Ich werde fragen, ob sie eine Minute für mich erübrigen kann«, sagte Oliver und verließ die Küche. Im ersten Stock klopfte er an Annegrets Tür.

Dora öffnete, und ein überraschtes Lächeln erschien auf ihrem Gesicht, was ihn dazu ermutigte, einen schnellen Kuss zu stibitzen, bevor er fragte: »Hätte Fräulein Annegret einen Moment für mich?«

»Ja, natürlich, komm rein. Wir sind sowieso fast fertig.«

Er betrat Annegrets Salon, wo sie mit der Näherin über einen Tisch gebeugt saß.

»Guten Morgen«, sagte er.

»Oh, Oliver, du bist es. Ich hoffe, es gibt keine schlechten Neuigkeiten?«

Er überlegte, was er in Anwesenheit einer Außenstehenden sagen sollte. »Nein, gar nicht, nur eine kleine Unannehmlichkeit für uns, aber zweifellos ein Gewinn für die Wehrmacht. Piet hat mir gerade mitgeteilt, dass er und alle Pferdeknechte zum kommenden Montag eingezogen werden.«

Die Näherin gab einen spitzen Schrei von sich, bevor sie ihren Mund mit einer Hand bedeckte und um Entschuldigung bat. »Verzeihen Sie bitte mein unangemessenes Verhalten. Ich war nur so überrascht, weil mein Werner einer davon ist.«

Oliver hatte Mitgefühl mit der Frau, die sich dank der Freistellung ihres Mannes auf der sicheren Seite gewähnt hatte. Nun würde sie Tag und Nacht um sein Leben bangen.

Annegret klatschte in die Hände. »Ich denke, wir sind hier fertig. Dora, bitte begleite Frau Schulz hinaus.«

Dora nickte, und die beiden verschwanden. Sobald sich die Tür hinter ihnen geschlossen hatte, bat Annegret Oliver, sich zu setzen. »Ist der Brief heute gekommen?«

»Ja. Piet hat seinen Einberufungsbefehl zusammen mit der Nachricht erhalten, dass Gut Plaun in Zukunft ohne Pferdeknechte auskommen muss. Ich schätze, die Männer werden ihre Briefe vorfinden, wenn sie heute Nachmittag nach Hause kommen.

»Ich dachte, sie wären alle unabkömmlich?«

»Waren sie, aber offenbar wurde das geändert. Und du weißt, dass es nichts bringt, Einspruch zu erheben.« Er räusperte sich. »Eigentlich bin ich hier, um eine Idee mit dir zu besprechen.«

»Möchtest du einen Kaffee?«

»Ja, bitte.«

Sie nahm den Telefonhörer auf und bat um zwei Tassen Kaffee mit etwas Hefegebäck.

Sie und Oliver waren zu einem guten Gespann geworden: Er war das offizielle Gesicht nach außen, obwohl in Wahrheit sie diejenige war, die auf Gut Plaun die Fäden in der Hand hielt, zumindest wenn es um ihre subversiven Operationen ging.

Normalerweise hätte er sie mit Entscheidungen bezüglich des Stallpersonals nicht belästigt, aber die neue Situation war zu ernst. »Wir müssen noch diese Woche ungefähr ein Dutzend ausgebildete Pferdeknechte ersetzen.«

Sie nickte nachdenklich. »Das wird schwierig, wenn die Wehrmacht alle arbeitsfähigen Männer einzieht.«

Das Klopfen an der Tür kündigte Dora mit dem Kaffee an. Oliver hielt es nicht für nötig, das Gespräch zu unterbrechen, während sie ihnen einschenkte. »Wie soll ich ein Gestüt führen, wenn es niemanden gibt, der die Arbeit macht?«

»Ist denn keiner mehr übrig? Vielleicht alte Männer?«, schlug Annegret vor.

»Leider nein. Die meisten wurden bereits der einen oder anderen kriegswichtigen Arbeit zugewiesen. Und selbst wenn es noch welche gäbe, wir können nicht jeden Dahergelaufenen für die Ausbildung der Pferde einsetzen. Dafür braucht es erfahrene Männer.«

»Darf ich einen Vorschlag machen?«, fragte Dora, was ihr überraschte Blicke sowohl von ihrer Herrin als auch von ihrem Ehemann einbrachte.

»Nur zu«, antwortete Annegret.

»In der Stadt gibt es ein paar begeisterte Reiterinnen. Warum nehmt ihr die nicht?«

Oliver schüttelte sofort den Kopf. »Unmöglich. Frauen sind für so eine anstrengende Arbeit nicht geeignet.«

Annegret lachte: »Du bist von den Nazis völlig verblendet. Wer glaubst du denn, macht die ganze harte Arbeit, seit die meisten Männer in den Krieg geschickt wurden? Wir Frauen! Und was die deutschen Frauen nicht tun, das machen die Häftlinge, einschließlich der weiblichen.«

Oliver rümpfte die Nase und trank von seinem Kaffee. Ihm gefiel die Vorstellung überhaupt nicht, Frauen mit den Pferden arbeiten zu lassen. Nicht alle waren im Umgang mit den Tieren so begnadet, wie es die echte Annegret gewesen war. Die meisten konnten nicht einmal ihr eigenes Pferd satteln. Der Vorschlag war lächerlich.

»Wenn ihr mich nicht mehr braucht, dann gehe ich wieder in die Küche und helfe das Mittagessen zu kochen«, sagte Dora.

»Danke, du kannst gehen. Ich rufe an, wenn ich dich brauche«, entließ Annegret ihr Dienstmädchen. Als sich die Tür hinter Dora schloss, fragte sie: »Ist das wirklich so eine schlechte Idee?«

Oliver dachte noch einmal über die Situation nach und schüttelte dann den Kopf. »Ich wollte eigentlich einen anderen Ansatz mit dir besprechen, den ich für besser halte.«

»Jetzt bin ich aber neugierig.«

»Wir setzen schon einige Häftlinge für niedere Arbeiten in den Ställen ein. Einer von ihnen, Ladislaus, ist ein Meister im Umgang mit den Pferden. Er hat früher auf dem größten polnischen Gestüt gearbeitet, wo ihm ein Dutzend Männer unterstellt war, mit denen er Rennpferde trainiert hat.«

»Klingt, als hätte er genau die Erfahrung, die wir brauchen«, meinte Annegret.

»Ja. Momentan arbeiten und leben er und die anderen offiziell in der Fabrik, sind aber ans Gestüt ausgeliehen.«

»Du möchtest sie also offiziell als Pferdeknechte einsetzen?« Ihr Gesicht hellte sich auf. »Dann können wir mehr Häftlinge für die Fabrik anfordern!«

Sie hatte es sich zur Lebensaufgabe gemacht, so viele Menschen wie möglich vor der Deportation in eines der Vernichtungslager im Osten zu bewahren. In ihrer Fabrik wurden die Gefangenen wie Menschen behandelt und litten weniger als woanders an Hunger und Kälte, obwohl sie weiterhin harte Arbeit leisten mussten.

»Ja, das könnten wir tun.« Er schmunzelte. »Ich könnte Ladislaus bitten, ein weiteres Dutzend Häftlinge mit einschlägiger Erfahrung in der Fabrik auszusuchen. Wir versetzen sie ins Gestüt und machen ihn zu ihrem Vorarbeiter – zum inoffiziellen Stallmeister, wenn du so willst. Sein Deutsch ist ziemlich gut, außerdem spricht er Polnisch und Russisch. Das könnte nützlich sein, weil die meisten neuen Zwangsarbeiter Polen oder sowjetische Kriegsgefangene sind.«

»Aber können wir ihm vertrauen?«, fragte Annegret.

»Ob wir ihm vertrauen können, dass er die Tiere gut behandelt? Ich würde meinen, ja. Er liebt sie.«

»Wie du«, kicherte sie. »Ich habe oft den Eindruck, dass dir mehr an Pferden liegt als an Menschen.«

»Ein Pferd würde dich niemals hintergehen.«

»Wie auch immer, zurück zu unserem Problem. Können wir darauf vertrauen, dass Ladislaus uns nicht in den Rücken fällt?«

»Was hätte er davon? Verglichen mit dem, was er in anderen Lagern durchgemacht hat, ist die Arbeit im Stall ein Zuckerschlecken. Wieso sollte er das aufs Spiel setzen?«

»Vielleicht weil er habgierig ist?«

Oliver schüttelte den Kopf. »Er ist nicht Katze.«

»Apropos Katze: Nicht genug, dass es eine Qual war, ihn beim Abendessen unterhalten zu müssen, als er kam, um die erste Zahlung einzustreichen. Ich fürchte, wir müssen im nächsten Monat die Menge an Lebensmitteln reduzieren, die wir zukaufen, um sein Schmiergeld weiterhin bezahlen zu können.«

Es stand ihr ins Gesicht geschrieben, wie sehr sie es verabscheute, weniger Essen für die Häftlinge zu haben, selbst wenn dies der einzige Weg war, ihnen das Leben zu retten. Oliver hatte keine tröstenden Worte parat.

»Wo sollen die neuen Knechte wohnen? Wir können sie nicht zwischen Stall und Fabrik hin- und hertransportieren. Außerdem brauchen wir den Platz in der Fabrik für die neuen Arbeiter, die wir anfordern«, wollte Annegret wissen.

»Darüber habe ich noch gar nicht nachgedacht. Im Dienst-botentrakt?«

Annegret schüttelte den Kopf. »Frau Mertens würde niemals zustimmen, nicht einmal wenn ich es befehle. Außerdem reicht der Platz dort sowieso nicht aus, und es sähe nicht gut aus, wenn Häftlinge im Gutshaus leben. Nicht bei den ganzen Fremden, die hier täglich ein und aus gehen.«

Er seufzte, denn sie hatte recht. »Ich könnte einige der leeren Boxen in Schlafräume umwandeln. Das wäre zwar nicht ideal –«

»– aber auf jeden Fall besser als die Unterkünfte in der Fabrik«, beendete sie den Satz. »Gut, dann machen wir es so. Die Häftlinge haben bestimmt nichts dagegen, solange es warm und trocken ist.«

»An Wärme mangelt es bei den Pferden sicher nicht«, stimmte Oliver zu. Als Kind hatte er sich oft von zu Hause weggeschlichen und die Nacht bei seiner Lieblingsstute im Stall verbracht. Er trank den Kaffee aus und stand auf. »Ich gehe besser, um mit Ladislaus zu sprechen und alles Weitere zu arrangieren.«

Auf dem Weg zum Stall erspähte Oliver Ladislaus und winkte ihn zu sich.

»Ja, Herr Gundelmann?« Der Pole stand unterwürfig mit der Mütze in der Hand vor ihm, den Blick zu Boden gerichtet. Obwohl Oliver ihnen schon oft gesagt hatte, dass sie von ihm nichts zu befürchten hatten, waren die Häftlinge von Jahren der Unterdrückung so verschüchtert, dass sie sich anscheinend gar nicht mehr anders verhalten konnten.

Oliver kamen Zweifel auf, ob seine Idee wirklich so gut gewesen war. Vielleicht war eine Frau aus der Stadt, sogar eine unfähige, besser geeignet, eine Gruppe verängstigter Häftlinge zu befehligen als dieser Mann. Nicht ohne Grund hatten die Nazis meist knallharte, sadistische Kriminelle als Kapos in den

Lagern eingesetzt. Die wussten nämlich, wie man Zucht und Ordnung durchsetzte.

»Ladislaus, ich beobachte deine Arbeit schon seit einer geraumen Weile.« Der Pole schien noch mehr zu schrumpfen, als ob er befürchtete, bestraft zu werden. »Du bist sehr begabt mit den Pferden.«

»Danke, mein Herr.« Ladislaus' Stimme war ein bloßes Murmeln.

»Ich will offen mit dir sein, denn ich brauche deine Hilfe.«

Der Mann blickte überrascht auf, seine Statur ein einziges Fragezeichen. »Meine?«

»Ja. Alle meine Stallknechte sind eingezogen worden, und ich brauche Männer, die Erfahrung mit der Pferdepflege haben.«

»Ich weiß zu schätzen, was Sie für uns getan haben, und werde gerne alles tun, um Ihnen zu helfen.«

»Ich weiß, aber ich brauche mehr. Wenn du mit zur Fabrik kommen könntest –«

»Nein, bitte nicht! Ich werde alles tun, was Sie wollen!«, flehte Ladislaus, der offenbar die Bitte missverstanden hatte und befürchtete, zu der gefährlichen Sprengstoffproduktion zurückgeschickt zu werden.

»Keine Sorge, du wirst nicht wieder dorthin zurückversetzt. Du musst mir nur dabei helfen, etwa ein Dutzend Männer auszuwählen, die wie du Erfahrung mit Pferden haben. Ich brauche sie, damit sie sich um die Tiere kümmern und sie ausbilden. Du wirst ihre Arbeit überwachen.«

»Ich?« Ladislaus schien noch immer zu zweifeln.

»Ich verspreche dir, das ist keine Falle. Du solltest inzwischen wissen, dass wir auf Gut Plaun die Menschen gut behandeln.«

Der Pole trat unbehaglich von einem Fuß auf den anderen. Als Oliver nicht weitersprach, blickte er schließlich auf und sagte: »Ja, das habe ich gemerkt. Aber es fällt mir schwer, einem Deutschen zu trauen.«

Obwohl dieses Geständnis nachvollziehbar war, schmerzte es. In Ermangelung der richtigen Worte, zuckte Oliver mit den Schultern. »Nicht jeder ist mit der Grausamkeit der Nazis einverstanden, aber wir können nur so viel tun. Kommst du mit zur Fabrik und suchst die Männer aus, die unter deiner Anleitung arbeiten sollen?«

»Ja, mein Herr.«

»Gut, dann lass uns gehen.« Da es nur wenige Tage waren, bis alle erfahrenen Pferdeknechte eingezogen wurden, hatten sie keine Zeit zu verlieren, um die neue Mannschaft einzuarbeiten. Franz Volkmer würde nicht erfreut sein, doch er konnte jederzeit Ersatz für die Fabrik anfordern. Wenn es eines gab, an dem in dem kriegsgeplagten Land kein Mangel herrschte, so waren es Häftlinge.

9

Das Baby brachte den Bewohnern von Gut Plaun eine Menge Freude und lenkte durch seine bloße Anwesenheit von der düsteren Wirklichkeit ab. Seit Dora wieder arbeitete, verbrachte Julia die meiste Zeit in der Küche, wo sie in einer zu einem Bettchen umfunktionierten Kiste lag, die normalerweise zum Transport von Lebensmitteln verwendet wurde.

Margarete hatte die Taufe des kleinen Mädchens in die Wege geleitet. Lediglich Dora, Oliver, dessen Eltern und Nils sollten dem Ereignis beiwohnen. Trotzdem bestand Margarete darauf, dass der Anlass mit einem herzhaften Festmahl für sämtliche Landarbeiter und Pferdeknechte des Anwesens begangen wurde, denn gute Neuigkeiten waren dieser Tage rar.

»Fräulein Annegret, die Zahlen für das Abendessen stimmen nicht«, überfiel Frau Mertens sie am Morgen des Festessens.

»Haben wir nicht ausreichend Vorräte?«, fragte Margarete besorgt und überschlug im Kopf, ob sie sich an der eisernen Lebensmittelreserve vergreifen konnten, die im Vorratskeller lagerte.

»Nein, nein, im Gegenteil, wir haben zu viel.«

Margarete sah sie ungläubig an. Seit Beginn der Rationierung hatte Frau Mertens beständig den Mangel an diesem oder jenem Grundnahrungsmittel beklagt. »Sind Sie sicher?«

»Aber ja. Die Menge an Lebensmitteln, die Nils gestern Abend mitgebracht hat, würde leicht für vierzig Personen reichen.«

»Dann stimmt es doch.« Margarete verstand nicht, wo das Problem lag. Auf dem Gut und in der kürzlich in den Ställen eingerichteten Unterkunft für die ehemaligen Fabrikarbeiter, die jetzt als Stallburschen fungierten, lebten genau einundvierzig Personen.

Frau Mertens runzelte verwirrt die Stirn. »Wir sind nur siebzehn einschließlich einiger Saisonarbeiter, die im Haus wohnen.«

Margarete kräuselte angestrengt die Nase, während sie im Kopf die Angestellten noch einmal durchzählte. »Ach, Sie haben die Stallarbeiter vergessen.«

Frau Mertens riss die Augen weit auf. »Aber ... Aber Fräulein Annegret! Das sind Häftlinge. Die wollen Sie doch bestimmt nicht einladen, oder?«

Normalerweise nahmen die Zwangsarbeiter, die dem Gut oder dem Gestüt zugewiesen waren, ihre Mahlzeiten nach den deutschen Arbeitern ein, denn die Küche war einfach nicht groß genug, um alle gleichzeitig aufzunehmen. Trotzdem aßen sie das Gleiche, was alle anderen auch bekamen, sowohl was die Qualität als auch die Quantität anging. Margarete war nie in den Sinn gekommen, sie von der kleinen Feier auszuschließen.

»Wollen Sie damit sagen, dass nur die deutschen Angestellten zu dem Festessen eingeladen werden sollen?«

Frau Mertens spannte kurz den Kiefer an, bevor sie antwortete: »Ihre Mutter hätte niemals —«

Margarete hatte genug gehört und beschloss, Frau Mertens

dieses Mal nicht ausreden zu lassen. »Ich bin nicht meine Mutter!«

»Ganz gewiss nicht«, sagte Frau Mertens mit geschürzten Lippen.

Genau wie Annegret war deren Mutter eine kaltherzige Person, die nur auf den eigenen Vorteil bedacht gewesen war. Als ihr Dienstmädchen hatte Margarete sich von den Essensresten auf den Tellern der Familie ernähren müssen. Einmal hatte Frau Huber sie dabei erwischt, wie sie sich eine Scheibe Brot vom Laib schnitt. Die Hausherrin war außer sich gewesen und hatte Margarete des Diebstahls bezichtigt. Als Herr Huber am Abend nach Hause gekommen war, hatte sie ihm brühwarm von den Ereignissen berichtet und zur Freude der echten Annegret, hatte er Margarete eine zünftige Tracht Prügel verpasst.

Dem boshaften Mädchen hatte es ungemein gefallen, der Züchtigung beizuwohnen. Noch Wochen danach hatte sie Margarete hämisch erklärt, wie man hinterhältige, diebische, jüdische Untermenschen behandelte.

Margarete starrte die Haushälterin an, die mehr als dreißig Jahre lang für die Hubers gearbeitet hatte. Es war an der Zeit, ein für alle Mal klarzustellen, wer die Gutsherrin war und wer zu gehorchen hatte. »Ich bin die Herrin von Gut Plaun, und es wäre besser, wenn Sie tun, was ich sage, denn ich habe die Nase voll davon, permanent mit meiner Mutter verglichen zu werden. Ich mache die Dinge auf meine Art, und wenn Ihnen das nicht gefällt, dann können Sie sich gerne nach einer anderen Anstellung umsehen.«

Frau Mertens' Kinnlade klappte herunter bei dieser unerwarteten Standpauke von der Frau, sie schon als Säugling gekannt hatte, bevor sie sich rasch wieder fasste. »Sehr wohl, Fräulein Annegret. Wenn Sie das wünschen, werde ich mich sofort darum kümmern.«

»Danke. Gibt es sonst noch etwas?«

»Nein, Fräulein Annegret, das war alles.«

Margarete machte auf dem Absatz kehrt. Innerlich kochte sie. Sie hatte ihren Ausbruch nicht geplant und war über sich selbst erstaunt, auch wenn die Haushälterin es verdiente, in ihre Schranken verwiesen zu werden, weil sie immer alles besser zu wissen glaubte als ihre Herrin.

Im Versuch sich zu beruhigen, zog Margarete ihre Reithose an und schlenderte zum Stall. Der übliche Pferdeknecht war nicht anwesend, deshalb ging sie auf einen Mann zu, der die Boxen ausmistete.

»Hallo. Wissen Sie, wo Hans ist?«

Der Mann, den sie nie zuvor gesehen hatte, antwortete in erstaunlich gutem Deutsch. »Es tut mir leid, mein Fräulein, nein.«

Sie legte den Kopf schief und erkannte, dass er einer der Häftlinge sein musste, die Oliver in die Ställe verlegt hatte, um ab nächster Woche die zum Militär eingezogen Männer zu ersetzen. »Wie heißen Sie?«

»Ladislaus, Fräulein.«

»Guten Morgen, Fräulein Annegret.« Piet, der Gestütsleiter, entdeckte sie und kam heran. »Senk gefälligst den Blick, das ist die Gutsherrin.«

Ladislaus schien um mehrere Zentimeter zu schrumpfen und starrte ängstlich auf die Reitpeitsche in ihrer Hand. Mit eingezogenem Kopf in unterwürfiger Haltung flüsterte er: »Bitte verzeihen Sie mir, Fräulein. Das wusste ich nicht.«

»Blöder Kerl«, murmelte Piet, während der Häftling zur Salzsäule erstarrte. Dann wandte sich Piet wieder an Annegret: »Möchten Sie Ihr Pferd gesattelt haben?«

»Ja, bitte.«

»Ich werde mich selbst darum kümmern. Hans ist schon zum Flakeinsatz an der Küste.«

»Danke.«

Sogar als Piet sich mit langen Schritten entfernte, blieb Ladislaus unbeweglich mit gesenktem Kopf stehen. Offenbar wartete er auf die Erlaubnis, sich entfernen zu dürfen. Er war unglaublich mager. Fast jeder, der ihnen für die Fabrik zugewiesen worden waren, hatte eine lange Reihe verschiedener Arbeitslager hinter sich, eines schlimmer als das andere. Obwohl Margarete sich nach Kräften bemühte, den Häftlingen annehmbare Lebensbedingungen zu bieten, gelang es bei den mickrigen Rationen keinem von ihnen, Fett anzusetzen.

»Woher kommen Sie, Ladislaus?«, fragte sie.

Sein Kopf schoss hoch, doch sofort senkte er den Blick wieder, als hätte er sogar Angst davor, sie auch nur anzusehen. »Aus Polen, Fräulein.«

Also war er einer der vielen Slawen, die zur Sklavenarbeit verschleppt worden waren, um Hitlers Kriegsmaschinerie am Laufen zu halten. In der Rassenhierarchie der Nazis waren die Slawen vor den Juden die zweituntersten, wohingegen das nordische Herrenvolk der Arier an der Spitze der Pyramide stand und dazu bestimmt war, den wertlosen Rest der Menschheit zu unterwerfen.

»Du brauchst vor mir keine Angst zu haben«, versuchte sie, ihn zu beruhigen. Zu gern hätte sie noch so viel mehr gesagt. Oliver hatte in hohen Tönen von den Fähigkeiten und der Arbeitsmoral der neuen Stallburschen gesprochen. Doch sie wagte es nicht. Es wäre nicht angebracht für die Gutsherrin, ein freundschaftliches Schwätzchen mit einem Häftling zu halten.

Noch immer rührte er sich nicht.

»Du darfst weiterarbeiten.«

Kaum hatte sie die Worte ausgesprochen, nahm sie die Veränderung in seiner Haltung wahr, als Erleichterung ihn erfasste. Sofort huschte er davon, um seine Arbeit wieder aufzunehmen.

Kurz darauf kam Piet mit Pegasus zurück, sie dankte ihm und bestieg den gutmütigen Wallach. Seit sie bei Oliver Reitstunden nahm, um der echten Annegret ähnlicher zu sein, hatte sie tatsächlich begonnen, sich auf die Ausritte in der freien Natur zu freuen.

Es verschaffte ihr die dringend benötigte Ruhe und Gelassenheit, nach denen sie sich inmitten der nahezu beständigen Angst entdeckt zu werden so sehr sehnte.

10

Mit Julia auf dem Arm und einem Korb in der anderen Hand war Dora auf dem Weg in die Stadt. Sie hatte es sich zur Gewohnheit gemacht, Olga, eine Ostarbeiterin aus der Ukraine, und deren Arbeitgeberin Frau Gusen mit einem Korb voller Lebensmittel zu besuchen. Da es Frühling war, enthielt er neben Grundnahrungsmitteln wie Brot und Kartoffeln auch auf dem Gut gezogenes Gemüse.

Frau Gusen war so gebrechlich, dass sie das Haus nicht mehr verlassen konnte, aber das war nicht der Grund für die Wohltätigkeit. Die ältere Dame mochte nicht mehr in der Lage sein zu gehen, aber im Herzen war sie immer noch eine Kämpferin. Sie gehörte zu einem kleinen Netzwerk, das untergetauchte Menschen versteckte.

Dora und Olga waren im Lauf des vergangenen Jahrs dicke Freundinnen geworden, nachdem sie sich in Plau am See kennengelernt hatten. Sie genossen es, sich in ihrer Muttersprache zu unterhalten und sich an die guten alten Zeiten in der Ukraine zu erinnern, denn sie kamen aus ähnlichen Verhältnissen: Beide stammten aus kinderreichen, hart arbeitenden Familien und waren in einer ländlichen Gegend aufgewachsen. Ihre Eltern hatten die Gelegenheit beim Schopf gepackt, die Tochter wegzuschicken, damit sie ihren Lebensunterhalt bei den deutschen Verbündeten verdiente.

Dora seufzte. So viel war seitdem geschehen. Deutschland und die Ukraine waren nicht mehr verbündet, und sie war zwischen beiden Welten gefangen. Seit ihrer Eindeutschung war sie keine Ukrainerin mehr, galt jedoch auch nicht als echte Deutsche. Sie hoffte, dass der Krieg bald vorbei war und sie sich irgendwie durchwursteln konnte.

Olga begrüßte sie an der Tür. »Oh, Yulischka ist so groß geworden!«

Lächelnd antwortete Dora: »Ja, mit ihren zwei Monaten ist sie ganz schön schwer.« Die Kleine, die es gewohnt war, von Person zu Person weitergereicht zu werden, gluckste fröhlich.

»Sie mag dich«, sagte Dora.

»Das sollte sie auch, wenn sie weiß, was gut für sie ist.«

Als Ostarbeiterin galt Olga als zu unwürdig, um offiziell als Patin eines deutschen Kindes in Betracht zu kommen, dennoch hatte Dora ihr das Versprechen abgenommen, sich um Julia zu kümmern und dafür zu sorgen, dass sie nach dem Krieg zu Doras Eltern kam, sollte ihr und Oliver etwas zustoßen.

»Möchtet ihr reinkommen?«, fragte Olga.

»Nein, ich muss noch Besorgungen machen. Vielleicht können wir uns später treffen, wenn ich im Kurzwarenladen war, und du kannst mich ein Stück nach Hause begleiten?«

Olga legte den Kopf schief und verstand ohne Worte, dass Dora weitab von neugierigen Ohren mit ihr sprechen wollte. Das Risiko, dass jemand sie verstand, wenn sie sich auf Ukrainisch unterhielten, war verschwindend gering, aber sie hatten es sich zur Gewohnheit gemacht, in der Öffentlichkeit nur Deutsch zu sprechen. Man brauchte es den Dorfbewohnern nicht ständig unter die Nase zu reiben, dass Dora aus dem Ausland kam.

Nachdem sie die abfälligen Bemerkungen der Kurzwarenhändlerin, einer schlimmen Klatschtante, über sich ergehen lassen musste, erreichte Dora den Stadtrand später als geplant.

Olga sprang von einem Baumstumpf auf und lief ihr entgegen. »Ich dachte schon du kommst nicht mehr. Was hat denn so lange gedauert?«

»Überall, wo ich hinmusste, haben die Leute angestanden«, beklagte Dora sich.

»Tja, herzlich willkommen im Leben von uns einfachen Dorfbewohnern«, scherzte Olga gutmütig.

Die meisten Vorräte wurden direkt aufs Gut geliefert, nur manchmal schickte Frau Mertens Dora in die Stadt, um auf den letzten Drücker Dinge einzukaufen, die sie für Fräulein Annegrets ausgefallene Wünsche brauchte.

Dora wusste, dass ihre Herrin gut darauf verzichten konnte, aber der Schein musste um jeden Preis gewahrt werden. Außerdem hatte Dora so den perfekten Vorwand, um Frau Gusen Lebensmittel zu bringen, ein Geheimnis, das sie und Fräulein Annegret nicht mit Frau Mertens teilten. Die alte Haushälterin mochte ihr Herz am rechten Fleck haben, doch sie hielt eisern an Gepflogenheiten fest. Sich gegen die Regierung aufzulehnen, und sei es nur im Kleinen, käme für sie niemals in Frage.

»Wie läuft es so?«, fragte Dora.

»Lili ist immer noch bei uns.«

»Was? Ihr hättet sie schon vor Langem weiterschicken sollen!«

Olga schaute schuldbewusst. »Ich weiß, aber Frau Gusen hat das Mädel so lieb gewonnen. Sie ist ihre einzige Freude.«

»Das ist trotzdem verantwortungslos«, schalt Dora.

»Vielleicht, vielleicht auch nicht. Bei uns ist sie genauso sicher wie anderswo. Und für ein Kind in ihrem Alter ist es gut, eine Ersatzgroßmutter zu haben. Alleine hätte sie fürchterliche Angst.«

Das war zweifellos wahr. Trotzdem fand Dora, dass es

besser gewesen wäre, sie fortzuschicken. Normalerweise blieben die Untergetauchten nie länger als ein paar Tage an einem Ort.

»Es dauert nicht mehr lang«, meinte Olga. »Jetzt wo die westlichen Alliierten in der Normandie gelandet sind und so.«

»Hoffen wir es ...« Dora wagte nicht, ihre Befürchtungen in Worte zu fassen.

»Was ist denn los?« Olga hielt an, um ihr in die Augen zu sehen.

»Ach, es ist nur ... Ich habe Angst ... Die Russen ...«

»Vor denen brauchst du doch keine Angst zu haben. Wir sind aus der Ukraine. Wir sind Brüder und Schwestern. Sie kommen, um uns zu befreien.«

»Glaubst du, sie haben uns verziehen, dass wir uns zu Beginn des Krieges mit den Deutschen gegen sie verbündet haben?« Dora war sich da nicht so sicher.

»Wer weiß das schon. Allerdings habe ich gehört, dass die offizielle sowjetische Lesart ist, das als törichten Fehler zu betrachten. Solange wir sie aus ganzem Herzen als unsere Befreier bejubeln, werden sie uns nichts tun.«

»Das mag für dich zutreffen, aber bei mir?«

Olga legte eine Hand auf Doras Arm. »Keiner braucht zu erfahren, dass du eingedeutscht wurdest. Wenn es hart auf hart kommt, vernichtest du deine neue Kennkarte und sprichst mit ihnen auf Russisch, dann vermutet keiner was. Du wirst sehen, das klappt. Du brauchst nur in den Spiegel zu schauen, dann siehst du ein echtes ukrainisches Mädel.«

Dora hoffte inständig, dass ihre Freundin recht hatte. »Und Oliver? Wenn *er* nicht wie ein Deutscher aussieht, dann tut das keiner. Was glaubst du, werden die Russen mit ihm machen?«

»Hör mal, Dora. Wir wissen nicht, was passieren wird. Vielleicht lassen sie ihn in Ruhe, weil er zu dir gehört, oder vielleicht auch nicht. Aber du darfst eines nicht vergessen: Letzten

Endes musst du tun, was für dich und die Kleine am besten ist. Yulia braucht dich mehr als Oliver dich braucht.«

Dora lief ein Schauer über den Rücken. Sie hasste die Vorstellung, dass sie sich womöglich zwischen dem Mann, den sie von ganzem Herzen liebte, und ihrer neugeborenen Tochter entscheiden musste. Tief im Inneren wusste sie jedoch, dass ihre Wahl jederzeit auf ihre Tochter fiele.

11

Margarete verkrampfte innerlich, während sie zusah, wie Stefan das Boot aufs offene Wasser steuerte. Seit sie vor Kurzem fast ertrunken wäre, weil Horst Richter sie gezwungen hatte, von einer Klippe zu springen, ängstigte Wasser sie zu Tode.

Bevor das alles passiert war, hatte Stefan versprochen, ihr das Schwimmen beizubringen, und nun fragte sie sich, ob er wirklich glaubte, dass sie mutig genug war, diesen Plan in die Tat umzusetzen. Denn das war sie nicht. Nicht einmal annähernd. Keine zehn Pferde würden sie ins Wasser bringen.

Sogar in einem Boot zu sitzen, war nervenaufreibend. Sie konnte nicht aufhören, daran zu denken, wie es sich angefühlt hatte, von ihrer vollgesogenen Kleidung unter die Wasseroberfläche gezogen zu werden und …

»Gretchen.« Stefans Stimme holte sie in die Gegenwart zurück. Als er sie durch das Hochziehen einer Augenbraue stumm fragte, ob alles in Ordnung war, entspannte sie die Schultern, holte tief Luft und nickte.

»Wo genau fahren wir hin?«

»Es gibt da eine kleine Bucht ein paar Kilometer von hier.

Sie ist sehr abgeschieden, und kaum jemand kennt sie. Mein Großvater hat sie mir gezeigt, als ich klein war.«

»Das klingt wundervoll.« Sie konzentrierte sich darauf, nicht in das glucksende schwarze Wasser zu blicken, sondern stattdessen in seine wundervollen blauen Augen.

»Ein schöner Ort, um Zeit mit einer schönen Frau zu verbringen«, ergänzte Stefan mit einem breiten Grinsen und hielt ihr seine Hand hin, damit sie sie ergreifen konnte. Wie immer wusste er, was sie brauchte.

Margarete rutschte näher an ihn heran und atmete heimlich vor Erleichterung auf, als er einen Arm um ihre Schultern legte und sie an sich zog. Mit ihm an ihrer Seite würde sie nicht ertrinken. Er hatte sie schon einmal gerettet und würde es wieder tun.

Sie schob die Gedanken beiseite, denn sie war nicht gewillt zuzulassen, dass ihre Angst die Oberhand gewann. Manchmal allerdings wunderte sie sich darüber, wie genau das Ertrinken doch ihrem derzeitigen Leben zu entsprechen schien. Sie war beständig dabei, Wasser zu treten, trotzdem reichte es kaum aus, um den Kopf über Wasser zu halten, während schwere Gewichte an ihren Füßen zogen und drohten, sie untergehen zu lassen.

Eines dieser Gewichte war Lothar Katze. Noch diese Woche würde er sie zum vierten Mal mit aufgehaltener Hand besuchen, doch sie hatte noch immer nicht das nötige Bargeld beisammen, um seine Habgier zu befriedigen.

Anders als er zu glauben schien, schwamm sie nicht in Geld, denn der Großteil ihres Vermögens war im Gut und in der Fabrik gebunden.

»Entspann dich, mein Liebling. Lass uns nur für ein paar Stunden alle Probleme vergessen, ja?«

»Glaub mir, ich bemühe mich.«

»Dann musst du dich mehr anstrengen«, schmunzelte Stefan.

Obwohl sie versucht war, ihm von ihren Sorgen zu erzählen, schüttelte sie unmerklich den Kopf und gab sich selbst das Versprechen, seinen Rat zu befolgen und den schönen Nachmittag mit ihm zu genießen.

Nach einer Weile durchfuhren sie die Schleuse bei Lenz. Der Kanal wurde schmaler, die Bäume und Sträucher zu beiden Seiten wurden dichter, bis sie die eindrucksvolle Drehbrücke in Malchow passierten und in den Fleesensee einfuhren. Sie durchquerten ihn in seiner ganzen Länge, bevor Stefan sie durch eine enge Durchfahrt in einen winzigen See steuerte, dessen Ufer mit üppigem Grün zugewuchert war.

Hinter einer Kurve verschlug es ihr ob der dargebotenen Schönheit den Atem. Bäume, blühende Sträucher und ein kleiner Sandstrand, der auf einer Seite von mächtigen Findlingen eingefasst war, erschufen ein paradiesisches Fleckchen Erde.

»Gefällt es dir?«, fragte Stefan.

»Es ist wunderschön. Wie ein Stückchen vom Paradies.«

»Und das Beste daran: Man kann es auf dem Landweg nicht erreichen, wir sind hier also völlig ungestört.«

»Außer ein anderer Fischer nimmt sich den Nachmittag frei, um die Sonne zu genießen«, neckte sie ihn.

»Ich will doch hoffen, dass meine Kollegen eine bessere Arbeitsmoral haben als ich.« Das Grinsen, das er ihr zuwarf, ließ ihr Inneres vor Freude hüpfen. Stefan schaltete den Motor ab und ließ das Boot auf den Strand zugleiten, bevor er hinaussprang, wobei ihm das Wasser bis zu den Oberschenkeln reichte und mit schlürfenden Geräuschen in seine Gummistiefel eindrang.

»Es ist herrlich warm«, rief er. »Willst du nicht reinkommen?«

»Lieber nicht.«

»Gut, dann bleib sitzen. Dein ergebener Diener wird dich sicher an Land bringen, ohne dass du nasse Füße bekommst.«

Sie lachte über seine übertriebene Verbeugung. Dann vertäute er das Boot an einem Baum, hob sie mit Schwung heraus und trug sie an den Strand. Nachdem er sie sicher auf dem Sand abgesetzt hatte, watete er zurück, um die Decke und den Picknickkorb zu holen, den Dora vorbereitet hatte.

Margarete machte es sich auf der Decke bequem, lehnte ihren Kopf an Stefans Schulter und bewunderte die herrliche Landschaft. »Weißt du was? In diesem Augenblick bin ich absolut, völlig, und über alle Maßen glücklich.«

Er hob ihr Kinn an und drückte ihr einen weichen Kuss auf den Mund, bevor er mit einem Funkeln in den Augen fragte: »Und darf ich fragen, was der Grund für dieses vollkommene und unfassbare Glücksgefühl ist?«

»Du.« Sie schlang die Arme um seinen Hals und zog ihn zu sich, während sie sich auf den Rücken sinken ließ. Gerade noch rechtzeitig stütze er sich mit dem Ellenbogen ab, um sie nicht unter sich zu zerquetschen.

»Ist das ein geziemendes Verhalten für die Herrin von Gut Plaun?«, neckte er sie.

»Heute Nachmittag bin ich das nicht. Für ein paar Stunden bin ich nur Gretchen. Ein einfaches Mädchen, das dich über alles liebt.«

Nachdem sie sich lange leidenschaftlich geküsst hatten, setzten sie sich auf, verschlangen das Picknick und blickten auf den See. Die friedliche Ruhe linderte Margaretes beständige Sorgen. Sogar die Vögel schienen von der heißen Nachmittagssonne faul zu sein, denn es war kein Zwitschern zu hören. Das einzige Geräusch kam von den sanften Wellen, die an den Strand plätscherten.

»Ich wünschte, wir könnten für immer hierbleiben«, sagte sie verträumt.

»Das wäre im Winter ohne Dach über dem Kopf aber reichlich kalt, meinst du nicht?«

Sie gab ihm einen freundschaftlichen Stoß in die Rippen. »Gut, dann wenigstens für den Sommer.«

»Ich bin sonst immer hergekommen, wenn ich alleine sein wollte«, gab er zu.

»Ich fühle mich geehrt, dass du mir dein geheimes Plätzchen zeigst.«

Er sah sie voll Wärme an. »Das solltest du. Ich war noch nie mit einer Frau hier. Aber ich habe auch noch nie jemanden so geliebt wie dich.« Er strich mit dem Daumen über ihren Handrücken.

»Ich liebe dich auch.« Sie hatte Gewissensbisse, weil sie ihn auf Distanz hielt, um den Schein zu wahren. »Wenn der Krieg vorbei ist, können wir hoffentlich endlich zusammen sein.«

»Es wird nicht mehr lange dauern. Die westlichen Alliierten marschieren durch Frankreich, und die Rote Armee treibt die Wehrmacht im Osten vor sich her.

Sie antwortete nicht, denn sie hoffte, dass sie beide noch am Leben wären, wenn die Alliierten Plau am See erreichten. Zu gerne hätte sie ihn nach der Sabotage in ihrer Fabrik gefragt. Stefan schien ihre Gedanken lesen zu können, denn er legte ihr einen Finger auf die Lippen. »Schsch. Wir haben ausgemacht, die Realität für eine Weile zu vergessen.«

Nachdem sie einige Stunden in der abgeschiedenen Bucht gefaulenzt hatten, sammelten sie ihre Sachen ein, um nach Hause zu fahren. Sobald sie im Boot saßen, konnte sie ihre Sorgen nicht länger unterdrücken. »Katze kommt nächste Woche, um sein Schmiergeld abzuholen. Ich weiß nicht, wie lange ich seine Forderungen noch erfüllen kann, denn mir geht langsam das Geld aus.«

»Für wie viele Monate reicht es noch?«

»Ich habe nicht einmal genug für diesen Monat. Ich habe schon mit der Bezahlung der Lieferantenrechnungen jongliert, aber das wird nicht mehr lange gutgehen. Wenn ich keine andere Lösung finde, dann ist spätestens in zwei oder drei

Monaten alles vorbei.« Margarete wollte vor Frust laut aufschreien.

»Kannst du nicht etwas verkaufen?«

»Ich habe tatsächlich schon darüber nachgedacht, einige der Gemälde im großen Speisesaal zu verkaufen, aber es scheint im Moment keinen Markt für Kunst zu geben. Außerdem meint Oliver, dass dadurch Gerüchte über den Stand meiner Finanzen aufkommen könnten, und das brauchen wir ganz sicher nicht.«

Er nickte mit ernster Miene. »Würde Katze ein Gemälde als Bezahlung akzeptieren?«

Sie schnaubte. »Dieser unkultivierte Schuft könnte nicht einmal einen Rembrandt von einer Kinderzeichnung unterscheiden. Nein, er besteht auf Bargeld.«

»Hast du denn gar nichts, was du ohne viel Aufsehen verkaufen kannst? Zum Beispiel Tafelsilber?«

»Frau Mertens würde das sofort merken, und ich vertraue nicht darauf, dass sie darüber Stillschweigen bewahrt.« Sie zog die Nase kraus und dachte angestrengt nach. »Ich habe ein paar Schmuckstücke von Frau Huber, die ich nie trage. Sie liegen in einem versteckten Tresor in meinem Zimmer, und niemand würde sie vermissen, zumindest nicht in nächster Zeit.«

»Schmuck ist gut. Der kann leicht verkauft werden, besonders kleinere Stücke. Aber du musst diskret vorgehen. Am besten machst du es in Berlin, auf keinen Fall hier in der Gegend«, empfahl er.

Margarete schüttelte heftig den Kopf. »Ich kann unmöglich nach Berlin. Jemand könnte mich erkennen. Das Risiko ist viel zu groß.«

»Ich könnte es für dich machen«, bot Stefan an.

»Ja, aber dann würden die Leute wissen wollen, woher du den Schmuck hast. Was, wenn sie dich für einen Dieb halten und die Polizei rufen? Nein, das ist viel zu gefährlich. Ich werde dein Leben nicht in Gefahr bringen. Wir müssen uns etwas anderes einfallen lassen.«

Eine bleierne Stille legte sich über sie, während er das Boot über den See nach Hause steuerte. Tief im Herzen wusste Margarete, dass Berlin der beste Ort war, um den Schmuck zu verkaufen, aber sie konnte nicht dort hinfahren. Das war zu riskant, es sei denn ...

»Wir könnten zusammen fahren«, schlug sie vor.

Stefan blickte sie überrascht an, bevor sich ein erfreutes Grinsen auf seinem Gesicht ausbreitete. »Das ist eine hervorragende Idee.«

Sie schalt ihn: »Es geht ums Geschäft, nicht ums Vergnügen.«

»Wir könnten beides miteinander verbinden. Wir müssten uns nämlich«, sein Lächeln verwandelte sich in einen verheißungsvollen Blick, »als Ehepaar ausgeben.«

Schauer des Entzückens liefen Margarete über den Rücken. »Das würde die Sache in der Tat einfacher machen. Niemand wundert sich darüber, wenn ein junges Paar Schmuck verkaufen möchte. Und sollte doch jemand fragen, dann sagen wir einfach, dass wir von dem Geld Möbel kaufen wollen.«

Stefan tippte ihr auf die Nase und ließ seine Hand hinter ihren Kopf gleiten, um ihr Gesicht für einen Kuss anzuheben. Als er sie wieder losließ, murmelte er: »Vielleicht können wir uns sogar wie ein Ehepaar verhalten.«

Sie hatte sich ihm schon so lange hingeben wollen, hatte es sich jedoch immer versagt. Nicht aus moralischen Gründen, sondern weil sie fürchtete, auf frischer Tat mit einem Fischer ertappt zu werden, was sich in ihrer gesellschaftlichen Stellung nicht ziemte. Eine Reise nach Berlin, auf der sie sich als Ehepaar ausgaben, war die perfekte Gelegenheit, in ihrer Beziehung den nächsten Schritt zu tun.

Eine kleine Stimme in ihrem Kopf erinnerte sie daran, was

ihre Mutter immer gesagt hatte: *Lass dich nicht von einem Mann küssen. Lass ihn dich nicht nackt sehen. Gib dich keinen unziemlichen Gedanken hin, bis du verheiratet bist.* Obwohl sie sich an alle diese Ratschläge gehalten hatte, war sie vom Sohn ihres früheren Arbeitgebers viele Male brutal vergewaltigt worden. Was also hatten die Ermahnungen gebracht?

Jetzt endlich konnte sie dieses dunkle Kapitel ihres Lebens überwinden, indem sie sich aus freien Stücken dem Mann hingab, den sie liebte. Statt Angst und Schmerz erhoffte sie sich Liebe und Freude zu erfahren. Bei der Gefahr, in der ihrer beider Leben auch an den besten Tagen schwebte, bekämen sie womöglich keine weitere Gelegenheit, die tiefe Liebe, die sie füreinander empfanden, auszuleben.

12

Stefan machte sich eine weitere Notiz auf den Blaupausen der Fabrik, bevor er kurz innehielt und die Arme ächzend über den Kopf streckte. Er hatte in den letzten Tagen ununterbrochen daran gearbeitet, die letzten Details seiner Sabotagepläne auszuarbeiten.

Mehrere kleine Maßnahmen hatte er bereits ergriffen, wie Sand ins Motoröl zu schütten und Rohstoffe abzulehnen, die angeblich mangelhaft waren. Allerdings waren das nur Tropfen auf den heißen Stein. Sein kühner Plan war, die Produktion nicht zu verlangsamen, sondern sogar zu beschleunigen und letztlich Sprengstoff herzustellen, der nicht explodierte.

Er hoffte, dass niemand in der Lage war, diesen brillanten Schachzug zur Nitropentafabrik zurückzuverfolgen, und falls doch, hatte er bereits Sicherheitsvorkehrungen getroffen: Angeblich mangelhaftes Material zurückzuweisen, diente nicht nur der Störung der Produktion durch Rohstoffengpässe, sondern auch dazu, Unterlagen über die schlechte Qualität der Ausgangsmaterialien zu hinterlassen, die später als Grund für die Fehlfunktion herhalten konnte.

Er brauchte nur noch ein paar letzte Tests, um sicherzustellen, dass keiner der Arbeiter versehentlich verletzt wurde, bevor er die Sabotage im großen Stil angehen konnte. Dieses Mal wollte er alles richtig machen, denn auch wenn das Endergebnis nicht explosiv war, wurden bei der Herstellung unterschiedliche Zusatzstoffe verwendet, die bei einer ungewollten Reaktion Menschen durch Gase töten oder böse Verletzungen verursachen konnten, wenn verschüttete Tropfen sich durch die Schutzkleidung fraßen.

Damals im Labor hatte er gelernt, niemals eine chemische Reaktion zu unterschätzen. Die kleinste Änderung in der Rezeptur konnte zur Katastrophe führen. Unter Versuchsbedingungen an der Universität hatte eine solche Katastrophe normalerweise eine schlechte Note zur Folge, oder einige Nachtschichten um das Experiment zu wiederholen. Im echten Leben jedoch konnte sie den Tod Unschuldiger bedeuten, was er unbedingt vermeiden musste.

Die beiden toten Kameraden aus seiner Zeit in Köln lasteten immer noch schwer auf seinem Gewissen. Wäre er damals doch nur vorsichtiger gewesen und hätte die chemische Reaktion noch ein weiteres Mal getestet … Es war nutzlos, darüber zu grübeln, was hätte sein können, aber er würde denselben Fehler mit Sicherheit kein zweites Mal begehen. Dieses Mal würde er sicherstellen, dass es keine Opfer gab.

Er hatte die Vorbereitung einer Testreihe fast abgeschlossen, als er merkte, dass er die genaue Spezifikation der Granaten brauchte, die mit dem fertigen Nitropenta befüllt wurden, sonst konnte er die exakte Menge des benötigten Sands nicht berechnen.

Leider wurden die Unterlagen im Büro des Fabrikleiters verwahrt, und Stefan wollte Herrn Volkmer lieber nicht erklären, wozu er die Angaben benötigte. Der Mann war über Stefans Anwesenheit schon aufgebracht genug, denn er betrachtete sie als Überwachung seiner eigenen Arbeit. Möglicherweise hegte er sogar den Verdacht, dass Oliver mit der

Produktivität der Fabrik unzufrieden war, und das hätte verständlicherweise Volkmers Stolz gekränkt.

Stefan schaute auf die Uhr. Oliver hatte ihm versichert, dass der Fabrikleiter seinen Arbeitsplatz jeden Tag pünktlich verließ, weil seine Frau es hasste, wenn er sich zum Essen verspätete. Er wartete eine Viertelstunde und trat dann ans Fenster. Zufrieden beobachtete er, wie Volkmer das Tor passierte und das umzäunte Fabrikgelände verließ.

Schmunzelnd realisierte er, dass sogar der Fabrikleiter das Fahrrad benutzte. Was für ein Unterschied zu letztem Jahr, als es noch ausreichend Sprit gegeben hatte, um Auto zu fahren.

Flugs drehte er sich um, eilte über den Hof zum Verwaltungsgebäude und betrat Volkmers Büro. Oliver hatte ihm auch verraten, wo sich die Schlüssel für den Aktenschrank befanden.

Zum Glück hatte die Sicherheit innerhalb der Fabrik keine Priorität, denn hier befand sich nichts mit Geheimhaltungsstufe. Nicht einmal ein Industriespion der Alliierten würde sich die Mühe machen, die Rezepte zur Herstellung der Sprengstoffe oder die genaue Spezifikation der Munition zu stehlen, da sie der internationalen Welt der Wissenschaft allgemein bekannt waren.

Für Stefans Zwecke machte ein Millimeter Stahl jedoch einen Riesenunterschied. Bald fand er die benötigten Unterlagen und kritzelte gerade einige Zahlen in sein Notizbuch, als sich plötzlich die Tür öffnete und Franz Volkmer im Rahmen stand.

»Was machen Sie in meinem Büro?«, herrschte er Stefan an.

Stefan fluchte innerlich und klappte das Büchlein zu. Nach außen gab er sich autoritär. »Herr Volkmer, ich arbeite an einem essentiellen Experiment zur Verbesserung der Qualitätskontrollen.«

»Die Produktion war in Ordnung, bevor Sie hier aufgetaucht sind. Hält Fräulein Annegret uns für Narren?« Dass ein neuer Leiter der Qualitätskontrolle eingesetzt worden war, schien Franz Volkmer stärker zu ärgern, als er nach außen hin zugab.

»Bitte entschuldigen Sie die Unannehmlichkeiten«, versuchte Stefan ihn zu besänftigen. »Soweit ich weiß, hält Fräulein Annegret große Stücke auf Sie und weiß Ihre harte Arbeit sehr zu schätzen. Sie hat mir gesagt, dass die Produktion ungeahnte Höhen erreicht hat, seit Sie die Verantwortung übernommen haben.«

»Nun, das stimmt.«

Einen Augenblick lang hoffte Stefan, die Gefahr wäre überstanden, aber er wurde eines Besseren belehrt.

»Aber das erklärt nicht Ihre Anwesenheit in meinem Büro!«

»Es tut mir leid.«

»Was haben Sie da in der Hand?«

»Nur mein Notizbuch.«

»Geben Sie her!« Volkmer sprang vor und streckte die Hand aus.

Stefan wiederum sprang genauso weit zurück, wobei er sich das Büchlein an die Brust drückte. Er konnte auf keinen Fall riskieren, dass Volkmer hineinsah. Es enthielt zwar nichts Illegales, aber wenn Volkmer seinen Verstand beisammenhatte, dann konnte er unter Umständen die Absicht hinter Stefans Notizen erkennen. Es war besser, es nicht so weit kommen zu lassen.

Während Stefan noch darüber nachdachte, wie er Volkmer von seinem Notizbuch ablenken konnte, fiel dessen Blick auf die Unterlagen auf dem Schreibtisch.

»Was ist das? Was machen die hier?«

»Ich brauchte einige Spezifikationen.«

»Sie schleichen sich hinter meinem Rücken in mein Büro!« Die Ader an Volkmers Schläfe pochte heftig.

»Es tut mir leid, Sie waren bereits nach Hause gegangen.« Stefan tat sein Bestes, ruhig zu bleiben. Wenn der Fabrikleiter nicht aus irgendeinem Grund umgekehrt wäre, hätte niemand etwas gemerkt.

»Sie … hätten meine Sekretärin fragen können! Oder warten! Oder anrufen! Oder was auch immer! Es gab überhaupt keinen Anlass, in mein Büro einzudringen und geheime Dokumente zu stehlen!«

Stefan stöhnte innerlich. Dass die Polizei einen angeblichen Diebstahl untersuchte, war das Letzte, was er brauchte. »Hören Sie, Herr Volkmer, es tut mir aufrichtig leid. Es wird nicht wieder vorkommen. Es war dumm von mir, Sie nicht um Erlaubnis zu bitten. Ich hatte es einfach eilig und wollte nicht bis morgen warten.«

Herr Volkmer sah etwas beschwichtigter aus, aber sein Misstrauen war nicht gänzlich verschwunden. »Ab sofort dürfen Sie das Fabrikgelände nur betreten, wenn ich anwesend bin, und ich werde jemanden abstellen, der Sie die ganze Zeit über begleitet – sogar auf den Austritt.«

Dies stellte ein ernstzunehmendes Hindernis für Stefans subversive Pläne dar, dennoch gab es im Moment nichts, was er dagegen tun konnte. Also sagte er: »Wie Sie wünschen. Ich komme gerne jeder Ihrer Anordnungen nach.«

»Und jetzt verschwinden Sie von hier! Wache!«, brüllte Volkmer.

Zwei Männer vom Werkschutz kamen angelaufen, und Volkmer wies sie an: »Schaffen Sie Herrn Stober vom Gelände. Mit sofortiger Wirkung muss er stets von einem Wachmann begleitet werden, solange er auf dem Fabrikgelände ist.« Böse grinsend fügte er hinzu: »Das geschieht zu Ihrem eigenen Schutz. Wir wollen ja nicht, dass unserer Qualitätsaufsicht etwas zustößt.«

Innerlich bebend folgte Stefan den beiden Wachen. Erst als er sein Fahrrad durch das Tor der Fabrik schob, fiel die Angst von ihm ab. Der Vorfall hatte glimpflich geendet, auch wenn

Volkmers Befehl, ihm einen Wachhund zur Seite zu stellen, seine Arbeit verkomplizierte.

Dafür musste er unbedingt eine Lösung finden. Natürlich hatten die Wachleute nicht Chemie studiert und konnten seine Sabotagepläne nicht durchschauen. Trotzdem war es lästig. Kurz dachte er daran, Oliver oder Annegret zu bitten, Volkmers Befehl aufzuheben, aber dann überlegte er es sich anders. Wenn sie sich seinetwegen einmischten, würde das nur Volkmers Verdacht erregen – und ihn noch mehr verärgern. So unangenehm die Situation auch war, den Fabrikleiter zum Feind zu haben, wäre noch schlimmer.

Statt direkt nach Hause zu fahren, machte Stefan einen Umweg in die Stadt, um im Wirtshaus ein Bier zu trinken. Einigermaßen überrascht entdeckte er an einem der Tische Sandra, eine alte Freundin.

»Hallo Sandra, was machst du denn in Plau am See?«

»Stefan! So eine Überraschung. Wir haben uns schon viel zu lange nicht mehr gesehen.«

Obwohl sie in einem nahegelegenen Dorf wohnten, hatte er seine Freunde nicht mehr besucht, seit er begonnen hatte, für Annegret zu arbeiten. Als Fischer bei Nacht und Saboteur am Tag hatte er schlichtweg keine Zeit dafür.

»Ja, ich bin ziemlich beschäftigt«, sagte Stefan und umrundete den Tisch, damit sein gutes Ohr ihr zugewandt war.

»Womit denn? Und wo ist die reizende Brünette? Ihr seid ein Paar, oder nicht?«

»Ja, Gretchen ist meine Freundin.« Er hatte Annegret im letzten Jahr zu einer verbotenen Tanzveranstaltung in Sandras Haus eingeladen, wo er sie als Gretchen vorgestellt hatte, ohne zu erwähnen, wer sie wirklich war, denn nur einmal hatte sie nicht die Herrin von Gut Plaun sein wollen, sondern ein einfaches Mädchen wie alle anderen auch. Damals hatte er noch nicht gewusst, wer sie in Wirklichkeit war. Trotzdem hatte er gleich erkannt, dass sie mit ihm und seinen Freunden viel mehr

gemein hatte als mit dem snobistischen Geldadel, als dessen
Angehörige sie sich ausgab.

»Du hast dich ganz schön rar gemacht«, tadelte Sandra ihn.

»Ich weiß, und es tut mir leid, aber die Tage scheinen
immer zu kurz zu sein, um alles zu erledigen, was getan werden
muss.«

Sandra legte den Kopf zur Seite. »Bist du sicher, dass das
Fischen so zeitaufwändig ist? Oder was machst du sonst
noch so?«

»Dies und das. Nichts von Bedeutung«, antwortete Stefan
ausweichend. Er hätte Sandra jederzeit sein Leben anvertraut,
dennoch war es ratsam, sie weder in seine Sabotagepläne noch
in Annegrets Täuschung einzuweihen.

»Äußerst geheimnisvoll.« Sandra senkte die Stimme und
rückte näher an ihn heran. »Es trifft sich übrigens hervorragend,
dass wir uns über den Weg laufen. Ich könnte deine Hilfe
gebrauchen.« Ihre Hand stahl sich auf seine Schulter und sie
drückte ihre Wange an seine, als sie in sein gutes Ohr flüsterte:
»Es gab eine Verzögerung beim Außerlandesbringen eines
Pakets. Wir brauchen dringend einen Ort, um es für ein paar
Tage zu lagern.«

Augenblicklich spannte er sämtliche Muskeln an. Er
verstand genau, was sie damit meinte, denn es wäre nicht das
erste Mal, dass er ihr dabei half, Untergetauchte von einem Ort
zum anderen zu bringen. »Wollen wir uns morgen Abend treffen, um auf die guten alten Zeiten anzustoßen?«

»Das wäre wunderbar«, sagte Sandra, während sie sich
aufrichtete und von ihrem Bier trank. »Ich kann es kaum erwarten. Triff mich doch an unserem Strand.«

»Ich freue mich schon«, antwortete Stefan. Nachdem sie
noch ein wenig geplaudert hatten, verabschiedeten sie sich mit
einem Kuss auf die Wange, sodass jeder, der sie womöglich
belauscht hatte, davon ausgehen musste, dass Stefan ein Auge
auf die hübsche Frau geworfen hatte. Sie hatten die Erfahrung

gemacht, dass diese List alles viel einfacher machte, denn niemand verdächtigte einen liebestollen Mann der Verschwörung gegen das Vaterland.

Am folgenden Tag würde Stefan den Vorratsschrank im Rumpf seines Bootes ausräumen und sich daranmachen, die Netze für einen nächtlichen Fischfang vorzubereiten. Sollte jemand herumschnüffeln, sah er nur einen fleißigen Fischer, der sich bemühte, in ausreichenden Mengen dazu beizutragen, die hungernde Bevölkerung zu versorgen.

13

Oliver beugte sich haareraufend über die Geschäftsbücher. Wie sollte er die fälligen Rechnungen bezahlen, nachdem Annegret ein weiteres Mal eine hohe Summe abgehoben hatte, um Lothar Katze schmieren zu können? Er konnte die Zahlungen ein klein wenig hin- und herschieben, aber die meisten Zulieferer bestanden dieser Tage auf sofortiger Bezahlung. Das galt ganz besonders für die Kleinbauern, die drohten, ihre Erzeugnisse anderweitig zu verkaufen. Die Situation war unhaltbar.

Ein Klopfen an der Tür riss ihn aus seinen Überlegungen. »Herein.«

Franz Volkmer stürmte ins Zimmer. Er war ein wuchtiger Mann mit Händen groß wie Schaufeln. Trotz seines grobschlächtigen Äußeren war er normalerweise ein stiller Mensch. Heute jedoch leuchtete sein Gesicht tiefrot und Oliver konnte förmlich sehen, wie ihm der Dampf aus den Ohren blies.

»Franz, wie kann ich dir helfen?«

Der andere brauchte einige Sekunden, um wieder zu Atem zu kommen, bevor er antwortete: »Wir haben ein Problem.«

Nicht noch eines! Olivers Schreibtisch war überladen mit

Problemen, und es bestand keine Hoffnung, den riesigen Stapel jemals abzuarbeiten. »Worum geht es? Wir finden bestimmt eine Lösung.« Oder auch nicht, zumindest nicht wenn dafür Geld benötigt wurde.

»Dieser neue Leiter der Qualitätskontrolle ... Ich will, dass er verschwindet!«, verlangte Franz.

Nun, das war in der Tat ein Problem. »Wieso, was ist passiert?«

»Er hat in der Fabrik herumgeschnüffelt!«

Innerlich schmunzelte Oliver, nach außen machte er ein ernstes Gesicht. »Fräulein Annegret hat ihn eingestellt, um zu untersuchen, ob die Produktionsabläufe verbessert werden können, ohne die strengen Qualitätsanforderungen zu senken. Ich würde meinen, dass er sich dazu alles anschauen muss.«

»Einschließlich meines Büros?« Franz sah aus, als würde er jeden Moment platzen wie ein Luftballon.

»Nein, natürlich nicht. Er soll die Produktion überwachen, vor allem die chemischen Prozesse.« Oliver hatte einen vagen Verdacht, wieso Stefan in Volkmers Büro gewesen sein könnte. Er nahm sich vor, ihn dringend zu ermahnen, in Zukunft vorsichtiger zu sein.

»Ich habe ihn dabei ertappt, wie er sich im Aktenschrank mit den Wehrmachtsverträgen zu schaffen gemacht hat. Ich bin mir ganz sicher, dass er was im Schilde führt.«

»Verdammt noch mal!«, täuschte Oliver Empörung vor. »Das ist tatsächlich keine Lappalie! Trotzdem sollten wir ihn danach fragen, bevor wir seine Taten verurteilen. Vielleicht gibt es einen guten Grund dafür.«

Franz schnaubte verächtlich. »Dieser schleimige Kerl hat behauptet, die Spezifikation einer Granate zu brauchen.«

»Klingt das nicht plausibel?«

»Das ist doch nur eine Ausrede. Ich habe ihn auf frischer Tat ertappt, und das hat man ihm auch angesehen. Wieso konnte er nicht bis morgen warten? Warum hat er sich in mein

Büro geschlichen, kaum dass ich weg war? Das stinkt doch zum Himmel!«

Oliver schluckte eine witzige Bemerkung über einen nach Fisch stinkenden Fischer herunter, schließlich wollte er den Fabrikleiter nicht noch mehr verärgern. »Das stimmt natürlich. Trotzdem möchte ich ihn befragen, bevor wir irgendetwas entscheiden. Immerhin wurde er auf Fräulein Annegrets ausdrücklichen Wunsch hin angeheuert.«

Franz rollte mit den Augen. Natürlich würde er seiner Arbeitgeberin niemals widersprechen und war ihr immer respektvoll begegnet, aber Oliver wusste, dass Volkmer der Meinung war, sie sollte sich lieber darauf konzentrieren, einen Ehemann zu finden, anstatt ihre Nase in Männerangelegenheiten zu stecken. »Ich will, dass er verschwindet. Frag ihn meinetwegen, so viel du willst, aber ab sofort macht der mir keinen Schritt mehr in der Fabrik, ohne dass ein Wachmann dabei ist.«

»Für den Moment ist das ein guter Kompromiss, bis ich der Sache auf den Grund gegangen bin«, sagte Oliver besänftigend. Er brauchte etwas Zeit, um eine glaubhafte Ausrede oder eine andere Lösung zu finden. Es stand außer Frage, Stefan loszuwerden, denn er war der Einzige, der über das nötige Fachwissen verfügte, die Produktion zu sabotieren, ohne Spuren zu hinterlassen. Das konnte er Franz natürlich nicht sagen.

Dieser nickte. »Ach, und noch etwas.«

»Ja?«

»Uns gehen langsam die Rohstoffe aus. Ich habe unseren Zulieferer angerufen, und der meinte, dass wir erst die letzte Rechnung bezahlen müssen, bevor wir Nachschub bekommen.«

Oliver fluchte innerlich. Seit Wochen befürchtete er genau so etwas. Deshalb antwortete er ausweichend: »Das kann eigentlich nicht sein. Aber lass mich in den Büchern nachsehen. Wie heißt die Firma?«

Nachdem Franz das Büro verlassen hatte, sank Oliver in seinen Stuhl zurück, tiefe Furchen auf der Stirn. Er musste dringend mit Annegret sprechen. Ihr Bargeldproblem durfte die Produktion nicht beeinträchtigen, sonst bekämen sie bald Besuch von der SS, und das würde ihre geheimen Operationen gefährden.

Zuerst aber musste er sich Stefan zur Brust nehmen, weil dieser so leichtsinnig gewesen war, in Volkmers Büro herumzuschnüffeln. Auf dem Weg nach draußen machte er einen Abstecher zur Küche, um in einem unbeobachteten Moment einen Kuss von Dora zu stehlen und einen Blick auf Klein-Julia in ihrer Schlafkiste zu erhaschen.

»Warte mit dem Mittagessen nicht auf mich, ich muss in die Stadt«, sagte er zu seiner Frau.

»Gibt es Probleme?«

»Nichts Ernstes, nur das Übliche.« Dora war in den Monaten seit Julias Geburt immer ängstlicher geworden, weshalb Oliver versuchte, alle Sorgen von ihr fernzuhalten.

Er sattelte seine Lieblingsstute Sabrina und galoppierte in den Wald. Nach einigen Minuten fiel die Anspannung von ihm ab, und er konnte wieder frei atmen. Die Ruhe unter den großen Bäumen und die einfallenden Sonnenstrahlen, die auf dem Waldboden tanzten, halfen ihm immer, sich zu entspannen.

»Braves Mädchen.« Er tätschelte Sabrina den Hals und ließ sie in einen langsameren Gang fallen, mit sich, ihr und der umgebenden Natur im Reinen. Wenn sich doch nur alle seine Probleme so leicht lösen ließen.

Nach etwa einer halben Stunde erreichten sie den Kai, wo Stefan gerade seine Netze aufwickelte. »Willst du heute Abend noch rausfahren?«, fragte Oliver.

Stefan blickte auf und der Argwohn verschwand aus seinen Zügen, kaum dass er Oliver erkannte. »Ja. Sogar die Fische sind bei der brütenden Hitze zu faul, sich zu rühren.«

»Franz Volkmer hat mich aufgesucht.«

Stefan schmunzelte. »So was aber auch.«

»Er hat verlangt, dass ich dich rausschmeiße, weil er dich erwischt hat, wie du in seinem Büro herumgeschnüffelt hast.«

Stefan zuckte die Achseln. »Ich werde nicht um Entschuldigung bitten.«

»Du hättest es besser wissen müssen, als so ein unnötiges Risiko einzugehen«, schalt Oliver. »Er denkt, du willst Informationen über die Wehrmachtsverträge stehlen.«

»So ein Trottel.«

Oliver fühlte Ungeduld in sich aufsteigen. »Kann sein, dass er einer ist, aber wir haben schon genug Ärger. Da brauche ich nicht auch noch einen Fabrikleiter, der dich auf dem Kieker hat.«

»Ist ja gut, kommt nicht wieder vor.« Stefan hob entschuldigend die Hände.

»Darauf kannst du Gift nehmen. Er hat mir gesagt, dass er die Wachen angewiesen hat, dich auf Schritt und Tritt zu begleiten, sobald du das Fabrikgelände betrittst. Was hast du dir dabei gedacht, in sein Büro einzubrechen?«

»Komm, Oliver, jetzt beruhig dich mal. Ich bin nicht eingebrochen, die Tür war nicht abgeschlossen. Außerdem konnte ich nicht bis morgen warten. Was hätte ich deiner Meinung nach tun sollen? Zu Volkmer sagen, ‚Entschuldigung, aber könnten Sie mir bitte die Spezifikation der Granathülsen geben, damit ich ausrechnen kann, wie stark ich den Sprengstoff verdünnen muss, damit das verfluchte Ding nicht explodiert?‘« Mit jedem Wort wurde Stefans Stimme wütender.

Oliver sah über seine Schulter, um zu kontrollieren, dass niemand in Hörweite war. »Sei nicht albern, natürlich nicht. Aber wie willst du jetzt deine Arbeit machen, wenn dir die ganze Zeit ein Wachhund auf den Fersen ist?«

»Das sag ich dir ganz bestimmt nicht«, gab Stefan schroff zurück.

»Mann, du bist so ein sturer Bock.«

»Das höre ich nicht zum ersten Mal«, unterbrach Stefan ihn. Dann drehte er sich achselzuckend um und fuhr mit der Arbeit fort. Dabei ignorierte er Oliver demonstrativ, der sich ernsthaft wunderte, was genau Annegret an diesem nervtötenden Mann so anziehend fand.

14

Margarete saß in der Bibliothek, wo sie die letzten Details ihrer Berlinreise organisierte. Seit dem Nachmittag, den sie mit Stefan an dem einsamen Strand verbracht hatte, waren fast zwei Monate vergangen. Erst in der vergangenen Woche war Lothar Katze wieder zu Besuch gekommen, um sein Erpressungsgeld einzustreichen, das sie nur mit Müh und Not zusammengekratzt hatte.

Oliver hatte sie gewarnt, dass mehrere Zulieferer sich bereits über verspätete Zahlungen beschwert hatten und nicht mehr lieferten, bis die offenen Rechnungen beglichen wurden. Doch es war kein Geld übrig. Das Bankkonto war bis auf den letzten Pfennig leergeräumt, der Notgroschen aufgebraucht.

Es war höchste Zeit, einige von Frau Hubers Schmuckstücken zu Geld zu machen. Ein unangenehmes Gefühl machte sich in Margaretes Magengegend breit bei der Aussicht, die Reise nach Berlin endlich anzutreten. Wenn sie ehrlich zu sich war, waren fast alle Gründe, die sie bisher von der Reise abgehalten hatten, vorgeschoben, weil es sie zu sehr ängstigte, sich ihrer Vergangenheit zu stellen: Probleme in den Ställen, Ärger in der Fabrik, Schwierigkeiten mit den Zügen ... Die Liste war lang und vielfältig, obwohl keiner der Gründe sie aufgehalten hätte, hätte sie wirklich fahren wollen.

Mit plötzlicher Klarheit erkannte sie, dass ihre gesamte illegale Operation im kommenden Monat wie ein Kartenhaus in sich zusammenfallen würde, wenn Katze das nächste Mal die Hand aufhielt und sie nichts hineinlegen konnte. Der Stichtag näherte sich schnell, und da sie so oder so dem Untergang geweiht war, konnte sie genauso gut nach Berlin reisen. Es war der einzige Ausweg aus der Misere, die nicht nur sie selbst betraf, sondern alle, die auf sie angewiesen waren.

»Fräulein Annegret?« Stefans Stimme ließ ihr Herz vor Freude hüpfen. Als sie sich umdrehte, stand er in der Tür und sah so umwerfend aus wie immer, wenn auch mit einem fragenden Blick im Gesicht.

»Frau Mertens hat Sie gar nicht angekündigt«, sagte sie, als sie aufstand und zu ihm ging. Ihr ganzes Wesen sehnte sich danach, ihn zu umarmen. Tapfer widerstand sie der Versuchung und hielt damenhaft Abstand. Sie behandelte ihn wie jeden ihrer Angestellten, vielleicht noch ein bisschen hochmütiger, um jegliche Gerüchte im Keim zu ersticken.

»Ich hoffe, ich habe Sie nicht erschreckt«, antwortete er mit einem Zwinkern, das nur ihr galt. »Ich würde Sie normalerweise nicht belästigen, aber Herr Gundelmann möchte, dass ich Ihre Zustimmung hierzu einhole«, sagte er viel lauter als nötig, wobei er ein Bündel Papiere hochhielt.

»Nun ja, wenn er meint, dass ich das unterschreiben soll.« Sie seufzte übertrieben, bevor sie nach dem Telefon griff, um die Küche anzurufen. »Frau Mertens, senden Sie doch bitte Dora mit Kaffee und Gebäck in die Bibliothek. Oliver möchte, dass ich einige Verträge mit Herrn Stober durchgehe.«

»Sehr gerne, Fräulein Annegret.« Trotz Frau Mertens' bereitwilliger Zustimmung konnte Margarete die Missbilligung auf dem Gesicht der Haushälterin förmlich sehen. *Eine Dame in Ihrer Position sollte sich nicht mit Geschäften befassen. Wenn Ihre Mutter noch am Leben wäre, würde sie niemals ...*

Bei einem ihrer vielen Wortwechsel hatte Margarete zu Frau Mertens gesagt: »Aber mein Vater hat es getan. Und nachdem er gestorben ist, muss sich jemand anderes darum kümmern. Oder haben Sie vergessen, was mit Herrn Fischer passiert ist?« Der frühere Gutsverwalter hatte das Gut nach Strich und Faden ausgenommen, weil man ihm zu viel Freiheit gelassen hatte. Margarete schauderte bei der Erinnerung an die Grausamkeit des Mannes gegenüber denen, die er für minderwertig hielt.

Frau Mertens hatte scharf die Luft eingesogen, vielleicht weil sie sich über ihre eigene, wenn auch unabsichtliche Rolle bei dem Betrug schämte.

Margarete wiederum hatte die Gelegenheit genutzt, um die neue Rollenverteilung im Haushalt klarzustellen: »Ich weiß Ihre Bedenken zu schätzen, Frau Mertens, weil Sie meiner Familie in all den Jahren gut gedient haben, aber die Dinge haben sich geändert. Ich bin kein Kind mehr, das Sie zurechtweisen müssen. Ich bin jetzt die Gutsherrin, und ich mache die Dinge so, wie ich sie für richtig halte. Ich muss niemanden um Erlaubnis bitten, und ich begrüße es ganz bestimmt nicht, gesagt zu bekommen, wie meine Mutter an meiner Stelle gehandelt hätte. Ihre Situation war eine völlig andere, denn sie hatte einen Ehemann, der sich um alles gekümmert hat. – Haben wir uns verstanden?«

»Gewiss, Fräulein Annegret.«

Es war das letzte Mal gewesen, dass Frau Mertens Annegret vorgeschlagen hatte, wie sie sich zu verhalten hatte, aber es hielt sie nicht davon ab, schweigend ihre Missbilligung zum Ausdruck zu bringen, was Margarete allerdings geflissentlich ignorierte.

Stefan schloss die Tür der Bibliothek, nahm im Lehnstuhl ihr gegenüber Platz und breitete die Unterlagen auf dem Kaffeetisch aus. Soweit sie erkennen konnte, enthielten sie unwichtige Zahlen über Lebensmitteleinkäufe für das Gut, und sie fragte sich, was der wahre Grund für Stefans Kommen war.

»Ich habe ein paar Erkundigungen zu der Reise eingeholt«, sagte er vorsichtig und warf einen Blick über die Schulter. »Ein Freund hat mir einen vertrauenswürdigen Juwelier empfohlen.«

Margarete seufzte erleichtert auf, auch wenn sich ihr Magen zusammenzog. Nachdem ein weiteres Stück des Puzzles an seinem Platz war, gab es wirklich keinen Grund mehr, die Reise länger hinauszuzögern.

»Du siehst besorgt aus«, meinte Stefan, gerade als die Tür aufging und Dora mit Kaffee und Hefegebäck hereinkam.

»Danke, Dora. Kannst du bitte dafür sorgen, dass uns niemand stört? Ich muss diese Verträge sorgfältig prüfen«, bat Margarete ihr Dienstmädchen.

»Ich sage Frau Mertens Bescheid«, antwortete Dora mit einem verschwörerischen Zwinkern. Dora wusste, dass ihre Herrin in den Fischer verschossen war, und deckte die beiden, wo sie nur konnte. Margarete hatte ihr den anderen Grund, aus dem sie mit Stefan ungestört sein wollte, nie mitgeteilt, denn zu viel zu wissen war bei dem, was sie taten, gefährlich.

»Ich für meinen Teil habe alles vorbereitet und kann jederzeit für ein paar Tage verreisen.« Seine blauen Augen bohrten sich in ihre und hinterließen ein kribbelndes Versprechen in ihrem Herzen.

Sie nahm all ihren Mut zusammen, trank einen Schluck Kaffee und meinte dann: »Gut, dann fahren wir kommenden Montag.«

»Prima. Ich freue mich bereits darauf, mit meiner Frau zu verreisen.«

Seine Worte ließen ihr das Blut in die Wangen schießen. Dies war ein anderer Aspekt ihrer Reise, den sie zu gleichen Teilen herbeisehnte und fürchtete. Bevor der Mut sie verlassen konnte, steckte sie sich schnell ein Hefeteilchen in den Mund. Trotz der Rationierung von Zucker gelang es Frau Mertens immer, süß und tröstlich schmeckende Leckereien zu zaubern. Der Bissen beruhigte Margarete, und sie nickte. »Ich mich auch.«

Von ihrer Antwort und der Gewissheit ermutigt, dass niemand sie stören würde, ergriff Stefan ihr Handgelenk und zog sie zu sich. Kaum saß sie auf seinem Schoß, überkam sie eine Welle des Wohlbefindens. Er hatte die Fähigkeit, ihr das Gefühl zu geben, behütet und geliebt zu sein. In seinen Armen lösten sich ihre Sorgen auf. Um diese Emotionen voll auszukosten, kuschelte sie sich an seine breite Brust und atmete seinen Duft tief ein: Sonne, Wind und Wasser, Spuren von getrocknetem Fisch und – etwas Scharfes, das sie in der Nase kitzelte.

»Kommst du direkt aus der Fabrik?«, fragte sie, während sie sich die Nase rieb.

»Ja, woher weißt du das?«

»Ich kann den Sprengstoff an dir riechen.«

»Willst du ihn auch kosten?« Seine strahlend blauen Augen funkelten verschmitzt. Ohne ihre Antwort abzuwarten, zog er ihr Gesicht heran, um sie stürmisch zu küssen.

Ein köstliches Kribbeln breitete sich von ihren Lippen bis in die Fingerspitzen und sogar zu den Zehen aus, sodass sie die Arme um seinen Nacken schlang und dem Bedürfnis nachgab, ihm so nah zu sein, wie es nur irgend möglich war. Mehrere leidenschaftliche Minuten später löste sie sich mit glühenden Wangen aus seiner Umarmung, am ganzen Körper vor Erregung zitternd.

»Wir sollten nicht ... Ich meine ... Was, wenn jemand ...«, stammelte sie.

»Und ich dachte, Dora steht Schmiere«, antwortete er grinsend und drückte einen letzten sanften Kuss auf ihren Mund, bevor er sie losließ.

Kaum war Margarete aufgestanden, schon fühlte sie den Verlust seiner schützenden Anwesenheit. Sämtliche Sorgen schienen nur auf diesen Augenblick gewartet zu haben, um über sie herzufallen. Schon zweifelte sie wieder an der bevorstehenden Reise, denn so vieles konnte dabei schiefgehen.

Stefan schien ihre Gedanken lesen zu können, denn er versicherte ihr: »Alles wird gutgehen. Ich werde da sein, um auf dich aufzupassen.«

»Danke«, antwortete sie und blickte in sein wettergegerbtes und doch anziehendes Gesicht. »Ich liebe dich so sehr.«

»Ich liebe dich auch.«

Dann strich sie sich den Rock glatt, begleitete ihn zur Tür und sagte laut: »Haben Sie vielen Dank, dass Sie die Verträge mit mir durchgegangen sind. Ich werde sie Herrn Gundelmann gleich zurückbringen.« Sie glaubte nicht, dass jemand lauschte, doch Vorsicht war besser als Nachsicht. Mit den belanglosen Unterlagen in der Hand ging sie zu Olivers Büro auf der anderen Seite des Gutshauses, aber er war nicht da.

Statt die Papiere einfach auf seinem Schreibtisch liegenzulassen, zog sie ihre Reithose an und machte sich auf den Weg zu den Ställen in der Hoffnung, ihn dort zu finden. Jetzt, da sie ein Datum für die Abreise nach Berlin festgelegt hatte, musste sie ihn darüber informieren. Es würde ihm nicht gefallen, weil die Gefahr bestand, dass sie jemandem aus ihrer oder Annegrets Vergangenheit begegnete. Dieses Risiko musste sie jedoch eingehen, denn es gab keine andere Möglichkeit, das dringend benötigte Geld zu beschaffen.

Sie erspähte Olivers aschblonden, stets zerzausten Haarschopf schon von Weitem. Er unterhielt sich mit einem dürren Mann in Häftlingskleidung und sehr kurzen dunklen Haaren. Bei seinem Anblick zuckte sie innerlich zusammen, denn sie und Oliver hatten sich darüber gestritten, ob die Gefangenen, die in die Ställe verlegt worden waren, Zivilkleidung bekommen sollten. Sie war der Meinung gewesen, dass es ihnen ein wenig Würde zurückgab, doch er hatte argumentiert, dass es Verdacht erregen könnte. Außerdem sollten sie das Geld lieber für Nahrung als für Kleidung ausgeben, was sie schließlich eingesehen hatte.

»Guten Tag«, grüßte sie die beiden Männer.

»Guten Tag, Annegret«, antwortete Oliver, wohingegen der Häftling den Blick zu Boden richtete und es nicht wagte, ihr in die Augen zu sehen. »Erinnerst du dich an Ladislaus? Er ist für die neuen Stallburschen zuständig.«

»Ich habe nur Gutes über Sie gehört, Ladislaus«, lobte sie ihn.

Sein Kopf schoss hoch, seine Augen leuchteten in einer Mischung aus Stolz und Furcht. Dann blickte er wieder zu Boden und murmelte etwas Unverständliches.

Es brach ihr das Herz, aber sie hielt es für besser, nichts weiter zu sagen. Sie wollte nicht, dass die Leute sie für zu freundlich den Häftlingen gegenüber hielten. Deshalb wandte sie sich wieder an Oliver: »Hast du Zeit für einen Ausritt? Ich habe ein paar Fragen zu den Verträgen, die du mir zum Unterzeichnen geschickt hast, und hätte nichts gegen ein bisschen Bewegung.« Auszureiten war die übliche Ausrede der beiden, um Zeit miteinander außer Hörweite anderer zu verbringen.

Oliver nickte. »Ladislaus, kannst du bitte Pegasus für Fräulein Annegret satteln?«

Kaum war der Mann davongeeilt, sagte Oliver: »Er ist fleißig und hat ein Händchen für Pferde. Es war eine gute Entscheidung, ihm nach Piets Einberufung die Position als Stallmeister zu geben.«

»Er scheint Angst vor mir zu haben.«

Oliver lachte. »Jeder hat Angst vor Annegret Huber!«

»Du nicht«, protestierte sie.

»Aber nur, weil ich schon seit meiner Kindheit hier bin, und mein Zorn auf … dich damals viel stärker war als meine Furcht.«

Manchmal war es belastend, dass alle auf Distanz blieben. Gleichzeitig jedoch machte es ihr Leben so viel einfacher, besonders wenn es um die Vortäuschung ihrer Identität ging. Manchmal allerdings sehnte sie sich nach jemandem zum Anlehnen, der ihr wahres Ich kannte und nicht ihr Angestellter war – so jemand wie Stefan. Sie fing sich rechtzeitig, bevor sie einen verträumten Seufzer ausstieß.

Oliver ging, um ein Pferd für sich selbst zu satteln. Kurz darauf kehrte Ladislaus mit Pegasus zurück. Mit ausgestrecktem Arm reichte er ihr die Zügel, während der Rest seines Körpers wirkte, als wolle er sich selbst ausrenken, um vor ihr davonlaufen zu können. »Bitte sehr, Fräulein Annegret.«

Sie nahm die Zügel und stieg auf. Als sie auf das Häufchen Elend zu ihren Füßen hinabsah, konnte sie nicht anders als zu sagen: »Sie brauchen sich vor mir nicht zu fürchten. Ich weiß Ihre Arbeit zu schätzen. Wir alle tun das.«

Ungläubig blickte er auf. »Seit Jahren hat kaum jemand etwas Nettes zu mir gesagt.«

Ein Wirbelsturm der Emotionen erfüllte ihr Herz. Sie unterdrückte eine Träne, denn sie erinnerte sich allzu gut daran, wie es sich anfühlte, ein schikanierter Untermensch zu sein. »Hier auf Gut Plaun würdigen wir jeden Menschen, egal woher er kommt.«

Zum Glück erschien Oliver in diesem Moment mit seiner Stute. »Kann es losgehen?«

»Ja, wohin wollen wir?«

»Ich dachte, wir nehmen den Weg zum Hochstand.« Oliver klopfte auf die Tasche, die er an den Sattelknopf gebunden hatte. Sie war voller Lebensmittel für die jüdischen Frauen, die sich in einer Höhle nicht weit vom Hochstand versteckt hielten.

Margarete und Oliver hatten sich im Vorjahr, als die Deportation nach Auschwitz wie ein Damoklesschwert über ihren jüdischen Zwangsarbeitern gehangen hatte, eine raffinierte Methode ausgedacht, wie sie die Häftlinge nachts »sterben« lassen und in die Höhle im Wald schaffen konnten. Die ersten Gruppen waren mithilfe der schwedischen Schutzpässe, die Annegret von einem Freund Stefans erhalten hatte, mit einer neuen Identität ausgestattet worden. Leider waren ihnen die Pässe inzwischen ausgegangen, und es gab keine Möglichkeit, neue zu beschaffen. Deshalb hoffte Margarete inständig, dass der Krieg vor dem Winter endete.

Sie banden ihre Pferde an den Hochstand, und Oliver sagte: »Geh ruhig. Ich klettere rauf und halte Ausschau.«

Die Gefahr, dass sich jemand in dem privaten Waldstück herumtrieb, war zwar gering, doch man konnte nie vorsichtig genug sein. Margarete nahm die Tasche mit den Lebensmitteln und ging zum Eingang der Höhle, wo sie das vereinbarte Klopfzeichen gab, um eingelassen zu werden.

»Vielen Dank für das Essen«, sagte eine der Frauen.

»Haben Sie Neuigkeiten für uns?«, fragte eine andere.

»Die Alliierten haben Paris befreit.« Margarete freute sich, gute Nachrichten überbringen zu können. »Jetzt dauert es nicht mehr lange. Die Wehrmacht verliert täglich Boden.«

»Wer wird uns zuerst erreichen? Die Amerikaner oder die Russen?«

»Das weiß ich wirklich nicht. Aber ihr braucht die Rote Armee nicht zu fürchten; sie kommt, um euch zu befreien.« Margarete war sich ziemlich sicher, dass das nicht für sie selbst galt, eine Deutsche, die vorgab, eine Nazisse zu sein. Jedes Mal, wenn sie an die Nachrichten von den unaussprechlichen Dingen dachte, die die russischen Soldaten den Frauen antaten, wallte Panik in ihr auf.

»Werden sie vor dem Winter hier sein?« Ihnen allen war bewusst, dass in einer Höhle zu leben im Sommer nicht angenehm war, aber ein Kinderspiel im Vergleich zum Winter.

»Das ist gut möglich.« Margarete war nicht halb so zuversichtlich, wie sie es klingen ließ, doch sie wollte den Frauen nicht die Hoffnung nehmen. Nach einigen Minuten verließ sie die Höhle und kehrte zu Oliver zurück. Auf dem Rückweg erzählte sie ihm von ihren Reiseplänen nach Berlin.

»Mir gefällt das ganz und gar nicht. Berlin ist ein gefährlicher Ort für dich.«

»Du hast selbst gesagt, dass wir dringend Bargeld brauchen.«

»Deshalb muss ich das Vorhaben noch lange nicht mögen. Kann nicht jemand statt deiner gehen?«

Margarete rollte mit den Augen. »Glaubst du, daran habe ich nicht selbst schon gedacht? Wenn es jemanden gäbe, dem ich diese Aufgabe anvertrauen kann, würde ich nicht lange überlegen.«

»Was ist mit Dora?«

»Im Ernst?« Margarete unterdrückte ein Kichern. »Mein Dienstmädchen, dem man schon aus der Ferne anhört und ansieht, dass sie nicht aus Deutschland stammt? Wie lange würde es wohl dauern, bis der Juwelier die Polizei verständigt?«

Oliver zuckte mit den Schultern. »Dann vielleicht Frau Mertens?«

»Mach dich nicht lächerlich. Wir wissen nicht einmal, ob wir ihr trauen können. Wie soll ich ihr erklären, weshalb ich das kostbare Geschmeide meiner ach so perfekten Mutter verkaufen möchte?« Sie ahmte Frau Mertens' strengen, missbilligenden Ton nach.

Er sah überrascht auf. »Du bist wirklich gut darin, Stimmen nachzuahmen. Du wärst eine gute Schauspielerin.«

Ich bin sogar eine fantastische Schauspielerin, die tagein, tagaus eine Rolle spielt, weil mein Leben davon abhängt. Mein Talent, Stimmen zu imitieren, hat mich schon mehr als einmal gerettet. Sie sprach ihre Gedanken nicht laut aus, denn es war besser, Oliver nicht daran zu erinnern, wer sie wirklich war.

Sie sprachen nie darüber, nicht einmal wenn sie alleine waren. Zu groß war die Gefahr, ein verräterisches Detail in der Öffentlichkeit auszuplaudern. Stattdessen sagte sie: »Ich habe keine Wahl. Ich muss es selbst tun. Je eher, desto besser.«

Oliver schüttelte den Kopf. »Ich werde mir ununterbrochen Sorgen machen, solange du weg bist.«

»Überlass das lieber deiner Frau. Weißt du noch, wie sie mir letztes Jahr mehrere Schrankkoffer für eine fünftägige Reise nach Stockholm gepackt hat? Ich war richtig erleichtert, als ich die Fahrt endlich antreten konnte.«

Seine Miene wurde weich. »Sie betrachtet es als ihr Vorrecht, sich um die Menschen zu sorgen, die ihr am Herzen liegen.«

Das Eingeständnis wärmte Margaretes Herz. Sie und Dora fühlten sich viel enger verbunden, als es für eine Herrin und ihr Dienstmädchen üblich war. Sie war zwar nur wenige Jahre älter, trotzdem betrachtete sie Dora fast wie eine Tochter oder vielleicht eine jüngere Schwester, um die sie sich kümmerte und sorgte.

Nach mehreren Minuten der Stille bot Oliver an: »Ich könnte dich begleiten.«

»Wohin?«

»Na, nach Berlin.«

Schnell drehte sie den Kopf weg, um ihr Erröten zu verbergen. Sie konnte ihm keinesfalls sagen, dass sie bereits einen männlichen Begleiter hatte, der sich hervorragend um sie kümmern würde. »Danke, aber das brauchst du nicht. Außerdem wirst du während meiner Abwesenheit auf Gut Plaun gebraucht.«

»Wie lange willst du in Berlin bleiben?«

»Nur zwei Tage, allerhöchstens drei. Ich will keine unnötigen Risiken eingehen.«

»Sehr gut.« Sie erreichten das Gutshaus. »Möchtest du

gleich hier absteigen, und ich bringe Pegasus zum Stall zurück?«

»Ja, das wäre nett. Vielen Dank.« Sie stieg ab, tätschelte Pegasus den Hals und ging dann die beeindruckende Freitreppe zum Haupteingang des Gutshauses hinauf. Sie hatte eine Menge für die Reise nach Berlin zu organisieren.

15

Nach Katzes Besuch war Ernst Rosenbaum in ein Gefängnis für politische Häftlinge verlegt worden. Einige Monate später waren die meisten seiner Wunden verheilt, obwohl Spuren der Folter durch Thomas Kallfass zurückbleiben würden.

Der körperliche Schmerz war jedoch vernachlässigbar im Vergleich zur seelischen Qual, seine geliebte Nichte verraten zu haben. Er wusste, dass er sich selbst vergeben musste, konnte es aber einfach nicht.

Lothar Katze hatte Margarete nicht erwähnt, weshalb Ernst vom Schlimmsten ausging. Vermutlich war sie inzwischen tot oder – schlimmer – in einem der Arbeitslager. Ernst war sich immer noch nicht sicher, worauf er hoffen sollte: dass sie einen schnellen Tod gehabt hatte oder dass sie noch am Leben war. Schließlich entschied er sich, von ihrem Ableben auszugehen. Diese Gewissheit war leichter zu ertragen als die Ungewissheit, welches schlimme Schicksal ihr widerfahren sein könnte.

Die meisten seiner Mithäftlinge hatten ein Todesurteil erhalten, und nicht alle kamen damit zurecht. Doch es gab auch solche, die über ihr bevorstehendes Ende morbide Witze rissen, wie der verurteilte Heiratsschwindler, der vor seiner Verhaftung als Frisör gearbeitet hatte.

Eines Tages trat Ernst während des Hofgangs an ihn heran: »Bitte verzeihen Sie meine Neugier, wie gelingt es Ihnen, immer so fröhlich zu sein, wenn Sie zum Tode verurteilt wurden?«

Der Mann schenkte ihm ein charmantes Lächeln, dem nicht einmal ein fehlender Schneidezahn und eine hässliche Narbe auf der Wange abträglich waren, die er der Gestapo zu verdanken hatte. »Ach, wissen Sie, in meinen Augen ist das Leben hier schon fast paradiesisch: Ich bekomme täglich zwei Mahlzeiten und muss nicht einmal dafür arbeiten. Doch das Beste ist, dass ich an meinem letzten Tag sechs Zigaretten rauchen darf. Worauf kann man sich da nicht freuen?« Er brach in ausgelassenes Gelächter aus und ging, um eine Löwenzahnblüte in der Hofecke zu pflücken. Achselzuckend drehte er sich um und kam zurück. »Hier, für Sie. Möge sie Ihnen Freude bereiten. Es bringt nichts, seine letzten Tage mit Bitterkeit zu vergeuden.«

Ernst dachte noch tagelang über den kurzen Wortwechsel nach. Was für eine seltsame Ironie, dass ausgerechnet ein Hochstapler ihn an den Wert des Lebens erinnerte. Da Ernst nicht an Gott glaubte, konnte er für seinen abscheulichen Verrat nicht um Vergebung beten. Genauso wenig konnte er ihn ungeschehen machen oder Margarete helfen, sollte sie noch leben. Doch er konnte denen helfen, die nicht mit derselben überschwänglichen Lebensfreude gesegnet waren wie der Heiratsschwindler.

Während des nächsten Hofgangs trat Ernst auf den katholischen Priester zu, der Gefängnisdienst hatte. Unabhängig von ihrer Glaubenszugehörigkeit waren Ernsts Mithäftlinge voll glühender Bewunderung für den Mann.

»Pfarrer Bernau, hätten Sie eine Minute?«, fragte er den

hageren knapp Fünfzigjährigen mit den wohlwollenden braunen Augen.

»Sie sind Ernst Rosenbaum, nicht wahr?«

Ernst nickte verwundert. »Sie kennen mich?«

»Ich habe es mir zur Angewohnheit gemacht, alle Häftlingsakten zu studieren. Ihre war besonders interessant, denn obwohl Sie Jude sind, müssen Sie keinen gelben Stern tragen.« Bernau sah Ernst mit offenem Interesse, jedoch ohne Neugier an.

Ernst hatte das Gefühl, als sei es seine eigene Entscheidung, ob er dem Pfarrer mehr von sich erzählte oder nicht. »Die Nazis betrachten mich aufgrund meiner Abstammung als Juden. Obwohl ich als Kind meine Bar Mitzwa hatte, bin ich mittlerweile zu dem Schluss gekommen, dass es keinen Gott gibt. Also bin ich nun Atheist. Ich hoffe, das wird Sie nicht davon abhalten, mit mir zu sprechen.«

»Aber nicht doch.« Der Blick des Pfarrers war freundlich geblieben. »Ich bin hier, um allen Häftlingen meinen Beistand anzubieten, egal ob sie an meinen, einen anderen oder gar keinen Gott glauben. Um ehrlich zu sein, freue ich mich immer auf ein gutes philosophisches Gespräch mit einem gebildeten Mann.«

Der Pfarrer wurde dem überbordenden Lob der anderen Häftlinge in der Tat gerecht. Ernst wusste nicht so recht, was er antworten sollte, da verkündete zum Glück der Lautsprecher auch schon das Ende des Hofgangs.

»Wieso besuche ich Sie nicht heute Nachmittag in Ihrer Zelle?«, schlug Pfarrer Bernau vor. »Oder ist unser Gespräch nicht für neugierige Ohren bestimmt?«

»Nein, meine Zelle ist in Ordnung. Ich werde Sie erwarten.« Ernst sah zu, wie der Pfarrer zum Verwaltungstrakt ging, während er selbst den anderen Häftlingen in den Zellenblock folgte. Was er zu besprechen hatte, war nicht geheim, deshalb machte es ihm nichts aus, wenn seine Zellengenossen mithörten. Dennoch hatte des Pfarrers letzte Bemerkung Zweifel in ihm geweckt, dass dieser so gesetzestreu war, wie die Nazis glaubten.

Ernst hatte seine Nichte dabei beobachtet, wie sie unter falscher Identität lebte und sich für eine überzeugte Hitler-Anhängerin ausgab, während sie heimlich den Zwangsarbeitern in ihrer Fabrik half. Deshalb überlegte er, ob sich hinter Pfarrer Bernaus freundlicher Miene mehr verbarg, als auf den ersten Blick sichtbar war.

Er zuckte mit den Achseln. Was auch immer es war, es ging ihn nichts an, ja, es war sogar besser, wenn er nichts darüber wusste. Was man nicht wusste, konnte nicht aus einem herausgefoltert werden. Die erneut aufwallenden Schuldgefühle raubten ihm den Atem, sodass er stolperte. Der Häftling hinter ihm packte seine Arme, um ihn wieder aufzurichten. »Immer sachte, alter Mann. Kein Grund zur Eile. Der Galgen wird geduldig warten, bis du an der Reihe bist.«

Am Nachmittag besuchte Pfarrer Bernau ihn wie versprochen. Sie hatten eine lange und angenehme Unterhaltung über alles Mögliche, außer über Margarete und die gewaltige Schuld, die Ernst für seinen Verrat an ihr empfand. Als ehemaliger Philosophieprofessor genoss Ernst es ganz besonders, einen Gesprächspartner auch für Themen zu haben, über die die meisten Leute die Augen verdrehten.

»Ich danke Ihnen für die angenehmste Stunde, die ich seit Jahren verbracht habe«, sagte Ernst.

»Das Vergnügen war ganz meinerseits. Auch wenn Gott mir die Aufgabe zugedacht hat, jedem Menschen in dieser schwersten Zeit seines Lebens beizustehen, muss ich zugeben, dass ich die Gesellschaft gebildeter Gesprächspartner ausgesprochen genieße. Mich auf Diskussionen einzulassen, fordert meine eigenen Denkprozesse heraus, besonders mit jemandem, der andere Überzeugungen vertritt.«

»Da wäre noch eine Sache.«

»Worum geht es?«

»Sie haben vielleicht gemerkt, dass ich unter einer entsetzlichen Schuld leide. Über meine verabscheuungswürdige Tat möchte ich nicht sprechen; dennoch möchte ich Buße tun. Nicht für irgendeinen Gott oder das Allgemeinwohl, sondern aus sehr egoistischen Gründen um meines Seelenfriedens willen.«

Der Pfarrer schien nicht überrascht. »Fahren Sie fort.«

»Ich habe gehört, dass es hier eine Bibliothek gibt.«

»Ja, das stimmt, und ich freue mich über jeden Insassen, der ein Buch zur Hand nimmt. Dort gibt es bestimmt auch etwas für Sie. Wir haben die Werke sämtlicher großer Denker, vor allem der deutschen.« Pfarrer Bernaus Augen leuchteten vor Begeisterung.

»Na ja, es geht nicht so sehr um mich, zumindest nicht zuvorderst. Ich hatte mich gefragt, ob es möglich ist, dass ich vielleicht ein Kapitel eines Buches einer Gruppe von Häftlingen vorlese und dann mit ihnen über den Inhalt diskutiere.«

»Was für eine hervorragende Idee! Ich bin sicher, Ihre Mitgefangenen werden diese Unterbrechung ihres eintönigen Gefängnisalltags sehr zu schätzen wissen.«

Ernst fühlte, wie sich eine Leichtigkeit in ihm breitmachte, die er seit Jahren nicht mehr verspürt hatte. Es war fast, als hielte er wieder Vorlesungen an der Universität, was er von ganzem Herzen geliebt hatte. »Sie denken, das wäre gestattet?«

»Lassen Sie das nur meine Sorge sein. Ich werde gleich mit dem Gefängnisdirektor sprechen. Er ist ein anständiger Mensch.« Pfarrer Bernau verließ die Zelle mit dem Versprechen, alles binnen einer Woche zu arrangieren.

Ernst kehrte mit durcheinanderwirbelnden Gedanken auf seine Pritsche zurück. Welch eine Ironie des Schicksals, dass er ausgerechnet als totgeweihter Häftling seine Lebensaufgabe zurückerhalten hatte.

16

Auf Gut Plaun hatte Margarete mit ihren eigenen Problemen zu tun, während sie Dora dabei beaufsichtigte, wie diese den Koffer für die bevorstehende Berlinreise packte.

»Nein, dieses Kleid nicht. Ich möchte unauffällig bleiben. Such bitte die schlichtesten Sachen heraus, die ich habe. Ich will auf keinen Fall Aufmerksamkeit erregen.« Sie hatte sogar kurz darüber nachgedacht, Dora zu bitten, ihr ein Kleid auszuleihen, aber das wäre der Sache mit dem Juwelier abträglich gewesen. Es gab einen schmalen Grat zwischen einem zu protzigen und zu ärmlichen Auftreten; sie musste sowohl unverfänglich als auch reich genug aussehen, um den Schmuck zu besitzen, den sie verkaufen wollte.

Ein Klopfen an der Tür unterbrach die beiden Frauen. »Schau bitte mal, wer das ist«, bat Margarete ein wenig verärgert, da sie mit dem Packen fertig werden wollte.

Dora öffnete die Tür und bat den Besucher in den Salon, der an Margaretes Schlafzimmer grenzte, bevor sie mit freudig gerötetem Gesicht zurückkehrte. »Fräulein Annegret, Oliver würde Sie gerne sprechen.«

»Guten Tag Oliver, was führt dich zu mir?« Sie hatten

bereits alles arrangiert, damit er die Gutsangelegenheiten während ihrer Abwesenheit regeln konnte, und sie fragte sich, was er noch benötigte.

»Nichts Gutes, fürchte ich.« Er blickte zu Boden, in seinen Händen wendete er einen Umschlag mit offiziellem Siegel.

Hinter Margarete gab Dora einen kurzen spitzen Schrei von sich.

»Sag es mir.« Aus seiner Körperhaltung schloss Margarete, dass es sich um etwas Furchtbares handelte.

»Das ist gerade angekommen.« Er reichte ihr den Umschlag, und noch bevor sie das Siegel des Wehrkreisersatzamtes erkannte, fiel ihr das Herz in die Schuhe. »Ich werde eingezogen.«

»Aber ... Aber ... du bist doch unabkömmlich«, stotterte Dora und schlug sich die Hand vor den Mund, um einen weiteren Aufschrei zu unterdrücken.

»Sieht aus, als gingen der Wehrmacht die Männer aus.« Oliver versuchte sich an einem schiefen Grinsen. »Franz Volkmer ebenfalls.«

»Das sind wirklich schlechte Neuigkeiten. Bitte setz dich.« Margarete wandte sich an ihr Dienstmädchen. »Dora, bringst du uns zwei Gläser Schnaps? Oder lieber drei«, korrigierte sie sich nach einem Blick auf Doras gespenstisch blasses Gesicht.

Margarete stürzte den Schnaps in einem großen Schluck herunter. Das scharfe Brennen wärmte ihren Magen. Sie hatte befürchtet, dass dieser Tag kommen würde, denn die Verluste an der Ostfront waren erschreckend, und die Wehrmacht hatte damit begonnen, jeden arbeitsfähigen deutschen Mann einzuberufen. Es hatte sich seit Langem angekündigt, dass alle, die nicht aus medizinischen Gründen freigestellt waren, eingezogen werden würden. Oliver jedoch war aus eben solchen Gründen aus der Wehrmacht entlassen worden, denn nach einer schweren Schrapnellverletzung im ersten Kriegsjahr war eines seiner Beine kürzer als das andere.

»Es tut mir so leid«, sagte Margarete und blickte von Oliver, der ein tapferes Gesicht machte, zu Dora, deren Fassung offensichtlich an einem seidenen Faden hing.

Oliver schüttelte den Kopf. »Soweit ich weiß, hat jeder mit zwei Armen und Beinen, der innerhalb der Altersgruppe liegt, den gleichen Brief erhalten.«

Das hieß, dass Margarete nach ihrem Gestütsleiter Piet nun auch ihren Gutsverwalter und ihren Fabrikleiter verlieren würde und ... Ihr Herz setzte aus, und sie krächzte: »Stefan!«

»Ich gehe davon aus, dass ihm keine Gefahr droht, weil er als wehrunwürdig befunden wurde«, sagte Oliver grimmig.

Sie wollte ihre Erleichterung nicht vor ihren Freunden zur Schau stellen, die mit der schlechten Nachricht zu kämpfen hatten, deshalb senkte Margarete den Kopf und suchte nach angemessenen Worten. Schließlich sagte sie entschlossen: »Ich werde Katze noch heute aufsuchen und sehen, was ich tun kann.«

»Danke.«

»Du und Dora, nehmt euch den Nachmittag frei und verbringt etwas Zeit miteinander«, sagte sie, bevor sie sich erhob, um zu telefonieren. »Frau Mertens, bitten Sie Nils, die Pferde anzuspannen, ich muss umgehend nach Parchim.«

»Ich kümmere mich darum, Fräulein Annegret. Möchten Sie vor der Abfahrt noch essen?«

»Ja bitte, man weiß nie, wie lange es dauern wird.«

Nachdem Dora und Oliver das Zimmer über die Außentreppe, die direkt in den Hinterhof führte, verlassen hatten, verschwand Margarete in ihr Badezimmer, um sich schnell zurechtzumachen, sich die Haare zu ordnen und den Rock glattzustreichen. Aus Zeitmangel verzichtete sie darauf, sich etwas Schickeres anzuziehen. Der habgierige Oberscharführer würde sich mit ihrem Hauskleid begnügen müssen.

Etwa eine Stunde später erreichte sie das Hauptquartier der SS in Parchim. Bei der Erinnerung an Thomas Kallfass erschauderte sie. Er hatte ihr unaufhörlich nachgestellt und ihr seine unsterbliche Liebe gestanden – um sie nur wenige Tage später nach Auschwitz schicken zu wollen. Sie hatte seiner aalglatten, charmanten Fassade nie getraut, dennoch hatte es sie überrascht, wie weit er bereit gewesen war im Namen der Rassenreinheit zu gehen.

Die Erinnerung an die sich daraufhin entspinnenden Ereignisse führten immer noch dazu, dass sich ihre Finger verkrampften und das Blut in ihren Adern gefror, sogar jetzt in der sengenden Spätsommerhitze. Sie packte ihre Handtasche fester und schüttelte die unangenehmen Gedanken ab.

Sie klopfte an Katzes Tür, holte tief Luft und öffnete, kaum dass er »Herein« rief.

»Fräulein Annegret, was für eine angenehme Überraschung«, grüßte Katze sie mit einem schmierigen, übertrieben selbstbewussten Lächeln. »Was verschafft mir dieses unerwartete Vergnügen?«

»Herr Oberscharführer, ich bin gekommen, weil sowohl mein Gutsverwalter als auch mein Fabrikleiter heute ihren Einberufungsbefehl erhalten haben, genauso wie sämtliche deutsche Vorarbeiter meiner Fabrik«, sagte Margarete ohne Umschweife.

»Ich habe schon gehört, dass alle wehrfähigen Männer im Kreis Parchim heute ihre Papiere bekommen haben.«

Sie hob eine Augenbraue. »Nun, das kommt höchst unerwartet. Sie wissen, dass ich die Erste bin, die unseren Führer unterstützt, aber wie soll ich ohne Mitarbeiter die Produktionsquote erfüllen und Geld verdienen?« Sie hoffte, dass er den Hinweis verstünde, dass sein monatliches Schmiergeld gefährdet war, wenn er ihr nicht die Sondergenehmigungen beschaffte, die sie brauchte. »Wenn Sie eine Freistellung bewilligen könnten, wenn schon nicht für alle, so doch wenigstens für meinen Gutsverwalter ...«

»So gerne ich das täte, mir sind die Hände gebunden. Befehl ist Befehl.« Er schien aufrichtig zerknirscht.

»Sogar Ihr Vorgesetzter muss doch einsehen, dass eine Frau alleine keine Sprengstofffabrik leiten kann, ganz zu schweigen vom Gestüt und dem Hof. Es muss doch irgendeine Lösung geben.« Sie warf ihm einen Blick zu, von dem sie hoffte, dass er den Eindruck einer Jungfer in Nöten vermittelte.

»Das ist in der Tat schlimm. Wir wollen schließlich nicht, dass Ihre Einnahmequelle versiegt.« Katze beäugte sie. »Eventuell kann ich ein paar SS-Männer entbehren, um Ihnen auszuhelfen.«

Margarete verschluckte sich fast bei seinen Worten. Das Letzte, was sie brauchte, waren schnüffelnde SS-Männer auf ihrem Anwesen. »Ihre Männer haben sicherlich Wichtigeres zu tun, als Ställe und eine Handvoll verschüchterter Häftlinge zu beaufsichtigen. Wollen Sie es sich nicht noch einmal überlegen?«

»Ich fürchte, diese Entscheidung wurde weiter oben getroffen. Die Angelegenheit liegt nicht mehr in meiner Hand. Lassen Sie mich wissen, ob Sie mein Hilfsangebot annehmen möchten«, sagte Katze.

Margarete neigte den Kopf und wollte gerade gehen, als ihr ein anderer Gedanke kam. Sie räusperte sich. »Mein getreues Faktotum Nils ist zu alt, um zu dienen. Ich kann ihn einsetzen, um das Gut und einen Teil der Ställe zu überwachen, aber ich brauche unbedingt jemanden mit einer Ingenieursausbildung für die Leitung der Fabrik.«

»Wie gesagt, ich kann Ihnen SS-Männer anbieten.« Katze legte die Finger aneinander.

»Das ist sehr freundlich von Ihnen. Mal davon abgesehen, dass sie anderswo gebraucht werden, gehe ich nicht davon aus, dass einer von ihnen einen Universitätsabschluss in Chemieingenieurwesen hat, was unbedingt erforderlich ist, um das Kochen des Nitropenta zu überwachen.«

Katze nickte und wartete darauf, dass sie fortfuhr.

»Ich sage das nicht leichtfertig, also haben Sie bitte Verständnis. Unsere Produktion ist für die Kriegsanstrengungen unverzichtbar. Deshalb bin ich zum Äußersten bereit.«

Neugier blitzte in Katzes Augen auf.

»Es wäre mehr als leichtsinnig, diesen kritischen Vorgang allein in die Hände von Kriegsgefangenen oder anderen zweifelhaften Subjekten zu legen, meinen Sie nicht auch?« Er nickte, und Margarete unterdrückte ein zufriedenes Lächeln. »Wir haben erst kürzlich einen Externen gebeten, der Fabrik in Bezug auf die Qualitätskontrolle beratend zur Seite zu stehen, natürlich unter der strikten Überwachung meines Fabrikleiters Franz Volkmer. Ich möchte Sie um die Erlaubnis bitten, diesen Mann in Vollzeit einzustellen.« Normalerweise wurden Arbeitskräfte vom Arbeitsamt zugewiesen, aber da es Stefan verboten war, jemals wieder in einer kriegswichtigen Industrie zu arbeiten, benötigte Margarete eine Sondererlaubnis.

»Um wen handelt es sich?«

»Er heißt Stefan Stober und wohnt in Plau am See.« Margarete hoffte, dass der dumme Oberscharführer keine weiteren Fragen stellen würde.

»Ist das nicht der alte Fischer?«

»Nein, sein Enkel. Er hat Chemieingenieurwesen studiert.«

Leider war Katze besser informiert, als sie es ihm zugetraut hatte. »Fräulein Annegret, ich weiß ja nicht, was für Lügen Ihnen dieser Mann aufgetischt hat, aber er ist ein gefährliches Subjekt.«

Sie schnappte theatralisch nach Luft.

»Er wurde als wehrunwürdig eingestuft, weil er politisch unzuverlässig ist«, antwortete Katze mit einem Kopfschütteln. »Jemandem wie ihm können Sie nicht die Aufsicht über eine Rüstungsfabrik geben.«

Margarete schaute zerknirscht. »Er hat geschworen, dass es zu der unglücklichen Explosion an seinem früheren Arbeitsplatz ausschließlich durch jugendliche Unachtsamkeit gekommen ist. Er hat mir sogar das Ergebnis der Gestapounter- suchung vorgelegt, die ihn vollständig entlastet hat.« Sie bewegte sich auf dünnem Eis, denn der Bericht hatte lediglich ausgesagt, dass abschließend keine böse Absicht nachgewiesen werden konnte. »Er hat mich angefleht, ihm eine zweite Chance zu geben, seine Loyalität für Führer und Vaterland unter Beweis zu stellen.«

Immer noch schien Katze nicht überzeugt.

»Normalerweise würde ich ihn gar nicht in Betracht ziehen, doch die Zeiten sind hart. Unter den gegenwärtigen Umständen ist es wichtiger, die Produktion störungsfrei am Laufen zu halten, als weiterhin einen guten Mann für eine Jugendsünde zu bestrafen. Meinen Sie nicht auch, Herr Ober- scharführer?«

»Was, wenn er im Geheimen gegen das Reich arbeitet?«

Margarete schüttelte den Kopf und zog eine ungläubige Grimasse. »Ich kann mir nicht vorstellen, dass er unverfroren genug wäre, so etwas zu wagen. Zumindest nicht, wenn ihm sein Leben lieb ist. Er weiß, dass er bereits unter Beobachtung steht, und wenn er seinen Fehler ernsthaft bedauert, wovon ich voll und ganz überzeugt bin, dann wird er alles tun, um seine Liebe für unser Vaterland unter Beweis zu stellen.«

Katze schien unentschieden, was sie zwang, ihren größten Trumpf zu ziehen. »Wenn etwas schiefgeht, können Sie immer noch mir die Schuld geben. Wenn Sie Herrn Stober und mich bloßstellen, wird Sie das von jeder Schuld befreien. Vielmehr würden Sie dann als Held gefeiert.« Wenn ihn zu bauchpin- seln nicht half, dann wusste sie nicht, was sie sonst noch tun sollte.

»Das klingt plausibel.« Er schürzte die Lippen und musterte sie. »Aber ich frage mich, wieso Sie das tun. Würde eine Jüdin nicht eher gegen die Regierung arbeiten wollen?«

Sie hatte diese Frage erwartet und sah ihm fest in die

Augen. »Ich will überleben. Wenn die Fabrik nicht produziert, kann ich nicht bezahlen.«

»Hm. Ihnen zu erlauben, diesen Mann einzustellen, stellt ein großes Risiko für mich dar.« Er rieb sich die Hände.

Aus Angst, dass er versucht sein könnte, die monatliche Zuwendung zu erhöhen, unterbrach sie ihn: »Seien wir doch mal ehrlich, Herr Oberscharführer.« Obwohl sie wusste, dass die Tür geschlossen war, schaute sie über ihre Schulter. »Sie und ich, wir wissen beide, dass Deutschland diesen Krieg nicht gewinnen kann.« Durch seine ausbleibende Reaktion auf ihre schockierende Behauptung ermutigt, fuhr sie fort: »Und wenn das alles vorbei ist, wird es sich für Sie auszahlen, wenn eine Reihe von Verfolgten ein gutes Wort für Sie einlegen kann.« Er brauchte nicht zu wissen, dass sie nicht vorhatte, jemals für ihn in die Bresche zu springen.

»Ich habe nichts Falsches getan, ich habe nur Befehle befolgt«, sagte er, aber seine Miene verriet, dass er sich der lahmen Ausrede bewusst war.

Margarete schüttelte langsam den Kopf. »Es ist nicht an mir zu entscheiden, ob das ausreichen wird oder nicht.«

Ein sichtbarer Ruck ging durch seinen Körper, und er richtete sich in seinem Sessel auf. »Genug von diesem defätistischen Gerede! Deutschland wird den Krieg gewinnen! Und um meinen Teil dazu beizutragen, werde ich sicherstellen, dass dieser fälschlich beschuldigte Mann eine zweite Chance erhält. Er kann seine Vaterlandsliebe beweisen, indem er die Sprengstoffproduktion auf dem verlangten Niveau hält.«

Es war eine bühnenreife Vorstellung, und Margarete revidierte innerlich ihre vorherige Einschätzung: Katze war nicht halb so dumm, wie sie gedacht hatte. Womöglich war sie nicht die Einzige, die anderen etwas vormachte.

»Ich danke Ihnen, Herr Oberscharführer. Gut Plaun wird das Vertrauen, das Sie in uns setzen, nicht enttäuschen.«

Sie wartete, bis er die Sondergenehmigung unterzeichnet

hatte und verließ dann eilends das SS-Hauptquartier. Das Gebäude war ihr unheimlich, nicht zuletzt, weil Katze wusste, wer sie wirklich war. Das Gespräch war den Umständen entsprechend gut verlaufen, denn es hätte auch damit enden können, dass sie zu einem Ort unsäglichen Schreckens weggeschleppt wurde.

17

Stefan wartete, bis es völlig dunkel war, bevor er seine Fischgründe verließ und sein Boot zu dem abgelegenen Strand steuerte, den er vor Monaten mit Annegret besucht hatte.

Er war damals nicht ganz ehrlich zu ihr gewesen, denn wenn man sich auskannte, konnte man ihn durchaus vom Land her erreichen. Ein kaum sichtbarer Trampelpfad führte durch Wald und dichtes Unterholz ans Seeufer. Von dort waren es noch zwanzig Meter durch seichtes Wasser bis zum Strand, an dem jetzt einer von Sandras Schützlingen auf ihn wartete. Stefan wusste lediglich, dass es sich um einen abgeschossenen britischen Piloten handelte, der für ein paar Nächte einen sicheren Unterschlupf benötigte, bevor er die nächste Etappe seiner gefährlichen Reise in die Freiheit antreten konnte.

Die Details wollte Stefan nicht wissen und befolgte damit ausnahmsweise seinen eigenen Rat. Allerdings war es leicht zu erraten, dass die Fluchtroute zu einem der nahe gelegenen Häfen und von dort über die Ostsee nach Schweden führte.

Das sanfte Tuckern des Motors schallte laut durch die ansonsten stille Nacht. Mit dem Mond als einzige Lichtquelle näherte Stefan sich langsam der Bucht, schaltete dann den Motor aus und ließ das Boot in Richtung des Strandes gleiten.

Noch bevor er ihn erreicht hatte, traten zwei dunkle Gestalten zwischen den Büschen hervor und wateten ins knietiefe Wasser, um zu verhindern, dass das Boot unnötigen Lärm verursachte, indem es über Kiesel kratzte. Tagsüber war das kein Problem, aber in der Nacht wurde jedes Geräusch weit über den See getragen und konnte jemanden alarmieren, dass hier etwas Verdächtiges vor sich ging.

Es war der kritische Moment jeder Übergabe, denn Stefan konnte nie sicher sein, ob die beiden Silhouetten wirklich die angekündigten Personen waren. Er wäre nicht der erste Widerständler, der der Gestapo in die Falle ging. Aus diesem Grund ließ er den Motor im Rückwärtsgang, bereit ihn jederzeit zu starten und im nächsten Wimpernschlag zu fliehen. Auch wenn er damit nicht erfolgreich sein sollte, so war es ihm lieber erschossen zu werden oder zu ertrinken, als weggeschleppt und gefoltert zu werden.

Nur Sekunden später schallte der vereinbarte Käuzchenruf durch die Nacht und Stefan entspannte sich. Die zwei Gestalten waren nun direkt am Boot. Er erkannte Sandras zierliche Figur und streckte die Hand aus, um der größeren Gestalt an Bord zu helfen.

Sandra flüsterte: »In ein paar Tagen kommt jemand, um ihn abzuholen. Frag ihn, ob er einen Buntspecht gesehen hat. Er wird sagen, dass es ein paar auf dem Plauer Werder gibt.«

Stefan prägte sich den Erkennungssatz ein, winkte ihr zu und lenkte das Boot aus der Bucht, wobei er dem Piloten ein Zeichen gab, sich an Deck zu kauern. Sobald sie tiefes Wasser erreicht hatten, arretierte er das Steuer und brachte den Mann unter Deck, wo er hinter einem Haufen Fischereiausrüstung ein Versteck vorbereitet hatte.

»Ich bin Tom«, stellte er sich mit seinem Decknamen vor.

»Vielen Dank, ich bin Anthony«, antwortete der andere mit

starkem Akzent, der ihn trotz der zivilen Kleidung und seines unauffälligen Äußeren sofort verraten hätte.

»Wir gehen bald an Land, und dann bringe ich dich zu einem sicheren Versteck. Sprich kein Wort, mach keinen Lärm und bleib ein paar Meter hinter mir, verstanden?«

»Verstanden.«

Da Stefan niemand war, der unnötige Worte verlor, ging er wieder an Deck, um das Bootshaus nicht weit vom Haus seines Großvaters anzusteuern. Mit Anthony am Kai in der Stadt an Land zu gehen, war viel zu gefährlich. Sollte ein anderer Fischer am Morgen fragen, wo er gewesen sei – was sehr unwahrscheinlich war –, so konnte er behaupten, er habe etwas am Boot reparieren müssen.

Sie erreichten das Bootshaus ohne Zwischenfälle und legten die kurze Stecke zum Haus zu Fuß zurück. Stefan hatte keine Zeit gehabt, Opa vorzuwarnen, doch da es nicht das erste Mal war, dass ein Gast mitten in der Nacht eintraf, würde Opa keinen Schrecken bekommen, wenn er Anthony am Morgen vorfand.

»Wir sind da«, sagte Stefan, als er die Tür hinter ihnen zuschloss. »Hast du Hunger?«

»Wie ein Wolf«, grinste Anthony.

Stefan hatte es sich zur Angewohnheit gemacht, seinen Gästen keine persönlichen Fragen zu stellen. Nach dem ersten Mal hatte er entschieden, keine emotionale Bindung aufzubauen, weshalb er sie wie Fremde behandelte. Er brauchte die zusätzlichen Komplikationen nicht, die es mit sich brachte, wenn er sich für sie als Menschen interessierte, denn das bedeutete nur unnötigen Schmerz, wenn einer von ihnen entdeckt wurde, was unweigerlich früher oder später geschah.

»Ich mach dir was. Setz dich.«

Als er in die Küche ging, hörte er eine Stimme von oben. »Stefan, bist du das?«

»Ja, Opa. Ich mache nur schnell einem Gast etwas zu essen.«

Statt einer Antwort ertönte lautes Schnarchen und Stefan lächelte wehmütig. Opa hatte sein ganzes Leben wie ein Pferd geschuftet und verdiente es, seinen Lebensabend in Ruhe und Frieden zu verbringen.

Am Ende eines schweigsamen Mahls sagte Stefan zu Anthony: »Komm, ich zeig dir, wo du schläfst. Mein Großvater und ich wohnen oben. Einer von uns holt dich am Morgen, wenn es sicher ist. Wir bekommen nur selten Besuch, weil wir so weit außerhalb wohnen, aber es ist besser, wenn du die meiste Zeit im Keller bleibst.«

Anthony nickte und folgte ihm die Treppe hinab in den Keller, wo Stefan mehrere Fischernetze beiseiteschob, die eine Wand verdeckten. Zum Vorschein kam eine Klappe, die kaum groß genug war, um einen ausgewachsenen Mann hindurch-kriechen zu lassen.

»Keine Sorge, der Raum dahinter ist viel größer. Er wurde früher als Vorratskeller benutzt.« Er reichte Anthony eine Taschenlampe. »Sei sparsam damit. Drinnen stehen ein Krug mit frischem Wasser und ein Eimer.«

»Danke«, antwortete Anthony sichtlich erschöpft.

»Schlaf, so viel du kannst. Es gibt sowieso nichts anderes zu tun.«

»Ich werde schon klarkommen«, versicherte Anthony, bevor er durch die enge Öffnung krabbelte.

Stefan schloss die Klappe hinter ihm und hängte die Netze sorgfältig davor, um den Eingang zu dem geheimen Raum wieder zu verbergen.

Als er am nächsten Morgen die Küche betrat, war sein Großvater dabei, Frühstück für drei zu machen.

»Du bist spät aufgestanden«, kommentierte der alte Mann.

»Ich habe letzte Nacht gearbeitet.«

»Und uns einen Gast mitgebracht.«

Stefan wusste, dass er seinem Großvater vertrauen konnte. Dennoch war ihm nicht wohl dabei, ihm diese Last aufzubürden. Der Zeitpunkt von Anthonys Ankunft hätte nicht unpassender sein können, denn Stefan würde noch am selben Vormittag mit Annegret nach Berlin aufbrechen. »Ich wollte ablehnen, aber Sandra hat mich angefleht, weil zwei andere bereits abgesprungen waren.«

Sein Großvater blickte ihn mit überraschend scharfsinnigen Augen an: »Sie ist der Kopf der Operation, richtig? Eine erstaunliche Frau. Sie würde besser zu dir passen als diese reiche Erbin, auf die du es anscheinend abgesehen hast.«

»Opa.«

»Nix Opa. Ich bin vielleicht alt, aber nicht blöd. Diese Huber-Tochter ist nicht gut für dich. Nicht nur, dass sie eine Nummer zu groß ist«, sagte der alte Mann und senkte die Stimme, »sie verbirgt auch etwas. Sie mag alle anderen in der Stadt hinters Licht führen, aber nicht diesen alten Fischer hier. Ich sag dir, die hat eine Leiche im Keller. Irgendwas Schlimmes. Du solltest dich besser von ihr fernhalten.«

Stefan war versucht, seinem Großvater die Wahrheit über Annegret zu sagen. Wenn er wüsste, um was für ein Geheimnis es sich handelte, würde er Stefans Gefühle für sie bestimmt gutheißen. Doch weil das unklug gewesen wäre, sagte er stattdessen: «Ich muss an die Ostsee fahren und mich um ein paar Sachen kümmern.«

»Haben diese Sachen was mit Sandras Schützlingen zu tun?«

Wahrscheinlich war es das Beste, seinen Großvater in diesem Glauben zu lassen, zumal es von der Wahrheit gar nicht so weit entfernt war. »Ja. Ich bin nur ein paar Tage weg. Drei oder höchstens vier. Kommst du zurecht, wenn ich weg bin?«

»Mein lieber Junge, ich komme alleine zurecht, seit deine Oma vor vierzig Jahren gestorben ist. Ich werde das jetzt nicht auf einmal ändern, auch wenn du zu glauben scheinst, dass ich ein alter Trottel bin, der sich nicht mal mehr die Nase selbst putzen kann. Du vergisst offenbar, dass ich schon gegen Hitler und seine NSDAP war, als du noch in die Windeln gemacht hast.«

»Es ist nur wegen unseres Gasts. Möglicherweise wird er abgeholt, während ich weg bin.«

»Das ist nichts, womit ich nicht klarkomme.« Opa tippte sich an die Stirn. »Entgegen landläufiger Meinung hab ich meine fünf Sinne noch beisammen. Du musst mir nur das Codewort sagen, dann händige ich ihn dem Nächsten aus.«

Stefan seufzte. Er hasste es, den alten Mann in Gefahr zu bringen, aber es ließ sich nicht vermeiden. Anthonys Besuch hätte wirklich zu keinem schlechteren Zeitpunkt erfolgen können. »Frag ihn, ob er einen Buntspecht gesehen hat. Dann antwortet er, dass es ein paar auf dem Plauer Werder gibt.«

»Wie raffiniert! Ich habe auf dieser Insel noch nie einen Specht gesehen«, spottete sein Großvater.

»War nicht meine Idee.«

»Natürlich nicht. Du hättest dir irgendwas mit Barschen ausgedacht.«

»Stimmt. Ich habe mich immer so aufs Barschangeln mit dir in den Sommerferien gefreut«, schmunzelte Stefan. »Ich kann mich noch an meinen ersten Besuch ohne Mutti und Papa erinnern, als du mir beigebracht hast, wie man den Köder am Haken anbringt.«

»Du konntest den Wurm nicht von deinem Finger unterscheiden.« Opas Augen leuchteten bei der Erinnerung an bessere Zeiten

»Ich hab mir den Haken nur ein einziges Mal in den Finger gerammt«, protestierte Stefan. »Ich habe das schnell gelernt.«

»Das hast du. Das waren noch gute Zeiten. Viel besser als die jetzigen«, seufzte sein Großvater.

»Ich hoffe, sie kommen eines Tages wieder. Der Krieg muss doch irgendwann zu Ende gehen.«

18

Dora konnte einfach nicht aufhören zu weinen. Mit ihrer fünf Monate alten Tochter auf dem Arm sah sie zu, wie Oliver seine alte Uniform anzog. Er musste sich noch am selben Tag zum Einsatz melden.

»Ich kann nicht glauben, dass das wirklich geschieht«, schluchzte sie.

»Hab keine Angst, es ist bestimmt nicht so schlimm, wie die Leute sagen«, versuchte er, sie zu beruhigen. Doch Dora fiel nicht darauf herein, denn sie konnte die Angst, die von Oliver ausströmte, förmlich riechen.

Immer noch flossen ihr die Tränen übers Gesicht. Sie liebte ihn so sehr und konnte den Gedanken, ihn womöglich zu verlieren, nicht ertragen – schon gar nicht jetzt.

»Was soll aus uns werden?«, fragte sie zwischen zwei Schluchzern.

»Du und Julia, ihr seid sicher auf Gut Plaun. Alles geht weiter wie gewohnt. Solange ich weg bin, kümmert Nils sich zusammen mit Annegret um das Gut. Ladislaus weiß, was in den Ställen zu tun ist –«

»Der Pole?«, unterbrach Dora ihn.

»Ja, er wird seine Sache gut machen. Ich habe ihn explizit darum gebeten, sich um die Frauen hier zu kümmern, sollte die Rote Armee eintreffen.«

Dora lief es kalt über den Rücken, denn sie gab sich keinerlei Illusionen hin, welche Behandlung sie von den Rotarmisten erfahren würde. Oliver streichelte ihr mit dem Daumen über die Wange. »Du brauchst dir keine Sorgen machen.«

Aber die machte sie sich. Große sogar. In Erinnerung an das Gespräch mit ihrer Freundin meinte sie: »Olga hat gesagt, ich soll mich als Ukrainerin ausgeben, sollte es zum Schlimmsten kommen.«

Oliver presste kurz die Lippen aufeinander. »Es tut mir so leid, dass ich euch nicht selbst beschützen kann. Hitler sollte das einzig Vernünftige tun und kapitulieren, um zu retten, was von unserem Land noch übrig ist. Aber da er das nicht tun wird ...« Er beendete den Satz nicht, denn sie beide wussten, dass die Chancen für sein Überleben nicht gut standen. »Ladislaus wird sich um euch kümmern.«

Sie nickte.

»Pass mir gut auf dich und Julia auf.«

»Du weißt, dass ich das tun werde.« Sie biss sich auf die Lippe. Sie wollte ihm nicht noch mehr Kummer bereiten, aber andererseits ... Er sollte es erfahren. Tagelang hatte sie darüber gegrübelt, ob sie es ihm sagen sollte, und nun wurde die Zeit knapp.

Oliver hob ihr Kinn mit einem Finger an und fragte: »Wirst du dich auch um Annegret kümmern? Sie braucht jemanden, der ihr den Rücken freihält.«

Er schlüpfte in die Uniformjacke, schlang sich sein Jagdgewehr um die Schulter und zog Dora in eine feste Umarmung. »Ich liebe dich so sehr.«

Dora grub die Finger in seine Uniform, bis sie schmerzten. Sie war sich noch nicht völlig sicher, denn sie war noch nicht bei der Hebamme gewesen, damit diese ihre Vermutung bestätigte. Doch es war die letzte Gelegenheit, um Oliver davon zu erzählen. »Ich hätte es dir früher sagen sollen.«

Oliver löste sich von ihr, bis er ihr in die Augen sehen konnte. »Was hättest du mir sagen sollen, Herzelein?«

»Ich glaube, ich bin wieder in anderen Umständen.« Sie drehte den Kopf zur Seite und wartete gespannt auf seine Reaktion. Sogar vor seiner Einberufung war es alles andere als ein idealer Zeitpunkt für ein weiteres Kind gewesen.

»Das sind wundervolle Neuigkeiten«, freute er sich strahlend. Mit dieser Reaktion hatte sie nicht gerechnet.

»Nein, ist es nicht. Du musst gehen und –«

»– bin längst zurück, wenn das Baby auf die Welt kommt.« Oliver küsste sie leidenschaftlich. »Ich danke dir so sehr, mein Herzelein. Du kannst dir nicht vorstellen, wie viel mir das bedeutet. Es mag nach einem schlechten Zeitpunkt aussehen, ein Kind in die Welt zu setzen, aber genau das Gegenteil ist der Fall. Der Krieg ist bald vorüber, und unsere Kinder werden einer neuen Generation angehören, die hoffentlich in Frieden aufwachsen und ihre Hand den Fremden reichen kann, statt sie zu bekriegen. So wie du und ich es miteinander getan haben.« Er zwinkerte. »Außerdem gibt mir das einen weiteren Grund zurückzukommen.«

»Ich fürchte mich«, gab sie zu. »Davor, was vielleicht passiert und wie ich damit zurechtkomme.« Sie wollte nicht aussprechen, dass sie Angst davor hatte, im zarten Alter von zwanzig Jahren zur Witwe zu werden und sich ganz alleine um zwei kleine Kinder kümmern zu müssen.

»Du bist stark, du schaffst das. Und vergiss nie, dass ich fest vorhabe, zu euch zurückzukehren. Zu dir, Julia und dem Baby. Wenn der Krieg vorbei ist, müssen wir nicht mehr bei jedem Schritt ängstlich über die Schulter schauen und können ein Leben in Frieden und Liebe führen.«

»Ich freue mich darauf. Ach, ich liebe dich so sehr.« Sie lehnte sich gegen seine breite Brust und wünschte, sie könnte ihn bei sich behalten, ihn irgendwo verstecken, damit er nicht an die Front ziehen musste.

»Ich liebe dich auch.« Nach einer Minute löste er sich behutsam von ihr. »Ich muss jetzt wirklich gehen. Ich will nicht gleich an meinem ersten Tag zu spät kommen.« Er schenkte ihr ein schiefes Grinsen, das die Angst, die sie in seiner Seele spürte, nicht verbergen konnte.

Dann trat er in den gleißenden Sonnenschein, der einen so starken Kontrast zu Doras düsterer Stimmung bildete. Sie stand mit Julia am Fenster und sah ihm nach, wie er davonmarschierte. Das Herz wurde ihr schwer, als eine böse Vorahnung sie überkam und ihr klarwurde, dass sie ihn womöglich nie wieder sah.

Glücklicherweise lenkte Julias Greinen sie ab, und während sie sich um ihr Töchterlein kümmerte, gewann sie die Fassung zurück. Als Julia eingeschlafen war, putzte Dora das Häuschen, machte das Bett und legte Olivers Schlafanzug unter das Kopfkissen, als ob er am Abend zurückkäme, um in ihrem Ehebett zu schlafen.

Dann hob sie ihre Tochter hoch und ging zum Gutshaus hinüber, um ihren Arbeitstag anzutreten. Frau Mertens schaute ungerührt wie immer, doch Fräulein Annegret trug dieselbe verzweifelte Miene zur Schau wie Dora selbst.

»Wie geht es dir?«, fragte ihre Herrin, kaum dass sie alleine waren.

Dora lächelte tapfer. »Gut, danke. Er ist nicht der erste Mann, der in den Krieg zieht. Ich habe immer noch Julia, Sie und alle anderen hier auf Gut Plaun.«

»Wir stehen das zusammen durch. Es kann nicht mehr lange dauern.«

»Das sagt Oliver auch.« Dora war damit beschäftigt, Fräulein Annegrets Zimmer aufzuräumen, als die nächste erschütternde Offenbarung ihr den Boden unter den Füßen wegzuziehen drohte.

»Morgen früh fahre ich nach Berlin«, verkündete ihre Herrin.

»Können Sie nicht hierbleiben?«, bat Dora, obwohl sie wusste, dass die Reise unvermeidbar war. Nachdem Oliver weg war, hatte sie aus irgendeinem Grund Angst, dass auch die Frau, die ihr zur Freundin geworden war, sie verlassen könnte, und dann wäre sie wirklich ganz auf sich allein gestellt.

»Glaub mir, wenn es nicht sein müsste, würde ich hierbleiben. Aber es sind nur ein paar Tage, drei oder höchstens vier.«

»Natürlich, Fräulein Annegret.« Dora hatte nicht die Kraft, mehr zu sagen, denn ein Teil ihrer Seele war mit Oliver aus dem Tor marschiert.

19

»Ich habe den Schmuck in ein Stück Samt gewickelt und in einem Ihrer Schuhe versteckt«, erklärte Dora, als sie Annegret den Koffer überreichte. »Sind Sie sicher, dass Sie genug zum Anziehen dabeihaben?«

Margarete nahm ihr Gepäck entgegen, das viel kleiner war als sonst, wenn sie verreiste. Für die Fahrt nach Schweden im vergangenen Jahr hatte Dora mehrere riesige Schrankkoffer für sie gepackt. »Ich bin doch nur ein paar Tage weg, außerdem gebe ich mich als Stefans Frau aus.«

»Ich bin so froh, dass er bei Ihnen ist und sich um Sie kümmert.« Abgesehen von Stefan und Oliver war Dora die Einzige, die von dem Plan wusste, Frau Hubers Schmuck zu verkaufen, um Oberscharführer Katze weiterhin bestechen zu können.

»Ich auch.« Diese Reise alleine zu machen, wäre so viel angsteinflößender gewesen. »Kannst du bitte Nils Bescheid sagen, dass er mich zum Bahnhof bringen soll?«

»Gewiss, Fräulein Annegret«, antwortete Dora.

Sobald ihr Dienstmädchen verschwunden war, legte Margarete die Perlenohrringe ab, die sie normalerweise trug, und ersetzte sie durch winzige silberne Ohrstecker, wie sie die Frau eines Fischers vermutlich trüge. Sie und Stefan hatten alles ausführlich besprochen. Sie sollte als Annegret nach Potsdam reisen und vorgeben, eine Freundin der Familie zu besuchen. Stefan würde in einem anderen Abteil sitzen und ihr *rein zufällig* unterwegs begegnen. Sobald sie in Berlin waren, würden sie als Herr und Frau Stober gemeinsam weiterreisen. Sollte jemand nach ihren Papieren fragen, wären sie ein unverheiratetes Paar, das zusammen einen Ausflug machte. Der Gedankte löste Hochgefühle in ihr aus.

Im Hotel wollten sie ein Ehepaar mimen und sich darauf verlassen, dass die Rezeption wie üblich nur nach dem Ausweis des Mannes fragte. Um glaubhaft in diese Rolle schlüpfen zu können, musste Annegret mit leichtem Gepäck reisen und wie eine ganz normale Hausfrau aussehen statt wie eine reiche Erbin.

All diese Vorsichtsmaßnahmen hatte Stefan sich ausgedacht, denn sie wollten nicht riskieren, dass die Plauener Klatschtanten von ihrer Liebesbeziehung erfuhren. Stefans Teilnahme an der Reise war tatsächlich der schwierigste Part gewesen.

Das launenhafte Fräulein Annegret genoss die Freiheit, tun und lassen zu können, was ihr beliebte, ohne Konsequenzen oder neugierige Fragen fürchten zu müssen. Stefan gehörte jedoch zur arbeitenden Bevölkerung und ging nicht nur einer, sondern gleich zwei Beschäftigungen nach. Letztlich hatte er in der Fabrik erklärt, dass er sich mit mehreren Zulieferern treffen müsse. Berlin erwähnte er dabei mit keinem Wort, sondern deutete an, dass er zu einem der Ostseehäfen fuhr.

Da er der neue Fabrikleiter war, wagte es sowieso niemand, seine Motive zu hinterfragen. Was seine andere Arbeit anging, würden die Fische stumm und willig einen weiteren Tag am Leben bleiben.

»Frau Mertens, passen Sie mir gut auf den Haushalt auf, wenn ich weg bin«, ermahnte Margarete die Haushälterin.

»Natürlich, Fräulein Annegret. Ich hoffe, dass Sie Ihre Freundin bei guter Gesundheit vorfinden werden.«

»Sie wirkte ziemlich aufgebracht, bestimmt braucht sie einfach nur ein paar Tage Gesellschaft«, antwortete Margarete und wünschte, sie könnte Frau Mertens genug vertrauen, um ihr die Wahrheit zu sagen. Außer Stefan und Oliver kannte nur Dora den wahren Grund für ihre Reise nach Berlin – und nur sie wusste, dass der Schmuck im Koffer versteckt war.

In Olivers Abwesenheit war Dora Margaretes einzige Vertraute und moralische Unterstützung auf dem Gut geworden. Gewissensbisse plagten Margarete, dass sie ihrem schwangeren Dienstmädchen so viel aufbürdete, und sie gelobte, sich von nun an mehr auf Stefan zu stützen, auch wenn sie damit das Geschwätz der Leute riskierte.

»Gute Reise«, wünschte Frau Mertens und fügte dann in einem seltenen Moment der Rührung hinzu: »Passen Sie auf sich auf. Man liest so viel Schreckliches über die Bombenangriffe der Alliierten.«

»Das mache ich. Auf Wiedersehen.« Margarete hatte es eilig aufzubrechen. Sie wusste nur zu gut über die Bombardierungen Bescheid, hatte sie doch selbst einen Volltreffer überlebt, bei dem die Villa der Hubers über ihr zusammengebrochen war. Der Treffer hatte sich als Glück im Unglück herausgestellt, denn durch ihn hatte sie die Chance auf ein neues Leben erhalten: Nach dem Chaos des Einschlags hatte sie ihre wahre Identität als die Jüdin Margarete Rosenbaum abstreifen können und war die verwöhnte Tochter eines hochrangigen Nazis geworden. Obwohl sie damals mit dem Leben davongekommen war, zog sie es jedoch vor, die qualvollen Minuten, als sie unter der Treppe des zerstörten Hauses gefangen gewesen war, nicht noch einmal zu durchleben.

Nils wartete mit der Kutsche im Hof. Als sie an den Ställen vorbeifuhren, arbeitete der inoffizielle Gestütsleiter Ladislaus gerade mit einem Pferd.

»Halt bitte kurz an«, bat sie Nils und stieg aus, um mit dem polnischen Häftling zu sprechen.

»Fräulein Annegret«, grüßte dieser mit seinem unverkennbaren Akzent.

»Ich werde für ein paar Tage weg sein und verlasse mich darauf, dass du dich solange gut um die Pferde kümmerst.«

Er nickte, immer noch unterwürfig in ihrer Gegenwart.

»Nils kümmert sich ab jetzt um das Gut, also frag ihn, wenn du etwas brauchst.«

»Alles wird nach Ihren Wünschen geschehen, Fräulein«, versicherte Ladislaus.

»Du sollst wissen, dass ich deine Arbeit zu schätzen weiß. Du hast ein gutes Händchen mit Pferden.«

Er strahlte erfreut. »Danke.«

Margarete dachte einen Moment nach, bevor sie alle Vorsicht über Bord warf. »Ich heiße es nicht gut, wenn Menschen schlecht behandelt werden, und ich wünschte, ich könnte mehr tun.«

Überrascht hob er den Blick. »Wir alle wissen das und danken Ihnen aus tiefstem Herzen.«

»Vielleicht treffen wir uns eines Tages unter anderen Umständen wieder.« Sie lächelte und machte auf dem Absatz kehrt, um wieder in die Kutsche zu steigen. »Ladislaus ist ein guter Mann, pass mir gut auf ihn auf, ja?«

Nils zog an seiner Zigarette, bevor er antwortete: »Auf den braucht man nicht aufpassen. Wir haben Glück, dass wir ihn haben, um die Stallburschen an die Kandare zu nehmen.«

Nachdem er sie am Bahnhof abgesetzt hatte, bestieg sie den Zug und war froh, im überfüllten Abteil noch einen Sitzplatz zu finden. In Potsdam entdeckte sie Stefans flachsblondes Haar, noch bevor sie ausgestiegen war. Ein Stein fiel ihr vom Herzen, denn, um ehrlich zu sein, hätte sie alleine in Berlin Angst gehabt. Dabei fürchtete sie nicht so sehr, jemandem aus der eigenen Vergangenheit, als vielmehr einem Bekannten Annegrets zu begegnen. Ihre eigenen Freunde waren meist in derselben Situation wie sie und würden sie nicht an die Gestapo verraten. Unter den Verfolgten herrschte Solidarität, wohingegen Leute wie Annegret entschlossen waren, sämtliche Juden auszurotten.

»Ah, da bist du ja, Liebling«, begrüßte Stefan sie und legte ihr einen Arm um die Taille, wie es jeder andere verliebte junge Mann mit seinem Mädel getan hätte. Er führte sie zu einer Bank am Ende des Bahnsteigs, um auf den Anschlusszug zu warten.

»Ein Freund hat mir die Pension Birnbaum empfohlen. Sie liegt günstig, ist sauber und beherbergt hauptsächlich junge Paare, die einen Ort brauchen, um ungestört zu sein.«

Blut schoss ihr heiß in die Wangen und sie war mit einem Mal nicht mehr so sicher, dass ihr Plan, das Bett mit Stefan zu teilen, so gut war.

»Es wird schon klappen«, sagte er, sich ihrer Verlegenheit offensichtlich bewusst, und kramte zwei goldene Eheringe aus der Hosentasche. »Die Ringe meiner Großeltern für den Fall, dass die Hotelrezeption nicht so nachsichtig ist, wie mein Freund behauptet.«

»Du hast wirklich an alles gedacht.« Margarete umarmte ihn, und ihre Zweifel lösten sich augenblicklich in Luft auf. Er war der Mann, den sie von ganzem Herzen liebte, und es gab keinen Grund, Angst zu haben, solange er an ihrer Seite war.

Er steckte ihr den kleineren Ring an den Finger. Er saß ein wenig locker, aber eng genug, um nicht aus Versehen abzufallen.

»Darf ich?«, fragte sie. Auf sein Nicken nahm sie den anderen Ring und steckte ihn an seine Hand, wo er wie angegossen saß. Die kleine Berührung sandte unerwartete Hitze durch ihren Körper zusammen mit einem Gefühl der Zugehörigkeit, so als wären sie tatsächlich verheiratet. Leider war das im echten Leben unmöglich, solange dieser wahnsinnige Hitler Deutschland regierte.

Stefan schien dasselbe zu empfinden, denn er nahm ihre Hand sanft in die seine und betrachtete den glänzenden Ring an ihrem Finger. Er hob den Kopf, und ihre Blicke trafen sich. In seinen Augen erkannte sie so viel Liebe, dass es fast schmerzte.

»Ich liebe dich so sehr, Gretchen.« Ihren Kosenamen sprach er mit einem sanften Versprechen in der Stimme aus, das ihre Haut am ganzen Körper kribbeln ließ. »Es mag nicht die angemessenste oder romantischste Situation sein, aber ich kann keine Sekunde länger warten.«

Ihr Herz schlug im Stakkato, als die Welt um sie verblasste, und nur noch er zählte. Beim Blick in seine klaren blauen Augen schien die Erde unter ihr zu beben.

»Willst du meine Frau werden? Wirklich und wahrhaftig?«

Sie wollte protestieren, wollte rufen, dass das unmöglich sei, dass sie ihre Ehe nicht mit der Lüge einer falschen Identität beginnen konnte, doch er schien zu wissen, was sie sagen wollte, denn er legte ihr einen Finger auf die Lippen. »Nicht jetzt. Sobald der Krieg vorbei ist und du wieder du selbst sein kannst. Bis dahin will ich deine Antwort in meinem Herzen tragen und wissen, dass du die meine bist, auch wenn die Umstände es uns verbieten, offiziell zu heiraten.«

Tränen traten ihr in die Augen, als sie antwortete: »Ja. Ja, ich will deine Frau sein, jetzt und für immer.«

Seine Hand drückte die ihre, und er gab ihr einen keuschen Kuss auf den Mund, lang genug, um all seine Liebe für sie auszudrücken, aber nicht ungebührlich genug, um die Aufmerksamkeit der Passanten zu erregen. Dann sprang er auf und zog sie mit sich: »Wir müssen uns sputen, unser Zug ist da!«

Mit lachendem Herzen lief sie über den Bahnsteig zur Zugtür, wo Stefan leichtfüßig die Stufen nahm und sie dann auf die Arme hob, um sie über die Schwelle in den Waggon zu tragen.

20

»Ist doch gar nicht so schlecht«, sagte Stefan, als er ihre Koffer neben dem Bett abstellte.

Wie sein Freund versprochen hatte, war die Dame an der Rezeption mehr an zahlenden Gästen interessiert als daran, die Moral aufrechtzuerhalten. Margaretes Papiere wollte sie nicht sehen, nachdem Stefan sie als seine Frau vorgestellt hatte.

Wie der Rest des Hotels auch war das Zimmer schäbig, aber sauber. Die Samtvorhänge mussten aus dem letzten Jahrhundert stammen und waren ausreichend dick, um der Verdunkelung zu dienen. An einer Wand stand ein großes Ehebett, gegenüber ein wackeliger Tisch mit nur einem Stuhl und eine Kommode. In der Ecke gab es eine Waschschüssel mit einem Krug frischen Wassers, während sich die Toilette draußen auf dem Gang befand.

Stefan hielt gespannt den Atem an, während er auf Margaretes Urteil wartete, immerhin war sie deutlich mehr Luxus gewohnt. Sie drehte sich aufmerksam einmal um sich selbst, bevor sie sich mit einem glücklichen Lächeln rücklings aufs Bett fallen ließ. »Es ist perfekt.« Doch schon im nächsten

Augenblick erschien ein besorgter Ausdruck auf ihrem hübschen Gesicht. »Gehen wir jetzt gleich zum Juwelier?«

»Nein, das machen wir morgen früh.« Stefan hatte lange darüber nachgedacht, wie sie es am besten anstellen konnten, so wenig Aufmerksamkeit wie möglich zu erregen. Er war zu dem Schluss gekommen, zunächst die Umgebung auszukundschaften. Nur für den Fall, dass etwas nicht stimmte, wollte er wissen, wie sie entkommen konnten.

»Ich dachte ...« Margaretes Gesicht spannte sich augenblicklich an, und er setzte sich auf die Bettkante, um ihre Wange zu streicheln.

»Glaub mir, es ist besser so. Heute gehen wir aus und machen uns einen schönen Abend, morgen kümmern wir uns ums Geschäft.«

»Bist du sicher?« Sie wirkte nicht überzeugt.

»Bin ich. Es ist schon später Nachmittag, und wir wollen doch nicht in einen Fliegeralarm geraten, wenn wir den Schmuck bei uns tragen.«

Ihre Augen weiteten sich. »Denkst du, dass es heute Abend noch einen Bombenangriff gibt?«

Da die Alliierten Berlin unentwegt bombardierten, war er sich dessen ziemlich sicher. Doch da er wusste, dass damals die Huber-Villa über Margarete zusammengebrochen war, wollte er ihr nicht noch mehr Angst einjagen. »Das ist immer möglich. Aber wenn ich mir die schwelenden Ruinen ansehe, an denen wir vorbeigekommen sind, würde ich meinen, dass heute Abend ein anderer Stadtteil dran ist – sollten sie überhaupt fliegen.«

Margarete ließ die angestaute Luft aus ihren Lungen entweichen. »Dein Wort in Gottes Ohr!«

»Hast du Hunger?« Sein eigener Magen knurrte grässlich.

»Ja, sehr.«

»Komm, suchen wir ein Restaurant, wo wir etwas essen

können.« Er hielt ihr die Hand hin, um ihr aufzuhelfen. Den Schmuck sicher in seinem Versteck im Koffer zurücklassend, gingen sie zur Rezeption und baten um Empfehlungen.

Es war schon einige Jahre her, dass Stefan in Berlin gewesen war. Er erkannte die Stadt kaum wieder. Die meisten der ikonischen Gebäude lagen in Schutt und Asche. Eine aufkeimende Panik erfasste ihn, dass es das Juweliergeschäft nicht mehr gab und sie ein anderes suchen mussten.

Wenn man in der gegenwärtigen Situation mit der falschen Person sprach, konnte es damit enden, dass die Polizei gerufen wurde und ... Er schob den Gedanken beiseite. *Alles wird gutgehen.* Er lächelte Margarete aufmunternd zu. »Kennst du dich hier aus?«

Sie nickte. »Und ob. Wir haben nicht weit von hier gewohnt, bevor ...«

Er kannte die Geschichte. Wie so viele Juden aus der Mittelschicht hatte auch ihre Familie in einem gutbürgerlichen Kiez gewohnt, Seite an Seite mit ihren christlichen Nachbarn, oft ohne zu realisieren, dass sie anders waren. Bis sie dann aus ihren Wohnungen vertrieben und ins Judenviertel umgesiedelt worden waren, wo ursprünglich meist arme Juden der Arbeiterklasse wohnten, sogenannte Ostjuden, die nach dem Ersten Weltkrieg aus Osteuropa geflohen waren.

Sehr zu ihrem Entsetzen wurden die etablierten deutschen Juden, die seit Generationen ein fester Bestandteil der deutschen Kultur waren, auf einmal in einen Topf geworfen mit orthodoxen Juden, die ärmlich und rückständig waren, sowie kaum Deutsch sprachen. Während der ersten Jahre der Verfolgung durch Hitlers Regime war das womöglich die größte Demütigung dieser erfolgreichen, wohlsituierten Bürger gewesen. Viele Familien hatten dies zum Anlass genommen zu emigrieren, was jedoch nicht für alle ein gutes Ende genommen hatte: Diejenigen, die sich in Frankreich, den Niederlanden oder Belgien niedergelassen hatten, waren ein zweites Mal in dieselbe missliche Lage geraten, als Hitlers Wehrmacht ihre neuen Heimatländer überrollt hatte. Besonders die Franzosen kollaborierten voll und ganz mit der deutschen Regierung und lieferten von Anfang an, ohne mit der Wimper zu zucken, sämtliche Juden aus, die nicht in Frankreich geboren worden waren. Später dann auch die anderen.

»Links oder rechts?«

Stefan sah sich um; vage erkannte er die Straßenkreuzung. Er hatte vorgehabt, mit Margarete die wunderschöne Allee Unter den Linden entlang zu schlendern, an die er sich lebhaft aus der Zeit vor dem Krieg erinnerte. Doch als er einen Vorgeschmack darauf erhaschte, wie zerstört der Prachtboulevard war, wollte er die schönen Erinnerungen lieber nicht verderben. »Gehen wir nach links.«

»Der Weg ist etwas länger«, meinte Margarete.

»Macht es dir etwas aus, zu Fuß zu gehen?«

»Aber nicht doch.« Margaretes Hand stahl sich in seine und brachte sein Herz zum Überlaufen. Hier, in der Anonymität der Hauptstadt, gab es nur sie beide. Sie brauchten sich keine Sorgen zu machen, dass jemand sie beim Händchenhalten und gemeinsamen Lachen sehen könnte. Zum ersten Mal, seit er sich in sie verliebt hatte, konnte er seinem Herzen folgen. Von dieser Erkenntnis ermutigt, legte er seinen Arm um ihre Taille.

Als sie sich gegen ihn schmiegte und er die Wärme ihres Körpers spürte, musste er stehenbleiben und sie auf die Wange küssen. Sein Herz war drauf und dran, vor Freude zu bersten. Dieses Gefühl wollte er sich bewahren, bis sie nach dem Krieg ihr Versprechen einlöste, seine Frau zu werden.

»Da ist das Restaurant, das die Rezeptionistin empfohlen hat.« Margarete zupfte an seiner Jacke und holte ihn in die Wirklichkeit zurück.

»Wir müssen vor der Ausgangssperre wieder im Hotel

sein«, sagte er, nachdem sie das einzige Gericht auf der Speisekarte gegessen hatten.

Auf dem Rückweg waren viel weniger Menschen unterwegs. Unwillkürlich fasste Stefan Margarete fester, als zwei Polizisten auf sie zukamen.

»Zehn Minuten bis zur Ausgangssperre«, sagte einer von ihnen.

»Ja, Herr Wachtmeister, das wissen wir. Wir müssen nur noch diese Straße hinunter«, antwortete Stefan, während er spürte, wie Margarete sich in seinem Arm versteifte. Das überraschte ihn, denn normalerweise ließ sie sich von Regierungsbeamten nicht einschüchtern.

»Noch einen schönen Abend«, sagten die Polizisten und gingen weiter.

»Gott sei Dank«, zischte Margarete. »Ich möchte wirklich nicht, dass sie sich meinen Ausweis ansehen und auf dumme Gedanken kommen.«

»Was für dumme Gedanken? Dass du eine Tändelei mit einem Fischer haben könntest?«, schmunzelte Stefan.

»Das ist nicht lustig! Und ja, das ist genau das, was mir Sorgen bereitet. Alles, was irgendwie ungewöhnlich ist, führt zu weiteren Fragen und letztlich zu Schwierigkeiten.«

»Es tut mir leid. Hätten wir die Ringe abnehmen sollen, bevor wir ausgegangen sind?« Schuldgefühle machten sich in ihm breit. Während er einen sorgenlosen Abend genossen hatte, musste sie mit großer Anspannung gekämpft haben, immerhin ging es um ihren Kopf, sollte jemand sie erkennen.

»Nein, ist schon gut. Diese neue Rolle ist einfach verwirrend. Mir kommt es vor, als wüsste ich nicht, wer ich gerade bin und wie ich mich verhalten soll, wenn du weißt, was ich meine.«

Er erkannte, wie viel Stress ihr das Leben mit der permanenten Verstellung verursachen musste. »Das war mir nicht bewusst.«

»Annegret zu mimen ist mir in Fleisch und Blut übergegangen, ich merke es kaum noch. Ich weiß genau, wie sie redet, sich bewegt und reagiert. Aber das hier? Einerseits soll ich nicht sie sein, aber auch nicht ich – also, wer bin ich jetzt?«

»Meine Ehefrau.« Seinen Versuch, ihr ein Gefühl der Sicherheit zu geben, quittierte sie mit einem Schnauben.

»Erstens habe ich mit dieser Rolle keinerlei Erfahrung und habe nicht die geringste Ahnung, wie sich eine echte Ehefrau verhält. Und zweitens hat deine Frau nicht einmal einen Namen, weil wir uns einig waren, dass Annegret sich niemals mit jemandem deines sozialen Status einlassen würde.«

Stefan presste die Lippen aufeinander. Ihre Bemerkung verletzte ihn, auch wenn er wusste, dass sie das nicht wirklich glaubte. Es war die Meinung ihres Alter Ego und der feinen Gesellschaft. Für diese Menschen hatte er in der Sekunde aufgehört zu existieren, als er seine Stelle als Chemieingenieur aufgeben musste und ein einfacher Fischer wurde. Als Angehöriger der Arbeiterklasse wurde er nur deshalb von den Mächtigen geduldet, weil er die Bevölkerung ernährte, und nicht weil sie Menschen wie ihn und seinen Großvater als Person wertschätzten.

Er seufzte tief. »Ich wünsche mir so sehr, dass der Krieg bald vorbei ist, dann können wir alle endlich wieder wir selbst sein.«

Ihr Lächeln entschädigte ihn für seinen Schmerz. »Das wünsche ich mir auch.« Sie erreichten das Hotel und Margarete fügte hinzu: »Lass uns heute Abend einfach nur du und ich sein.«

»Ich täte alles, um dich glücklich zu machen.« Er drückte ihr einen sanften Kuss auf den Mund, bevor er die Tür für sie aufhielt.

Auf dem Zimmer angelangt verriegelte Stefan die Tür und schloss so die Welt aus. Aufgrund der häufigen Stromausfälle hatten sie zwei Kerzen erhalten, die er anzündete. Dann schaltete er die grelle Deckenlampe aus. Sogleich breitete sich eine gemütliche Atmosphäre im Zimmer aus.

Seine Sorgen lösten sich allmählich auf. Er trat zu Margarete und legte die Hände auf ihre Schultern: »Ich würde gerne mit dir schlafen, Gretchen.«

»Das will ich auch, aber ... ich bin etwas nervös«, gab sie kläglich zu.

»Das brauchst du nicht zu sein. Wir lassen es langsam angehen.« Seine Hände begannen, ihre Bluse aufzuknöpfen, während er sie erst zärtlich, dann immer leidenschaftlicher küsste. Als der Drang, sie aufs Bett zu werfen, unwiderstehlich wurde, trat er einen Schritt zurück und erinnerte sich daran, dass ihre Vereinigung mit ein wenig Geduld so viel erfüllender wäre.

»Was ist denn?«, fragte sie in Reaktion auf seinen Rückzug.

»Nichts, mein Liebes, aber als Fischer weiß ich, dass es sich lohnt, geduldig zu sein.«

Ihre Augen weiteten sich, bevor sie lachte: »Und ich bin der Fang?«

»Aber nicht doch.« Er verringerte den Abstand zwischen ihnen, zog ihr die Nadeln aus den Haaren und beobachtete, wie sie ihr in langen Wellen auf die Schultern fielen. »Ich bin derjenige, der dir ins Netz gegangen ist.«

Sie schmiegte sich an ihn und ließ es zu, dass seine Hände durch ihr weiches Haar fuhren. So standen sie einige Minuten beisammen, bis sie das Gesicht zu ihm hob und sagte: »Jetzt bin ich nicht mehr nervös. Ich weiß, dass du mir niemals wehtun würdest.«

»Du hast ganz schön niedrige Ansprüche, aber du wirst gleich herausfinden, dass ich viel mehr kann als das.« Er legte ihr eine Hand in den Nacken und setzte eine Kette kleiner Küsse über ihre Stirn und Wange hinab, um sich dann an ihren Lippen zu ergötzen.

Als sie viele Stunden später schließlich erschöpft auf die

Laken fielen und die Decke über sich zogen, waren sie sich einig, dass es ein berauschendes Erlebnis gewesen war.

Margarete kuschelte sich an ihn und ließ ihre Hand über seine Brust wandern, den Kopf an seine Schulter geschmiegt. Innerhalb von Sekunden waren sie eingeschlafen.

21

Am nächsten Morgen erwachte Margarete mit einem strahlenden Lächeln und atmete tief ein. In ihrem ganzen Leben war sie noch nie so glücklich gewesen.

Nach einem kargen Frühstück machten sie sich auf den Weg zum Juwelier. Von der gegenüberliegenden Straßenseite betrachteten sie das Geschäft: es hatte seinen Glanz eingebüßt, der Putz bröckelte von der Fassade, und die Fenster waren mit Brettern vernagelt. Angesichts des schaurigen Verfalls hätte Margarete am liebsten auf dem Absatz kehrtgemacht, denn wer hatte schon Geld und Muße, sich in einer so vom Krieg gezeichneten Stadt Gold und Juwelen zu kaufen?

»Bist du bereit?«, Stefan hielt ihre Hand fest im Griff, ganz als ob er ihre Gedanken erraten hätte.

»Ja. Auf in den Kampf.« Sie fühlte sich der Sache keineswegs gewachsen, aber was blieb ihr anderes übrig, als hineinzugehen und sich dem zu stellen, was sie erwartete?

»Margarete? Bist du es wirklich?«, ertönte eine Stimme, die sie seit Jahren nicht mehr vernommen hatte.

Erschrocken drehte sie den Kopf und erkannte Thea

Blume, eine ehemalige Klassenkameradin aus der jüdischen Schule.

»Ja, du bist es! Dir ausgerechnet hier zu begegnen. Es ist eine Ewigkeit her«, rief Thea überschwänglich und ließ ihren Blick für einen Augenblick auf Margaretes Brust ruhen, wo der gelbe Stern hätte prangen müssen.

Warnend sah Margarete zu Stefan hinüber, aber sie hätte sich seinetwegen keine Gedanken machen brauchen. Mit einem Drücken seiner Hand gab er zu verstehen, dass ihr Geheimnis bei ihm sicher war. »Thea, das ist wirklich eine Überraschung. Wie geht es dir?« Sie musterte Thea, die ebenfalls den verhassten Davidstern nicht trug.

»So gut, wie es einem heutzutage gehen kann.« Thea umfasste die Umgebung mit einer Handbewegung.

Margarete hatte augenblicklich Mitleid mit dem Mädchen, das solchen Entbehrungen ausgesetzt war. Als Jüdin in Berlin zu leben, war nur möglich, wenn man untertauchte. Damit einher gingen ständige Flucht, das Wechseln der Unterkunft alle paar Tage und das immerwährende Bedürfnis, über die eigene Schulter zu schauen aus Angst, von den Behörden entdeckt zu werden. Sie konnte sich nur ansatzweise vorstellen, wie es sich anfühlen musste. Es war in jedem Fall viel beschwerlicher als ihre eigene Situation, denn dank Annegrets Ausweispapieren und ihrer sozialen Stellung lebte Margarete trotz der Angst entlarvt zu werden luxuriös und komfortabel.

Neugierig betrachtete Thea Stefan, der Margaretes Hand fest umschlossen hielt. »Und Sie sind?«

»Ein Freund.« Als Stefan seinen Namen nicht preisgab, kniff Thea für einen Moment die Augen zusammen. Einen Augenblick später bedachte sie ihn mit dem bezaubernden Lächeln, das schon in ihrer Schulzeit jedes männliche Wesen in ihren Bann gezogen hatte.

Zu Margaretes großer Erleichterung schien Stefan jedoch dagegen immun zu sein. In der Schule hatten die Mädchen

Thea beneidet und manchmal dafür gehasst, dass sie diese Macht über das andere Geschlecht ausübte.

»Er ist vertrauenswürdig«, versicherte Margarete ihrer früheren Schulkameradin.

»Du kannst dir nicht vorstellen, wie sehr ich mich freue, dich zu treffen, Margarete«, flötete Thea. »Es ist so erquicklich, jemanden aus der Vergangenheit wiederzufinden, statt immerzu Freunde zu verlieren. Mit jedem Tag werden wir weniger.«

Margarete nahm all ihren Mut zusammen, um die Frage zu stellen, die ihr auf der Zunge brannte: »Wer ... Gibt es noch andere aus unserer Klasse?«

»Na ja, von denen, die nicht ausgewandert sind, als es noch möglich war, ist nur eine Handvoll übrig. Eine davon ist Amelie.«

»Amelie Goldmann?« Margarete erinnerte sich gut an das lebhafte, schlaksige Mädchen, das sein wunderschönes kastanienbraunes Haar immer in Zöpfe geflochten trug.

»Ja, genau. Sie wurde doch vor Kurzem festgenommen. In der Rosenstraße, weißt du? Nach einer Woche oder so wurde sie wieder freigelassen, weil sie ein Mischling ist.« Thea hatte den Blick fest auf Margaretes Gesicht gerichtet, scheinbar verwundert darüber, dass ihre Freundin nichts von der Verhaftung und anschließenden Freilassung gehört hatte.

Margarete ignorierte die subtile Missbilligung und fragte weiter: »Und ihr Bruder? David heißt er, oder?«

»Ach, der ...« Thea machte eine wegwerfende Handbewegung. »Er ist ein richtiggehender Aufwiegler.«

»Bist du sicher, dass wir vom selben David sprechen? Er war als Junge immer so schüchtern und höflich.« Während ihrer Schulzeit war David ein glühender, wenn auch distanzierter Verehrer von Theas Schönheit gewesen, zu schüchtern, um in ihrer Gegenwart auch nur ein Wort zu äußern.

»Der ist jetzt ganz anders. Wie auch immer, anscheinend

hat ihn die Gestapo aufgrund irgendwelcher illegaler Aktivitäten festgenommen, obwohl er aus einer privilegierten Mischehe stammt. Es ist eine Schande!« Thea schaute zerknirscht. »Nach seiner Verhaftung hat Amelie mehreren seiner Freunde geholfen abzutauchen. Seitdem habe ich keinen von ihnen wiedergesehen und hoffe nur, dass es ihnen gut geht.«

»Wie grässlich«, brachte Margarete hervor.

»Wir müssen leider weiter«, unterbrach Stefan.

»Ja, natürlich. Wollen wir uns nicht später treffen? Bitte? Ich würde so gerne mehr über dich erfahren«, bat Thea.

»Ich weiß nicht. Wir wollen nicht lange bleiben«, meinte Margarete ausweichend.

»Ach, komm. Es wird nett sein, ganz wie in den guten alten Zeiten. Wie oft kann man heutzutage schon Spaß haben?« Thea sah sich um, um sicherzugehen, dass niemand lauschte. »Ich bin so unglaublich froh, eine verwandte Seele gefunden zu haben. Wir müssen uns unbedingt heute Abend treffen. Ach, bitte, sag ja.«

Margarete konnte ihrer alten Schulkameradin die Bitte nicht abschlagen und nickte. »Aber ich kann nicht lange bleiben.«

»Oh, wie wundervoll, danke. Es ist manchmal schrecklich einsam ...« Verstohlen blinzelte Thea eine Träne weg, bevor sie ihre Arme um Margarete schlang. »Du kannst dir nicht vorstellen, wie froh ich bin, dich zu sehen.«

»Ich freue mich auch.«

»Wir müssen uns doch gegenseitig helfen das durchzustehen, oder nicht?« Dann erklärte Thea Margarete den Weg zum abendlichen Treffpunkt. Mit einem weiteren Blick über die Schulter schien sie es mit einem Mal eilig zu haben. »Ich muss gehen. Es ist nicht klug, zu lange an einem Ort zu verweilen. Bis heute Abend. Bring auch deinen Freund mit.«

Margarete sah Thea nach, wie sie den Bürgersteig hinabeilte, und sann darüber nach, wie wenig sich die junge Frau seit der Schulzeit verändert hatte. Sie war immer noch voller Überschwang, ein wahres Energiebündel. Zumindest Thea war nicht der apathischen Mutlosigkeit erlegen, welche die meisten Menschen, allen voran Juden, erfasst hatte.

»Ich habe ein ungutes Gefühl, was sie angeht. Irgendetwas stimmt da nicht«, sagte Stefan, als Margarete sich wieder ihm zuwandte.

Sie kniff die Augen zusammen. »Thea war schon immer so. Sie hat sich kein bisschen verändert.«

»Findest du es nicht auch seltsam, dass sie so ... glücklich ist?«

»Ach, komm. Ausgerechnet du urteilst über sie? Hat ein Jüdin nicht auch das Recht darauf, glücklich zu sein?« Margarete wollte ihren eigenen Ohren kaum trauen.

Stefan hob die Hände in einer beschwichtigenden Geste. »Das meine ich doch gar nicht, natürlich hat sie ein Recht darauf. Ich finde ja nur, dass ihr Verhalten so gar nicht zu ihrer Situation passt. Sie musste doch vermutlich selbst untertauchen?«

»Nicht alle reagieren in derselben Weise auf eine Bedrohung. Manche überkompensieren die Situation, indem sie sich gegensätzlich zu dem verhalten, was man als normal betrachten würde.«

Er schmunzelte. »Seit wann bist du unter die Psychologen gegangen?«

»Seit ich angefangen habe, in der Bibliothek im Gutshaus zu schmökern.«

»Bist du jetzt zu einer Freud-Schülerin mutiert? Du überraschst mich immer wieder.«

»Na, offensichtlich nicht Freud, nachdem seine Werke verboten wurden.« Sie nahm seine Hand. »Konzentrieren wir uns lieber auf die Aufgabe, die vor uns liegt.«

Er streichelte ihr mit den Lippen über die Wange, was Erinnerungen an die köstlichen Ereignisse der vergangenen Nacht weckte. »Ich habe noch nie eine Frau kennengelernt, die so darauf erpicht war, ihren Schmuck loszuwerden.«

Sie lachte laut auf und die Anspannung, die seit Theas Auftauchen zwischen ihnen aufgekeimt war, löste sich auf.

Der Juwelier war ein alter Mann, der die Fähigkeit zu lächeln verloren zu haben schien. »Was kann ich für Sie tun?«, fragte er mit starrer Miene.

»Wir möchten etwas Schmuck verkaufen und haben gehört, dass Sie dafür die beste Adresse sind«, sagte Stefan. Sie hatten im Vorfeld vereinbart, dass er die Verhandlung führen würde, weil es seltsam aussähe, wenn eine verheiratete Frau das in Anwesenheit ihres Mannes übernahm.

»Zeigen Sie mal, was Sie haben.« Der Mann legte ein schwarzes Samttuch neben eine Lampe auf den Tresen, damit sie ihre Schätze ausbreiten konnten.

Stefan öffnete den Beutel, in den Dora einige wunderschöne, aber nicht zu protzige Stücke gewickelt hatte. Es war vermutlich unsinnig, dennoch hatte Margarete eine panische Angst davor, dass jemand eines von Frau Hubers auffälligeren Stücken wiedererkennen und zu ihr zurückverfolgen könnte, was eine ganze Reihe unerwünschter Fragen nach sich gezogen hätte.

Die Augen des Juweliers leuchteten beim Anblick einer Perlenkette, zweier Goldarmbänder und eines Paars Ohrringe mit tropfenförmigen Brillanten. Vorsichtig streifte er weiße Handschuhe über und setzte sich eine Lupe vors Auge.

Bewundernd beobachtete Margarete, wie er sie nur durch das Zusammenkneifen des Auges an Ort und Stelle hielt. Eingehend musterte er die Schmuckstücke eines nach dem anderen und murmelte dabei Unverständliches. Mit jeder verstreichenden Sekunde wurde Margaretes Drang stärker, aus dem Geschäft zu fliehen. Sie wagte kaum zu atmen, während sie den Juwelier dabei beobachtete, wie er die Halskette hin- und herwendete. Inständig betete sie, dass er keine versteckte Inschrift finden möge, die einen Hinweis auf Frau Huber gab.

Stefan schien ihre Nervosität zu spüren, denn der Druck seiner Hand auf ihrem Rücken verstärkte sich. Trotz ihres inneren Aufruhrs bemühte sie sich, gleichmäßig zu atmen. Selbst wenn der Juwelier die Herkunft der Kette erkennen sollte, war nichts an dem Verkauf rechtswidrig oder auch nur anrüchig. Annegret war schließlich Frau Hubers Tochter und rechtmäßige Erbin. Sogar reiche Leute verkauften aus dem einen oder anderen Grund Schmuck, sei es weil sie ein bestimmtes Stück einfach nicht mochten und sich von dem Geld etwas schöneres kaufen wollten.

Urplötzlich schien der goldene Ehering an Margaretes Finger glühend heiß zu brennen und ihre Hand zu versengen. Vielleicht wäre es besser gewesen, allein herzukommen. Doch sie hätte sich keine Sorgen machen brauchen, denn dem Juwelier ging es ausschließlich um die kostbare Ware, die er liebkoste wie ein Liebhaber eine Frau.

Endlich nahm er die Lupe aus dem Auge und sah Stefan an: »Sie haben hier ein paar sehr schöne Stücke. Ich bin in der Lage, sie zu kaufen.« Dann nannte er seinen Preis, woraufhin Stefan den Kopf schüttelte.

»Ich fürchte, sie sind weit mehr wert als das.«

Der Juwelier zog eine Grimasse. »Junger Mann, die Zeiten sind hart. Niemand kauft mehr Schmuck, deshalb gehe ich ein großes Risiko damit ein.«

Margarete biss sich auf die Lippe, um nicht laut herauszuplatzen, Stefan solle das Geld nehmen und verschwinden.

»Sie haben recht, die Zeiten sind hart, sonst würden wir diese schönen Stücke gar nicht verkaufen. Sie wurden mir wärmstens als ehrlicher Geschäftsmann empfohlen.« Die Andeutung zeigte umgehend Wirkung.

»Und das bin ich auch«, protestierte der alte Mann.

»Dann nennen Sie mir einen angemessenen Preis.« Stefan verschränkte die Arme vor der Brust.

Margarete blickte vom einen zum anderen und fragte sich, was der Juwelier tun würde.

Offenbar war er schlau genug, sich ein gutes Geschäft nicht entgehen zu lassen, denn er schlug vor: »Also, ich kann Ihnen natürlich mehr bezahlen, wenn Sie einverstanden sind, die Ware in Kommission zu geben.«

Beinahe hätte Margarete laut aufgestöhnt. Sie brauchte das Geld sofort. Außerdem wollte sie keinesfalls ein zweites Mal nach Berlin fahren.

»Es tut mir leid, mir scheint wir verschwenden hier nur unsere Zeit«, sagte Stefan und griff nach dem Schmuck, aber der Mann hielt ihn zurück.

»Kein Grund, etwas zu überstürzen.« Der Juwelier runzelte unglücklich die Stirn. »Was Sie verlangen, wird mich in den Ruin treiben.«

»Das ist nicht meine Absicht. Wenn Sie kein angemessenes Angebot machen können, müssen wir unsere Geschäfte anderswo erledigen.«

Der Juwelier hob beschwichtigend die Hände und verdoppelte die zunächst genannte Summe. Margarete war sich sicher, dass es immer noch zu wenig war, denn der Mann wusste sehr genau, dass Leute, die ihre Wertsachen veräußerten, normalerweise kurzfristig Bargeld brauchten. Sie signalisierte Stefan ihre Zustimmung mit einem kaum merklichen Nicken.

»So kommen wir ins Geschäft,« sagte Stefan.

Der Juwelier wickelte die Schmuckstücke in den Samt und legte das Päckchen auf ein Tablett. »Ich nehme an, Sie möchten sofort bezahlt werden?«

Stefan nickte.

»Warten Sie bitte einen Moment.« Dann verschwand der Juwelier hinter einem Vorhang in seinem Büro. Margarete wagte es kaum zu atmen und betete, dass nichts in letzter Minute schiefging.

Kurz darauf erschien er mit einem Stapel Banknoten, die er gewissenhaft auf dem Tresen vorzählte. Stefan nahm das Bündel und gab die Hälfte Margarete, der er ins Ohr flüsterte: »Dreh dich um und steck dir die Scheine in den BH.«

»Wie bitte?« Sie sah ihn ungläubig an.

Er starrte unverwandt zurück und als sie keine Anstalten machen, drehte er sie mit der freien Hand zur Wand. »Tu es einfach.«

Dann hörte sie, wie er mit seinem Anteil hantierte und ihn vermutlich auf verschiedene Taschen verteilte. Margarete kämpfte kurz mit ihrer Verlegenheit, bevor sie seiner Aufforderung nachkam, den obersten Knopf ihrer Bluse öffnete und die Scheine gleichmäßig in die Körbchen ihres BHs stopfte. Als sie fertig war, knöpfte sie die Bluse wieder zu und schloss ihren leichten Mantel über dem nun sehr prallen Busen.

»Wollen wir?«, fragte Stefan. Auf ihr Nicken verabschiedete er sich vom Juwelier: »Danke, dass wir uns einig geworden sind.«

»Wenn Sie mehr zu verkaufen haben, kommen Sie gern jederzeit wieder vorbei.«

Erst als sie draußen standen, wagte Margarete wieder durchzuatmen. Der Juwelier hatte ihnen nicht die Summe gegeben, auf die sie gehofft hatte, dennoch war es genug, um Katze für mindestens weitere sechs Monate bezahlen zu können, sodass sie die Häftlinge weiterhin beschäftigen und anständig ernähren konnte. Und danach – nun, bis dahin war der Krieg hoffentlich vorbei.

»Wir sollten sofort nach Gut Plaun zurückkehren«, sagte Stefan, sobald sie im Hotelzimmer ankamen.

»Wieso die Eile? Ich dachte, wir fahren erst morgen«, erwiderte Margarete, während sie das Geld aus dem BH holte und es ihm reichte.

Stefan nahm den doppelten Boden aus seinem Koffer und verstaute den Großteil der Scheine im Zwischenraum. Dann verschloss er alles wieder sorgfältig. »Ich habe kein gutes Gefühl und würde die Stadt lieber verlassen.«

»Sei doch nicht so paranoid. Alles ist perfekt gelaufen. Außerdem bin ich heute Abend mit Thea verabredet.« Margarete nahm den Rest des Geldes und polsterte das zusätzliche Futter damit aus, das Dora zu diesem Zweck in ihr Reisekostüm genäht hatte.

Stefan warf ihr einen ungläubigen Blick zu. »Du hast doch nicht etwa wirklich vor, da hinzugehen?«

»Doch, natürlich.« Margarete ärgerte sich ein wenig über ihn. »Es ist das erste Mal, dass ich jemandem aus meiner Vergangenheit begegnet bin, mal abgesehen von Onkel Ernst. Außerdem kann es sein, dass Thea meine Hilfe braucht. Ausgerechnet du solltest doch wissen, wie schwierig es ist, als Illegaler zu leben.«

»Genau deshalb mache ich mir Sorgen. Sie war viel zu selbstbewusst auf der Straße unterwegs für jemanden in ihrer Situation.«

Margarete wischte seinen Einwand beiseite. »Wenn du sie kennen würdest, würdest du das nicht sagen. Thea war schon immer viel selbstsicherer als der Rest von uns zusammengenommen. Sie hat diese natürliche Fähigkeit, die Aufmerksamkeit auf sich zu ziehen und alle anderen aus ihrer Hand fressen zu lassen.«

Stefan schüttelte den Kopf. »Ich halte es trotzdem für unvorsichtig zu dem Treffen zu gehen. Wer wird sonst noch dort sein? Kannst du ihnen allen vertrauen? Was, wenn dich einer von ihnen erkennt? Was, wenn sie anfangen, Fragen zu stellen?«

»Ach, bitte.« Margarete wurde zunehmend ungeduldig mit ihm. »Verstehst du nicht, wie wichtig das für mich ist? Ich habe seit Jahren mit keiner Klassenkameradin mehr gesprochen.

Niemand weiß, dass ich überhaupt noch existiere!« Während sie sprach, merkte sie, dass es ihr bei dem Wiedersehen mit Thea nicht so sehr darum ging, ob sie die andere mochte oder ihr helfen konnte. Der wahre Grund war vielmehr, sich ihrer eigenen Identität zu versichern. Thea, die Annegret Huber nicht kannte, würde Margarete als diejenige behandeln, die sie vor dem Versteckspiel gewesen war. Indem sie mit ihrer Klassenkameradin sprach, konnte Margarete sich selbst beweisen, dass ihre frühere Identität tatsächlich existiert hatte und nicht nur ein böser Traum war.

In den Jahren, in denen sie in die Haut einer anderen geschlüpft war, hatte sie manchmal an ihren eigenen Erinnerungen gezweifelt und gegrübelt, ob sie sich ihre Vergangenheit womöglich nur ausgedacht hatte und vielleicht tatsächlich als Annegret zur Welt gekommen war. Theas Zeugnis würde dazu dienen, Margarete in der Wirklichkeit zu verankern.

»Schau mal, ich weiß doch, wie schwierig das für dich sein muss —«

»Nein, das weißt du eben nicht«, unterbrach sie ihn. »Du musst dein wahres Ich nicht tagaus, tagein verstecken. Du musst nicht jede Minute an jedem Tag auf der Hut sein, ängstlich darauf bedacht, keinen Lapsus zu begehen, der dich verraten könnte. Du weißt nicht, wie es ist, jemand anderes zu sein. Ich will nur einmal für ein paar Stunden ich selbst sein. Morgen früh kehre ich nach Gut Plaun zurück und nehme meine Rolle als Gutsherrin wieder auf, aber heute Abend brauche ich eine Pause.«

Er sah sie mit so viel Liebe in den Augen an, dass es fast schmerzte. »Ich verstehe dein Bedürfnis nach einer Pause, aber du darfst dem nicht nachgeben. Es ist nicht sicher. Wir müssen schon heute Abend abreisen.«

»Ohne mich«, beharrte sie.

»Dann geh wenigstens nicht zu diesem Treffen. Bitte, ich

flehe dich an.« Er streckte den Arm aus, um ihre Hand zu nehmen, aber sie schob ihn weg.

»Ich treffe mich mit Thea. Das ist mein letztes Wort.« Sie bediente sich des Tons, den sie ihren Angestellten gegenüber verwendete, damit er realisierte, dass sie es ernst meinte. Nachdem sie die Gefahren einer falschen Identität seit fast drei Jahren umschiffte, würde sie niemandem, nicht einmal ihm, Macht über ihre Entscheidungen zugestehen.

»Gut, wenn du nicht auf die Stimme der Vernunft hören willst, dann tu was du willst, und geh. Ich setze mein Leben nicht für so eine sentimentale Dummheit aufs Spiel.« Seine sonst so ruhige Stimme ließ keinen Zweifel daran, wie aufgebracht er war.

Doch Margarete hatte keine Zeit für verletzte Gefühle. Wenn er schmollen wollte, weil sie nicht tat, was er verlangte, dann konnte er das ihretwegen gerne tun. Sie musste sich sputen, wenn sie pünktlich sein wollte. »Tu dir keinen Zwang an.« Sie nahm den Ehering vom Finger und legte ihn aufs Nachtschränkchen, bevor sie ihr Reisenecessaire mit ins Badezimmer auf dem Gang nahm, um sich schnell frisch zu machen.

Beim Blick in den Spiegel entschied sie, das Make-up wegzulassen, in der Annahme, dass ihr altes Ich vermutlich so aussähe. Tief in ihrem Inneren hoffte sie, dass Stefan trotz seines Beharrens, sie sollten sofort abreisen, im Hotel auf sie wartete, wenn sie in einigen Stunden zurückkam.

22

Als Oliver sich umsah, um die Kameraden zu betrachten, mit denen er in den Kampf ziehen sollte, schauderte es ihn. Es war vier Jahre her, seit er nach seiner Verletzung aus der Wehrmacht entlassen worden war. Trotzdem war er vermutlich der Fähigste dieses dilettantischen Haufens von hastig eingezogenen alten Männern und jungen Burschen, die noch grün hinter den Ohren waren.

Sogar Nils, ein Veteran des letzten Krieges und weit über sechzig, hätte einen besseren Soldaten abgegeben als so mancher von Olivers neuen Kampfgenossen. Wenigstens machten einige der jüngeren, eigentlich noch Knaben, durch ihren Enthusiasmus wett, was ihnen an Erfahrung mangelte, wohingegen die älteren Männer die fatalistische Miene derjenigen zur Schau trugen, die wussten, dass ihre Tage gezählt waren.

Nach einer dreitägigen Ausbildung ging es ab an die Front. Nicht einmal eine anständige Uniform oder eine Waffe für jeden Soldaten wurde verteilt. Die meisten der älteren Männer hatten ihre Ausrüstung aus dem letzten Krieg dabei, während die jungen ohne Waffe auskommen mussten und abgewetzte

MARION KUMMEROW

Mäntel trugen, an die hastig eine Armbinde mit Hakenkreuz angebracht worden war. Dies war wahrlich Hitlers letzter Versuch, wie durch ein Wunder die Wende in einem bereits verlorenen Krieg herbeizuführen.

Die Tür schwang auf, und ihr neuer Vorgesetzter trat ein. Die Uniform des kaum Zwanzigjährigen zeichnete ihn als Feldwebel aus – genauer gesagt als Bordfunker der Luftwaffe, was auch immer der hier verloren hatte. »Auf, auf, Kameraden, packt eure Siebensachen, wir brechen in zwei Stunden auf.«

Keinerlei Hinweis darauf, wohin oder wie. Oliver dachte an Dora und wie sehr er sie liebte. Er würde alles in seiner Macht Stehende tun, um zu überleben, denn schon jetzt sehnte er sich danach, zu ihr und Julchen zurückzukehren – und zu seinem ungeborenen Kind. Mit einem Blick zu seinen Kameraden versuchte er sich an einem schiefen Grinsen. »Tja, das war es dann wohl. Zurück in den Krieg.«

»Wieso zurück?«, fragte ein junger Kamerad namens Kalle.

Oliver erklärte: »Ich habe in Polen und später im Fall Barbarossa gekämpft, bevor mir eine russische Kugel den Unterschenkel zerschmettert hat und ich aus medizinischen Gründen aus dem aktiven Dienst entlassen wurde.«

»Warum bist du dann hier, wenn du entlassen wurdest?« Kalle war zu jung, um das Absurde der Situation zu erfassen.

Da Oliver die Wahrheit nicht laut aussprechen konnte, nämlich dass Hitler verzweifelt genug war, auch Blinde, Bucklige und Lahme in seinen verlorenen Krieg zu schicken, antwortete er: »Die Wehrmacht scheint nicht über ausreichend Soldaten zu verfügen. Deshalb habe ich die Ehre, mein Vaterland ein zweites Mal verteidigen zu dürfen.«

»Du scheinst darüber aber nicht besonders erfreut zu sein«, schaltete sich ein anderer Kerl namens Lutz ein, die Brauen finster zusammengezogen.

»Um Himmels willen, der Mann ist ein Krüppel«, versuchte ein anderer Mann ihn zu verteidigen. Oliver hatte ihn ein paarmal in der Gegend von Plau am See gesehen, kannte jedoch nicht seinen Namen.

»Für mich sieht das Bein völlig in Ordnung aus. Vielleicht war es eine Finte, um sich vor dem Dienst zu drücken.« Lutz spuckte vor Oliver auf den Boden.

Oliver biss sich auf die Zunge. Nur zu gern hätte er dem unverschämten Bengel eine verpasst, doch das hätte ihn nur in Schwierigkeiten gebracht. Also ging er wortlos zu seiner Pritsche, wo er seine Sachen in den Tornister packte.

Kalle schlich sich heran. »Tut mir leid.«

»Du brauchst dich nicht zu entschuldigen.« Oliver hatte nicht vor, noch länger über den unschönen Vorfall nachzudenken.

»Wenn Sie mich fragen, ist Lutz ein hinterhältiges Schwein.« Kalle hielt einen Moment inne. »Meinen Sie, wir werden richtig kämpfen?«

Oliver trat einen Schritt zurück, um Kalles Milchgesicht zu studieren. Der Junge hatte noch nicht mal Bartwuchs. »Wie alt bist du?«

»Fast sechzehn.«

Eine Welle des Mitgefühls durchflutete Oliver. Kalle sollte zu Hause bei seiner Mutter sein, statt als Kanonenfutter herzuhalten. »Ich habe leider keine makellose Erfolgsbilanz aufzuweisen«, sagte Oliver mit einem Blick auf sein Bein. »Aber immerhin ist es mir gelungen, bei meinem ersten Fronteinsatz am Leben zu bleiben. Bleib an meiner Seite und tu, was ich tue.«

Kalle nickte eifrig.

»Und jetzt geh und pack deine Sachen, wir wollen den Feldwebel nicht verärgern.«

Als Oliver seinen Tornister schulterte, trat der alte Mann, der ihn zuvor verteidigt hatte, zu ihm. »Lutz ist ein richtiges Kameradenschwein, lass dich von dem nicht aufziehen. Er versucht immer, Ärger zu machen, und rennt dann zum Vorge-

setzten und schiebt die Schuld auf jeden, der sich drauf eingelassen hat.«

»Gut zu wissen.«

»Ich bin übrigens Gerald Krüger.« Er streckte die
Hand aus.

»Oliver Gundelmann.«

Als Gerald sich umdrehte, um zu gehen, fragte Oliver:
»Und was ist mit dir? Hast du schon gekämpft?«

Gerald schnaubte. »Nicht in diesem Krieg. Ich war im
Ersten Weltkrieg und hab jetzt noch Albträume von den Kameraden, die ich in den Schützengräben bei Verdun begraben
habe. Es war grauenhaft... ich hätte nie gedacht, dass ich das
noch einmal erleben muss.« Er packte sein rostiges Gewehr
fester. »Unter uns: Diese Gewehre werden uns gar nichts
nützen. Die Russen haben Panzer und Artillerie. Sollen wir sie
etwa mit den paar Panzerfäusten, die wir haben, in die Flucht
schlagen? Wenn du mich fragst, sind wir alle verloren.«

Da Defätismus Hochverrat war, antwortete Oliver mit
gesenkter Stimme: »Wir müssen nur lange genug durchhalten.«

»Mach das und pass mir gut auf den Steppke auf.« Gerald
nickte in Richtung Kalle auf der anderen Seite des Schlafsaals.
»Ich bin zu alt dafür. Meine liebe Frau ist bei einem Bombenangriff vor ein paar Monaten gestorben. Ich bin bereit, sie wiederzusehen.«

Lutz kam mit einem misstrauischen Blick auf sie zu. »Ihr
zwei Feiglinge heckt wohl gerade aus, wie ihr am besten deser-
tieren könnt?«

»Zieh Leine!«, antwortete Gerald und wandte dem Unruhestifter den Rücken zu.

»Ich lass euch nicht aus den Augen!«, rief Lutz, bevor er
den Saal verließ.

Der Rest der Männer tat dasselbe und bald kletterten sie
auf die Ladefläche eines offenen Lasters, der sie dorthin
bringen würde, wo sie gebraucht wurden.

23

Der Anflug eines schlechten Gewissens, weil sie Stefan im Hotel zurückließ, machte Margarete zu schaffen. Es war ihr erster Streit und sie wäre so gern umgekehrt, um sich mit ihm zu versöhnen. Doch dann hätte sie das Treffen mit Thea verpasst.

Zwischen Stefan und Thea hin- und hergerissen erkannte sie, dass dies die einzige Gelegenheit war, ihre ehemalige Klassenkameradin zu sehen. Wenn Margarete heute nicht erschien, würde sie Thea vermutlich nie wieder begegnen, dabei brauchte diese vielleicht ihre Hilfe. Hatte sie das nicht sogar angedeutet? Theas Worte hallten noch immer in Margaretes Ohr wider: *Wir müssen uns doch gegenseitig helfen das durchzustehen, oder nicht?*

Selbst wenn sie ihrer Schulkameradin nicht unter die Arme greifen konnte, mochte es andersherum der Fall sein. Wenn Thea wer weiß wie lange schon im Untergrund lebte, musste sie Personen kennen, die für Margarete nützlich sein konnten. Sie könnte den Kontakt zu Dokumentenfälschern, korrupten Bürokraten, die Papiere ausstellten, oder einfach zu Widerständlern in Berlin herstellen. – Sogar wenn sich bei dem Wiedersehen nichts ergab, würde es zumindest nicht schaden.

Sobald sie ins Hotel zurückkehrte, wollte sie mit Stefan reden. Sicher würde er dann einsehen, wie töricht er sich verhalten hatte. Natürlich war Vorsicht die Mutter der Porzellankiste, seine Besorgnis grenzte allerdings an Paranoia. Ein ungutes Gefühl blieb, als sie die Straße entlanghastete und sie tastete nach Annegrets Papieren. Sollte sie unterwegs von der Polizei angehalten werden, hatte sie nichts zu befürchten. Im Gegensatz zu Thea, die im Untergrund leben musste, war Margarete ja offiziell eine Arierin.

Sie straffte die Schultern und ging zum Treffpunkt in einem bekannten Innenstadtviertel. Die Kriegsschäden an der Bebauung übertrafen Margaretes schlimmste Befürchtungen. Als sie drei Jahre zuvor nach Paris abgereist war, hatte es nur ein paar wenige zerstörte Gebäude gegeben. Nun war es umgekehrt: Kaum ein Haus stand noch unversehrt.

Wie durch ein Wunder hatte es am Vorabend keinen Luftangriff gegeben, was normalerweise scheinbar jede Nacht der Fall war.

Einige wenige Menschen hasteten in der einsetzenden Winterdämmerung nach Hause, was Margarete ein Gefühl der Dringlichkeit vermittelte. Sie war die Beschaulichkeit von Plau am See gewohnt, weshalb die fast greifbare Anspannung in der Hauptstadt auf ihrer Haut kribbelte, auch wenn sie sich immer wieder vorsagte, dass sie nichts zu befürchten hatte.

Als sie endlich das richtige Haus fand, klopfte sie an die Tür, wie Thea es erklärt hatte. Nichts tat sich, auch nicht als sie es ein zweites Mal versuchte. Enttäuscht machte sie kehrt, um zum Hotel zurückzugehen.

Mit hängenden Schultern trat sie auf den Bürgersteig, als sie plötzlich erschrocken nach Luft schnappte. Von zwei Männern in SS-Uniform begleitet stand Thea nur wenige Schritte entfernt. Vor Angst gelähmt verstand Margarete nicht, was passiert war. Thea wirkte nicht besonders bestürzt, im Gegenteil, sie lächelte. Wie konnte sie lächeln, wenn sie soeben von der Gestapo aufgegriffen worden war? Sie musste doch wissen, welches Schicksal sie erwartete, sobald diese feststellte, dass Thea Jüdin war, und dazu noch illegal ohne gelben Stern unterwegs.

Bevor Margarete die Situation komplett erfassen und ihre Schlüsse ziehen konnte, ging Thea ein paar Schritte auf sie zu und rief mit honigsüßer Stimme: »Margarete, da bist du ja! Du kommst jetzt besser mit mir mit. Und mach ja keine Szene.«

»Wie bitte?« Margarete klappte die Kinnlade herunter, als die Erkenntnis langsam in ihre Gehirnwindungen sickerte.

»Du hast mich schon richtig verstanden. U-Boote wie du werden ins Jüdische Krankenhaus gebracht.«

Thea ließ es klingen, als sei das eine gute Sache, obwohl jeder wusste, dass das Krankenhaus neuerdings hauptsächlich als Gefängnis und Durchgangslager diente, von wo aus wöchentlich Transporte zu den Vernichtungslagern gingen.

»Ich bin nicht ...«, Margarete ließ den Satz unbeendet. Es war sonnenklar, dass Thea die Seiten gewechselt hatte und als Greifer für die Gestapo arbeitete: eine Jüdin, die andere Juden aufspürte und verriet.

»Das ist Margarete Rosenbaum. Wir sind zusammen in die Schule gegangen«, erklärte Thea einem der uniformierten Männer mit einem liebenswürdigen Lächeln. »Ich habe sie seit Jahren nicht gesehen und wusste nicht einmal, dass sie noch am Leben ist. Aber hier ist sie, bedienen Sie sich.«

Vielleicht konnte Margarete sich noch aus der Sache herausreden. »Ich bin nicht die, für die Sie mich halten. Ich kann mich ausweisen. Ich kenne diese Frau nicht einmal.«

Einer der Männer rammte ihr den Gewehrkolben in die Seite. »Maul halten und auf den Lastwagen!«

Ein Ächzen unterdrückend befolgte Margarete den Befehl und kletterte auf die Ladefläche eines Lasters, den sie vorher

gar nicht bemerkt hatte. Hätte sie doch nur auf Stefan gehört …
Es lief ihr heiß und kalt über den Rücken, als sie daran dachte,
welche Sorgen er sich machen würde, wenn sie später nicht im
Hotel erschien – oder jemals wieder.

Wie sie da mit anderen offensichtlich jüdischen U-Booten
im Lastwagen saß, konnte sie noch immer nicht fassen, dass
Thea sich gegen ihr eigenes Volk gewandt hatte und für die
Gestapo arbeitete.

Schuldgefühle überkamen Margarete, als sie nicht nur an
ihr eigenes Schicksal dachte – die Deportation in den sicheren
Tod –, sondern auch an das so vieler anderer, die auf ihren
Schutz angewiesen waren. Für das egoistische Vergnügen, eine
alte Bekannte wiederzusehen, hatte sie das Leben hunderter
Schützlinge aufs Spiel gesetzt. Sie biss sich auf die Lippe und
schluckte den Kloß im Hals hinunter. Schadensbegrenzung
musste nun ihre oberste Priorität sein.

24

Nachdem Margarete das Hotelzimmer verlassen hatte, sank Stefan aufs Bett. Er hatte ein ungutes Bauchgefühl, was Margaretes Besuch bei Thea anging. Zudem bereute er, mit ihr gestritten zu haben. Es war ihr erster Streit, und er hasste die Vorstellung abzureisen, ohne ihr zu sagen, wie leid es ihm tat.

Ja, sie verhielt sich unvernünftig und leichtsinnig, aber das rechtfertigte nicht, dass er sie alleine durch die Straßen Berlins wandern ließ. Seufzend schnappte er sich seinen Mantel, um ihr zu folgen. Wenn er ihr schon nicht klarmachen konnte, wie gefährlich ihr Vorhaben war, dann konnte er zumindest dafür sorgen, dass ihr nichts zustieß. Er faltete den Stadtplan auf und suchte die Adresse, die Thea genannt hatte. Dann verließ er das Hotel, um Margarete nachzueilen.

Unterwegs breitete sich die Anspannung immer stärker in ihm aus. Er konnte nicht ergründen, was genau ihn beunruhigte, aber aufgrund der vielen Jahre Untergrundarbeit hatte er gelernt, sich auf seinen Instinkt zu verlassen. Deshalb beschleunigte er seine Schritte und hastete durch die Straßen, so schnell es ging, ohne unliebsame Aufmerksamkeit zu erregen. Er wollte keinesfalls Zeit damit verlieren, nach seiner Kennkarte gefragt zu werden.

Als er eine Hausecke in seine Zielstraße umrundete, blieb er wie angewurzelt stehen. Zwei Männer in SS-Uniform zwangen mit vorgehaltener Waffe eine Frau, auf einen Lastwagen zu klettern. Stefan unterdrückte seine instinktive Reaktion, ihr zur Hilfe zu eilen. Stattdessen stellte er sich in den Schatten eines Hauses. Er wusste nur zu gut, dass er es mit zwei bewaffneten Soldaten nicht aufnehmen konnte.

Gerade wollte er sich wegschleichen, als ihn etwas dazu brachte noch einmal zurückzuschauen. Im selben Moment drehte sich die aufgegriffene Frau um, die inzwischen auf der Ladefläche stand. Ihre Augen trafen sich, und ein brennender Schmerz durchfuhr seinen Körper. Hilflos flüsterte er: »Gretchen.«

Der Blickkontakt dauerte nur eine Sekunde, dann traf ihn die Verzweiflung mit einer solch schrecklichen Wucht, dass ihm die Luft wegblieb. Wütend ballte er die Hände zu Fäusten und beobachtete hilflos, wie die SS-Männer, ihre Gewehre im Anschlag, ebenfalls auf den Laster sprangen.

»Ich liebe dich.« Lautlos formte er die Worte mit den Lippen, als Margarete tiefer in die Ladefläche hineingestoßen wurde. Mit quietschenden Reifen fuhr das Fahrzeug davon und nahm die Liebe seines Lebens mit sich.

Stefan ließ sich mit dem Rücken gegen die Hauswand sinken. Trockene Schluchzer stiegen ihm in die Kehle, als ein Paar nicht weit von ihm entfernt vorbeispazierte. Stefan erkannte sofort die blonde Mähne von Margaretes ehemaliger Klassenkameradin und folgte den beiden, um herauszufinden, was geschehen war. Gerade als er sie einholte, gluckste Thea leise: »Noch eine Jüdin von der Straße geklaubt. Wohin gehen wir als nächstes?«

Stefan überlegte kurz, verlangsamte seine Schritte und bog dann um die nächste Ecke. Es bereitete ihm keine Genugtuung, dass er mit seiner Vorahnung recht gehabt hatte und Thea sich als eine Greiferin herausgestellt hatte, die für die Gestapo andere Juden jagte. Am liebsten hätte er das niederträchtige Weib für diesen abscheulichen Verrat am menschlichen Anstand mit bloßen Händen erwürgt.

Er atmete tief durch, um seine nächsten Schritte zu überlegen. Die Behörden hatten die Frau, die er liebte, aufgegriffen, und ihm blieb nichts anderes übrig, als für ihre Sicherheit zu beten. Im Versuch, seine Gedanken zu ordnen, schüttelte er den Kopf. Jetzt war nicht der richtige Zeitpunkt, emotional zu werden. Um den Schaden zu begrenzen, brauchte er einen scharfen Verstand. Seine oberste Pflicht bestand darin, sich selbst in Sicherheit zu bringen – sowie das Geld nach Gut Plaun. Das Mindeste, was er tun konnte, war, Margaretes Arbeit fortzuführen und die Juden in ihrer Fabrik zu schützen. Irgendwie musste er Lothar Katze weiterhin bestechen, ohne zu offenbaren, dass er, Stefan, in Margaretes Täuschung eingeweiht gewesen war.

Wenig später fand Stefan sich vor dem Hotel wieder. Er konnte sich nicht erinnern, wie er dorthin gelangt war. Er wusste nur noch, dass er ziellos umhergeirrt war, während seine Seele um den Verlust seines geliebten Gretchens weinte. Er wusste zu viel, um darauf zu hoffen, sie jemals wiederzusehen.

»Guten Abend«, grüßte er die Rezeptionistin kurz angebunden, um Fragen nach dem Verbleib seiner Gattin zu umgehen. Oben auf ihrem Zimmer überwältigte ihn der Anblick von Margaretes Sachen auf der Kommode, sodass er aufs Bett sank und das Gesicht in den Händen vergrub. Wut über ihren Leichtsinn vermischt mit Schuldgefühlen, dass er sie hatte gehen lassen, versetzten sein Innerstes in Aufruhr. Trauer, Entsetzen, Kummer, Angst … Eine Vielzahl von Emotionen wirbelte durch seine Seele, erschwerte ihm das Atmen und machte es ihm unmöglich klar zu denken.

Nach einer Ewigkeit stand er auf, um aus dem Wasserkrug

zu trinken. Er streckte die Arme über den Kopf und schob sämtliche Gefühle außer einer gesunden Portion Furcht entschlossen beiseite. Furcht hielt einen am Leben. Sie schärfte die Sinne, machte aufmerksam für Gefahren und verhinderte, dass man zu leichtsinnig wurde – jedenfalls wenn man gelernt hatte, die Furcht im Herzen willkommen zu heißen und auf sie zu hören.

Stefan sah sich im Zimmer um, bis sein Blick auf Margaretes Reisekostüm fiel. Sollte er ihre Sachen mitnehmen? Einerseits könnte es Verdacht erregen, sie im Hotel zurückzulassen. Dann brachte die Gestapo die vorgebliche Frau Stober am Ende noch mit Margarete Rosenbaum oder Annegret Huber in Verbindung. Beides hieße nichts Gutes für ihn. Andererseits würde die Polizei vermutlich eine Menge Fragen stellen, sollte sie Stefan auffordern, die Koffer zu öffnen und Frauenkleidung darin finden. Es gab tatsächlich keine gute Lösung für dieses Problem außer ... Stefan trennte den Saum ihres Kleides auf, um das dort versteckte Geld herauszunehmen und verstaute die Scheine unter dem doppelten Boden seines Koffers. Beim Packen von Margaretes Koffer vergewisserte er sich, dass nichts auf eine ihrer Identitäten hinwies und verließ dann das Hotel mit einem Koffer in jeder Hand.

Er schenkte der Rezeptionistin ein knapp bemessenes Lächeln und legte den Schlüssel auf den Tresen. »Meine Frau hat eine alte Freundin getroffen, deshalb reisen wir früher ab als geplant.«

Bevor sie antworten konnte, hastete er nach draußen. Es dauerte nicht lange, bis er eine junge Frau entdeckte, die über die Reste eines zerbombten Gebäudes kletterte und Gegenstände aufklaubte, die den Angriff überstanden hatten.

»Fräulein, war das Ihr Haus?«, rief er.

Ihre leeren Augen im schmutzverschmierten Gesicht sprachen Bände, noch bevor ihre Lippen Worte gebildet hatten: »Ja.

Ein direkter Treffer vorletzte Nacht. Die Polizei hat mich nicht früher reingelassen, weil es noch geschwelt hat.«

»Das tut mir sehr leid für Sie«, sagte er, während er näher-trat und Margaretes Koffer zu ihren Füßen abstellte. »Diese Sachen haben meiner Frau gehört. Mögen sie Ihnen gute Dienste leisten.« Ohne auf eine Antwort der verblüfften Frau zu warten, verschwand er eilig.

Am Bahnhof kaufte er eine Fahrkarte nach Plau am See. Sein Herz war matt, doch sein Verstand arbeitete fieberhaft an einem Plan, Margaretes Vermächtnis weiterzuführen. Nun war er froh darüber, dass sie ihn zum geschäftsführenden Fabrik-leiter gemacht hatte, denn in dieser Position konnte er die Zwangsarbeiter weiter ernähren und einkleiden – und die Deportation der Juden unter ihnen verhindern.

Einstweilen würde er Unwissenheit über Annegrets Verbleib vortäuschen und behaupten, sie zuletzt vor ihrer Abreise nach Potsdam gesehen zu haben. Er musste nur Ober-scharführer Katze wissen lassen, dass sich nichts an dem Arran-gement geändert hatte und er weiterhin sein Bestechungsgeld erhielt.

Im Zug nach Hause quälte ihn die Bürde, die es mit sich brachte, für so viele Menschenleben verantwortlich zu sein. Nachdem Oliver eingezogen und Margarete verhaftet worden war, konnten nur noch Dora und er die geheime Operation am Laufen halten. Morgen früh musste er unbedingt Dora aufsu-chen, um sie über die Verhaftung ihrer Herrin zu unterrichten und gemeinsam einen Plan auszuhecken, wie sie diese Tatsache geheim halten konnten. Zum Wohle aller Beteiligten durfte niemand erfahren, dass die Gestapo Annegret aufgegriffen hatte, weil sie in Wahrheit eine Jüdin war.

Sich selbst machte er das Versprechen, den Widerstand, so gut er konnte, fortzusetzen. Margaretes Opfer sollte nicht umsonst gewesen sein.

25

Margarete war vom Schock ganz benommen. Sie machte sich Vorwürfe, so gutgläubig und dumm, ja geradezu leichtsinnig gewesen zu sein. Nachdem sie sich drei Jahre lang hinter einer falschen Identität versteckt hatte, hätte sie es besser wissen müssen. Sie hätte auf Stefan hören sollen, hätte ... Ach, es war müßig, über die Dinge zu grübeln, die sie hätte besser machen sollen.

Die grausame Realität war, dass die Gestapo sie verhaftet und auf einen Lastwagen verfrachtet hatte. Zweifellos waren sie auf dem Weg zum berüchtigten Durchgangslager im Jüdischen Krankenhaus in der Schulstraße. Eine Million Gedanken rasten ihr durch den Kopf in der Hoffnung, einen Ausweg zu finden. Doch es gab keinen. Die zwei bewaffneten SS-Männer auf dem Laster würden keine Sekunde zögern, sie bei einem Fluchtversuch zu erschießen. Unmerklich schüttelte sie den Kopf. Wenn sie eine Überlebenschance haben wollte, so musste sie sich fügen.

Blanker Hass breitete sich in ihren Zellen aus, als sie ihre Verhaftung noch einmal durchlebte. Die Art, wie Thea gelächelt hatte ... Als Margarete die Hände tief in den Manteltaschen vergrub, stieß sie gegen ihre Brieftasche. Dort befand sich Annegrets Kennkarte, ihr Rettungsanker. Eine Gänsehaut überzog ihren Körper.

Vielleicht konnte sie sich jetzt, da Thea nicht mehr anwesend war, um sie zu denunzieren, aus der Sache herausreden? Den Aufsehern klarmachen, dass alles ein großes Missverständnis und sie nicht diejenige war, für die sie gehalten wurde?

Diese Ausrede haben sie bestimmt schon unzählige Male gehört, argumentierte ihre innere Stimme. Das mochte stimmen, aber Margarete hatte den Vorteil, echte Papiere zu besitzen, keine gefälschten von zweifelhafter Qualität. Außerdem gab es Dutzende von Menschen, die sich für sie verbürgen und bezeugen konnten, dass sie wirklich Annegret Huber war, die reiche arische Erbin.

Thomas hat herausgefunden, wer du wirklich bist. Wieso denkst du, dass diese Leute das nicht können?

Nun, darüber musste sie nachdenken. Die Gestapo war schließlich nicht dafür bekannt, aus ahnungslosen Trotteln zu bestehen. Sie bekäme die Wahrheit mit Leichtigkeit heraus, zumal Theas Wort gegen ihres stand. Selbst wenn sie ihr zunächst glaubte, würde sie Theas Behauptung auf jeden Fall überprüfen. Die Gestapo anzulügen und dann dieser Lüge überführt zu werden, würde alles nur noch schlimmer machen, denn es schadete nicht nur ihr selbst, sondern allen Menschen auf Gut Plaun.

Sie musste Annegret unter allen Umständen aus der Sache heraushalten, denn nur so konnte sie Stefan, Dora, Frau Mertens, Nils und die Häftlinge in ihrer Rüstungsfabrik schützen. Diese harte Erkenntnis ließ sie frösteln. Sie war auf sich allein gestellt. Absolut und vollkommen allein. Niemand würde ihr zu Hilfe kommen.

Bestürzt schloss sie die Augen, während ihre Gedanken zu Stefan wanderten. Wie sehr sie ihren Streit doch bereute und wünschte, sie hätte auf ihn gehört! Mit großer Sicherheit erhielt sie keine Gelegenheit mehr, ihn um Entschuldigung zu bitten und ihm zu sagen, wie sehr sie ihn liebte. Die Erinnerung an den Schmerz in seinen Augen, als er sie auf dem Laster erkannt hatte, brach ihr erneut das Herz.

Das Fahrzeug hielt an. Einer der SS-Männer sprang ab und überließ seinem Kameraden die Bewachung der Gefangenen. Zwei Personen in Zivil deuteten auf ein Café, vermutlich um weitere Juden zu verhaften. Margarete fragte sich, ob diese beiden ebenfalls Greifer wie Thea waren. Wie viele Juden arbeiteten für den Feind und verrieten dafür ihr eigenes Volk? Und wieso? Um die eigene Haut zu retten? Aus finanziellen Gründen?

Angewidert schüttelte sie den Gedanken ab und bewegte sich in Richtung Ladeklappe. Nicht um zu entkommen, denn sie wusste, dass sie keine Chance hatte, sondern weil sie unbedingt Annegrets Papiere loswerden musste. Kurz bevor zwei weitere entsetzte Menschen auf die Ladefläche geschoben wurden, nutzte sie die Aufregung, um die Kennkarte aus der Tasche zu nehmen und aufs Straßenpflaster fallen zu lassen.

Niemand bemerkte es. Der zweite Soldat sprang auf und Sekunden später setzte sich das Gefährt wieder in Bewegung. Margarete lehnte den Kopf gegen den Metallrahmen und schloss die Augen. Ohne Annegrets Identität, die sie so lange beschützt hatte, befand sie sich wieder in derselben prekären Situation wie vor drei Jahren, als Herr Huber angekündigt hatte, sie in ein Arbeitslager im Osten zu schicken.

Das Schicksal schien sie eingeholt zu haben und die Jüdin Margarete Rosenbaum war nun endgültig auf dem Weg in ihre Vernichtung.

26

Dora hatte ihre kleine Tochter in Frau Mertens' Obhut gelassen, um in der Stadt Besorgungen zu machen. Außerdem wollte sie Olga besuchen, um ein paar Lebensmittel für das jüdische Mädchen vorbeizubringen, das ihre Arbeitgeberin versteckte. Insgeheim hoffte sie auf Nachrichten von Zuhause, denn Olga schien auf geheimnisvollen Wegen regelmäßig Neuigkeiten aus der Ukraine zu erhalten.

Sie bezahlte gerade Frau Bracke, die Inhaberin des Kurzwarenladens, als sie den Aufruhr draußen vernahm. Ihrem Ruf als neugierige Klatschtante gerecht werdend, machte Frau Bracke zwar einen langen Hals, konnte jedoch nichts durchs Fenster ihres Geschäfts erkennen.

»Ich seh besser mal nach, was da los ist«, verkündete sie, überreichte Dora das Wechselgeld und schob sie aus dem Laden. Dann verschloss sie die Tür und setzte sich in Richtung der Lärmquelle in Bewegung. Leider war das auch die Richtung, in die Dora musste, um zu Gut Plaun zurückzukehren. Lieber hätte sie möglichst viel Distanz zwischen sich und die grässliche Person gebracht, die sie schon so oft als slawischen Untermenschen beschimpft hatte und ihr vorwarf, nur darauf aus zu sein, sich einen guten deutschen Mann zu angeln. Gottlob hatte die offene Feindseligkeit nach Fräulein Annegrets Unterstützung bei Doras Eindeutschung und Heirat nachgelassen, obwohl Frau Bracke ihr immer noch böse Blicke zuwarf.

Um die bösartige Frau loszuwerden, trödelte Dora auf dem Weg zum Marktplatz, in der Absicht, den Platz auf der gegenüberliegenden Seite zu überqueren, um sich von dem Tumult fernzuhalten.

Auch wenn sie nichts zu verbergen hatte – die Lebensmittel hatte sie bereits bei Olga abgeliefert — zog sie es doch vor, mit den Behörden möglichst wenig Kontakt zu haben. Man konnte nie wissen, was die für Fragen stellten. Als Dora aufblickte, bedeckte sie augenblicklich ihren Mund mit der Hand, um ein schockiertes Keuchen zu verstummen.

SS-Männer zerrten zwei Menschen über die gepflasterte Hauptstraße. Bei näherem Hinsehen konnte sie die Opfer ausmachen: einen alten, weißhaarigen Mann und einen jüngeren mit rötlichem Haar. Beide waren schwer verletzt, höchstwahrscheinlich waren sie gefoltert worden. Entsetzt wollte sie sich von der grausigen Szene entfernen, doch ihre wackeligen Beine gehorchten nicht. Galle stieg in ihrer Kehle hoch. Der bittere Geschmack ließ sie wanken und sie musste sich wohl oder übel gegen eine Hausmauer lehnen.

Seit Kurzem wurde ihr ständig übel, was sie als Bestätigung ihrer erneuten Schwangerschaft betrachtete. Trotz der furchtbaren Situation lächelte sie beim Gedanken an Oliver und daran, wie sehr sie ihn liebte.

Als sie die Fassung wiedererlangt hatte, machte sie sich daran unauffällig zu verschwinden. Keinesfalls wollte sie das grausame Spektakel beobachten, doch es war bereits zu spät. SS-Männer hatten den Marktplatz abgeriegelt, blockierten alle abgehenden Straßen und trieben die Dorfbewohner auf die freie Fläche.

»Fräulein, gehen Sie da rüber!« Einer von ihnen zeigte auf

das majestätische Rathaus, ein wunderschönes Gebäude aus roten Backsteinen, das fast vollständig mit Efeu bewachsen war. Mit einem Mal verebbte der Lärm. Der Bürgermeister erschien in der dunkelgrünen Tür und trat auf die Stufen vor dem Rathaus.

Auf der obersten blieb er stehen, blickte einige Sekunden lang auf die versammelten Einwohner hinab und erhob dann die Stimme: »Unsere großartige SS hat soeben diese beiden Verräter festgenommen, die sich gegen Führer und Vaterland verschworen haben.«

Ein Murmeln ging durch die Menge.

»Wir sind hier, um Zeuge ihrer gerechten Strafe zu werden.«

Die Menge jubelte. Jemand rief »Sieg Heil«, andere beschimpften die Verräter.

Dora wagte es nicht, den Blick vom Bürgermeister zu nehmen, denn sie hatte Angst, jemand würde sie denunzieren, Recht und Ordnung nicht zu unterstützen, sollte sie ihre Verstörung über dieses grausige Spektakel zeigen.

»Diese zwei Männer haben der deutschen Bevölkerung unsägliches Leid zugefügt. Anthony Walker«, der Bürgermeister deutete auf den Rothaarigen, der prompt in Richtung der Straßenlaterne seitlich vor dem Rathaus gezerrt wurde, »ist ein Kindermörder. Einer der niederträchtigsten Männer der Menschheit. Er ist einer der englischen Bomberpiloten, die unsere Liebsten töten. Nach seinem Abschuss ist er weggelaufen ...« Das frenetische Geschrei der Massen zwang den Bürgermeister, seine Rede zu unterbrechen. Er breitete die Arme aus, um für Ruhe zu sorgen, bevor er noch einmal ansetzte: »Dieser Verbrecher hat sich mit Hilfe von einem unserer Bürger versteckt.«

Der Bürgermeister deutete auf den alten Mann, der nun auf die andere Seite der Treppe geschleift wurde. »Der alte Fischer Stober. Ein übler Verräter, wie er im Buche steht.«

Dora unterdrückte einen Aufschrei. Das musste Stefan Stobers Großvater sein. Fräulein Annegret wäre um Stefans willen am Boden zerstört, wenn sie davon erfuhr.

»Hängt sie, hängt sie!«, skandierte die Menge. Doras Beine drohten, unter ihr nachzugeben. Verzweifelt schweiften ihre Augen umher, auf der Suche nach einem Ausgang, aber überall standen SS-Männer.

»Wenn das der Wunsch des Volkes ist«, antwortete der Bürgermeister, was die Menge dazu bewog, noch lauter zu brüllen.

Entsetzt beobachtete Dora, wie die SS-Männer zwei Seile hervorholten und Schlingen knüpften. Eine weitere Welle der Übelkeit traf sie, dieses Mal sehr viel heftiger als zuvor. Sie würgte und floh in eine Ecke des Markplatzes, wo sie sich direkt neben den auf Hochglanz polierten Stiefeln eines SS-Mannes übergab.

»Verzeihung«, beeilte sie sich zu sagen. »Bitte entschuldigen Sie, das würde ich normalerweise nicht tun, aber seit ich schwanger bin, scheine ich nichts bei mir behalten zu können.«

Der Mann schmunzelte wohlwollend. »Das ist wohl alles ein bisschen viel für eine Frau in anderen Umständen. Sie sollten besser nach Hause gehen.«

Ihre Erleichterung war unermesslich. »Bitte halten Sie mich nicht für einen schlechten Menschen. Ich will auch, dass diese Verräter bestraft werden, ich kann nur nicht ...« Ein weiteres Würgen unterstrich ihre Worte.

»Gute Frau, gehen Sie und kümmern sich um Ihr Kind. Der Führer braucht gesunde Soldaten.«

»Danke«, brachte Dora heraus und floh vom Ort des Geschehens, benommen nicht nur ob des grausamen Spekta- kels, sondern auch, weil ihr Ungeborenes bereits dazu bestimmt war, andere zu töten, wenn es nach Hitler ging.

Auf dem Rückweg dachte sie darüber nach, wie sie Fräu- lein Annegret die Nachricht von der Exekution des alten

Fischers am schonendsten beibringen sollte. Stefan Stober war ein großartiger Mensch, der schrecklich am Großvater hing, bei dem er in den letzten Jahren gelebt hatte. Er wäre nach seiner Rückkehr aus Berlin untröstlich.

Oliver hätte gewusst, wie man die Nachricht überbrachte ... An ihren Mann zu denken, betrübte Dora, denn sie hatte noch nicht von ihm gehört, seit er sich zum aktiven Dienst gemeldet hatte. *Solange wir nichts Gegenteiliges hören, besteht Hoffnung*, sagte Fräulein Annegret in einer derartigen Situation immer.

Dora hoffte so sehr, dass sie recht hatte. Solange das gefürchtete Telegramm nicht kam, würde sie so tun, als sei alles in bester Ordnung. Oliver musste einfach zu ihr zurückkehren.

27

Nachdem sie mehrere Stunden marschiert waren, erreichten sie endlich ihr Ziel. Erschöpft lag Oliver auf dem Boden, Kalle und Gerald hockten neben ihm. Er rieb sich das verletzte Bein, um die Krämpfe vom anstrengenden Marsch loszuwerden.

»In Ordnung, Männer, es ist unsere Aufgabe, einer Schützenkompanie zu Hilfe zu kommen, die durch einen Panzerdurchbruch abgeschnitten ist. Sie haben sich verschanzt und warten darauf, dass wir sie rausholen. Die meisten von ihnen sind verletzt. Sie rechnen nicht vor Einbruch der Dunkelheit mit uns, aber ich kämpfe lieber gegen einen Feind, den ich sehen kann«, verkündete ihr Vorgesetzter.

Oliver lauschte, während der Feldwebel seinen tollkühnen Plan darlegte, vor den Augen des Feindes vorzurücken. Auf den Einwand, dass dies die verletzten Männer gefährdete, kam die Antwort, diese könnten nötigenfalls weglaufen. Einige der kampferfahrenen Veteranen versuchten den Feldwebel umzustimmen, der jedoch ihren Rat nicht beherzigen wollte.

Auf die Dunkelheit zu warten, wäre viel sicherer, und sie könnten vom Überraschungsmoment profitieren. Zumindest hätte Olivers damaliger Vorgesetzter im Polenfeldzug es so gehandhabt.

»Formiert euch in zwei Gruppen und Abmarsch«, befahl der Feldwebel. Oliver sah sich um, weil er Blickkontakt mit seinen neuen Freunden aufnehmen wollte. Der alte Gerald verstand sofort und trödelte, bis der fiese Lutz seine Gruppe gewählt hatte. Erst dann schlenderten sie zur anderen Seite, wobei sie den jungen Kalle in ihre Mitte nahmen.

»Dem Burschen ist nicht zu trauen«, murmelte Gerald.

Oliver nickte. Sie würden mit dem Feind genug zu tun haben, da brauchten sie nicht zusätzlich die Gefahr, dass ihnen ein Landsmann in den Rücken fiel. Kalles Gesicht war weiß wie ein Laken. Bei der Aussicht, in einen richtigen Kampf verwickelt zu werden, sah er aus, als würde er sich gleich in die Hose machen.

»Bleib immer neben mir, hörst du?«, sagte Oliver zu dem bibbernden Knaben. Es war nicht so, als hätte er selbst keine Angst empfunden, doch er hatte gelernt, seine Emotionen unter Kontrolle zu halten und sich auf die anstehende Aufgabe zu konzentrieren. Er erinnerte sich an die Männer, mit denen er in Polen gekämpft hatte. Damals waren sie alle echte Soldaten gewesen, keine Jungspunde wie Kalle, die zwar das Schießen in der Hitlerjugend gelernt, aber keinerlei militärische Ausbildung genossen hatten.

»Oliver und ich gehen vor«, ordnete Gerald an. »Du bleibst bei uns und hältst den Kopf unten. Es gibt keinen Grund, sich gleich umbringen zu lassen.«

Kalle nickte stumm.

Dann krochen sie in die Richtung, die ihr Vorgesetzter angegeben hatte. Sobald sie sich vorwärtsbewegten, merkte Oliver, wie alles zurückkam, was er während seiner Ausbildung damals gelernt hatte. Augenblicklich fokussierte er sich aufs Überleben, während alles andere unwichtig wurde und verblasste.

Als sie die feindliche Feuerlinie endlich umgangen hatten, entdeckten sie, dass die Überlebenden der Schützenkompanie von mindestens einem Dutzend Russen mit Gewehren und jeder Menge Munition in Schach gehalten wurden. Oliver und der Rest seiner Gruppe hatte gerade Position bezogen, um die Situation zu beurteilen, als die andere Hälfte, angeführt von ihrem unerfahrenen Feldwebel, unüberlegt genau in die Schusslinie spazierte.

»Diese Narren«, stöhnte Oliver, als er das folgende Massaker beobachtete. Sie hatten keine andere Wahl, als den Feind von hinten anzugreifen und so einen Teil des Feuers von ihren Kameraden abzulenken, die sich verwegen in den sicheren Tod stürzten.

Als das Gefecht vorbei war, hatten sie fünf Männer einschließlich Lutz verloren, und viele andere waren verletzt. Oliver kochte vor Wut über die unnötigen Verluste, von denen die meisten hätten vermieden werden können, hätte der unerfahrene Feldwebel auf den Rat der Veteranen gehört.

Kalle war ein nervliches Wrack, obwohl er wie durch ein Wunder unverletzt geblieben war. Der Lütte würde schnell erwachsen werden müssen, wenn er überleben wollte.

»Was für ein Debakel«, urteilte Gerald.

»Schsch, sonst kriegst du Ärger«, zischte jemand.

»Noch mehr Ärger als wir schon haben?«, feixte Gerald. »Wenn es so weitergeht, kommt keiner von uns mit dem Leben davon.«

Dies deckte sich mit Olivers Befürchtungen, schließlich wollte er zu seiner Frau und bald zwei Kindern zurückkehren.

28

Sobald der Laster vor dem Jüdischen Krankenhaus hielt, wurden die Gefangenen rausgetrieben und in Zellen im feucht-kalten dunklen Keller gesperrt. Einer nach dem anderen wurden sie abgeholt, bis nur noch Margarete und ein junger Mann namens Zim auf dem bloßen Boden kauerten.

»Dich habe ich noch nie gesehen. Wo hattest du dich versteckt?«, fragte er.

Da sie unsicher war, ob sie ihm vertrauen konnte oder ob er ebenfalls als Greifer für die Gestapo arbeitete, schüttelte sie den Kopf: »Ich bin nicht aus Berlin.«

»Das erklärt, wieso Thea dich drangekriegt hat. Alle U-Boote wissen, dass sie sich schnellstens verdrücken müssen, wenn ihre blonde Mähne auftaucht.«

»Ist sie so bekannt?«, fragte Margarete.

Er schnaubte. »Dieses dreckige Weibsstück? Wir nennen sie das ›blonde Gift‹. Ich wette, sie war an der Festnahme von über einhundert Juden beteiligt. Vielleicht sogar zweihundert.«

»So viele?« Margarete wusste nicht, ob sie über die schiere Anzahl schockiert sein sollte, oder erleichtert, dass sie offenbar nicht die einzige gutgläubige Seele war, die Thea in die Falle gegangen war.

Zim legte den Kopf schief. »Du hast wirklich keine Ahnung, wie das alles abläuft, oder?«

»Nein.« Sie schüttelte den Kopf. »Wie gesagt, ich bin nicht von hier.«

»Wie um alles in der Welt hast du so lange überlebt? Oder ...«, er erhob sich, umrundete sie und betrachtete dabei ihre gepflegte Erscheinung, »... arbeitest du auch für die Gestapo?«

»Ich? Natürlich nicht!«, sagte sie angewidert.

»War nur `ne Frage.« Zim hob abwehrend die Hände. »Es ist nur ... Du bist so sauber und wohlgenährt, hast eine hübsche Frisur, und deine Klamotten sind sogar noch hübscher. Wer untergetaucht ist, sieht nicht aus wie du.«

Margarete wollte nicht, dass er sie verdächtigte, für die Gestapo zu arbeiten, deshalb erklärte sie: »Ich hatte ordentliche Papiere und habe eine wohlgehütete Lüge gelebt, bis ich Thea traf.«

»Und woher kennt sie dich, wenn du nicht aus Berlin bist?« Der Bursche war nicht dumm.

»Wir gingen zusammen auf die Schule.«

»Aha.« Zim spazierte ein weiteres Mal um sie herum, als könne er Antworten erhalten, indem er sie von allen Seiten inspizierte. »Warum bist du nach Berlin gekommen? Du hast doch bestimmt gewusst, dass es nicht sicher ist.«

»Ich musste kommen.« Sie hielt den Blickkontakt für eine Weile, bis sie das Gefühl hatte, ihm vertrauen zu können. Obwohl sie denselben Fehler kein zweites Mal begehen wollte, schadete es vermutlich nicht, ihm anzudeuten, weshalb sie nach Berlin gereist war. »Andere sind von mir abhängig.«

»Andere Juden?«

Sie zuckte mit den Achseln.

»Hast du keine Angst, dass ich der Gestapo verrate, was du gesagt hast, und die dann die Namen aus dir herausprügelt?«

Wieder zuckte sie mit den Schultern. »Ich kenne ihre Namen gar nicht. Und hast du keine Angst davor, dass ich mich gegen dich wende und wie Thea für die Gestapo arbeite?«

Zim lachte herzhaft. »Ich mag dich.«

Ihre Unterhaltung wurde durch das Aufschwingen der Tür unterbrochen. Ein Aufseher kam herein und zeigte auf Margarete. »Du da. Mitkommen!«

Er brachte sie nach oben ins Büro des Leiters des Durchgangslagers, SS-Hauptscharführer Walter Dobberke. »So, so, Fräulein Rosenbaum«, begann dieser jovial. »Ich musste ziemlich tief graben, um ihre Unterlagen zu finden, denn Sie sind schon vor Jahren bei einem Bombenangriff ums Leben gekommen. Vielleicht könnten Sie mir erklären, wie eine tote Person so lebendig aussehen kann.«

Margarete runzelte angestrengt die Stirn. Wenn er ihre wahre Identität in Erfahrung gebracht und noch dazu Theas Aussage hatte, brachte es nichts zu leugnen. Sie musste jedoch unbedingt alle anderen, besonders Stefan und Dora, aus der Sache heraushalten. »Sie haben recht. Ich bin bei dem Angriff nicht gestorben. Ich habe meine Papiere neben irgendeiner Leiche liegen lassen, um sicherzugehen, dass sie gefunden werden, und bin untergetaucht.«

»Aha«, sagte Dobberke. »Und das soll ich Ihnen glauben?«

»Es ist die Wahrheit.«

»Das werden wir ja sehen.« Er ging hinüber zu einem eleganten Schrank, öffnete ihn und holte eine Lederpeitsche heraus. Margaretes Mund wurde augenblicklich staubtrocken, als er diese in der Hand herumwirbelte, während er auf sie zuschritt. »Ich wüsste gerne die Namen Ihrer Helfer.«

»Bitte, keiner hat etwas gewusst, ich habe mich versteckt –«

Die Peitsche traf ihre Schulter hart und hinterließ ein unerträgliches Brennen. »Die Namen.« Noch mehrmals sauste die

Peitsche auf sie herab, bis sie sich auf dem Boden krümmte. Dann endlich legte der sadistische Mann eine Pause ein, um sein Handgelenk auszuschütteln.

Ihr gesamter Körper brannte wie Feuer. Sie rang nach Luft und hoffte wider besseres Wissen, dass die Befragung beendet war. Offenbar waren ihre Gebete erhört worden, denn Dobberke blickte nachsichtig auf das schluchzende Häufchen Elend zu seinen Füßen herab.

Doch seine nächsten Worte erschütterten sie bis ins Mark: »Sie sind so ein hübsches Ding. Ich fürchte, es wird sehr unschön werden, wenn Sie mir nicht sagen, was ich wissen will.«

Margarete hatte ausreichend Schmerz erfahren, um zu wissen, dass sie nicht mehr lange durchhalten würde, bevor sie alle verriet, die ihr lieb und teuer waren – einschließlich Stefan. Trotz der aussichtslosen Situation sandte der Gedanke an ihn einen Sonnenstrahl in ihr Herz.

Sie liebte alles an Stefan und bewunderte aufrichtig seinen unglaublichen Mut, kombiniert mit unerschütterlicher Loyalität und dem Scharfsinn, in brenzligen Situationen die richtige Entscheidung zu treffen. Was hätte er in ihrer Situation getan? Plötzlich spürte sie seine tröstliche Präsenz im Raum, und sein Geist flüsterte ihr ins Ohr: »Wenn du gegen jemanden nicht gewinnen kannst, dann schließ dich ihm an. Lass ihn denken, du seist auf seiner Seite.«

Sein Rat war goldrichtig. Sie konnte diejenigen, die sie liebte, nur schützen, indem sie vorausdachte. Sie sammelte den kleinen Rest Verstandes, den sie noch hatte, erwiderte Dobberkes Blick und beschwor das Selbstvertrauen, das sie nicht besaß.

»Bitte hören Sie auf, mich zu schlagen. Ich werde Ihnen alles sagen, was Sie wissen wollen«, jammerte sie durch geschwollene Lippen.

»Ich bin ganz Ohr.«

Margarete sah auf den hässlichen Riss in der Haut ihres Unterarmes, einen gewundenen roten Streifen, der eine scheußliche Narbe hinterlassen würde. »Ich … Sie haben recht, ich hatte Hilfe.« Es war nicht schwierig, ihre Stimme vor Furcht zittern zu lassen. »Aber … Sie … Sie müssen mich vor ihnen schützen.«

Abgesehen von einer hochgezogenen Augenbraue ließ sich Dobberke seine Überraschung nicht anmerken. »Wo Sie hinkommen, wird niemand Sie finden.«

Das war vermutlich nicht die Art von Zuspruch, die er beabsichtigt hatte, denn sie wusste genau, wohin die Transporte gingen. Dennoch zwang sie sich, Erleichterung zu zeigen.

»Stehen Sie auf«, befahl er und rief dann: »Bringt ihr Wasser.«

Wenige Augenblicke später brachte eine mollige Frau in Schwesternuniform mit einem gelben Stern auf der Brust ein Glas Wasser. Sie führte Margarete zu einem Stuhl vor Dobberkes Schreibtisch und half ihr, sich zu setzen, bevor sie ihr das Glas reichte und flüsterte: »Sag ihm alles, was du weißt, dann lässt er dich in Ruhe.«

Margarete fragte sich kurz, ob die Frau wirklich nur eine Krankenschwester war oder in irgendeiner Beziehung zu Dobberke stand. Vielleicht arbeitete sie für ihn in ähnlicher Weise wie Thea. Innerlich zuckte sie die Achseln, denn es machte keinen Unterschied.

»Danke«, krächzte Margarete, die vor Schmerzen kaum aufrecht sitzen konnte.

Dobberke nahm hinter seinem Schreibtisch Platz und holte ein weißes Blatt Papier sowie einen Füllfederhalter hervor. »Die Namen, wenn Sie so freundlich wären.«

»Ich habe für SS-Standartenführer Huber gearbeitet. Nach seinem Tod 1941 im selben Bombenangriff, in dem auch ich angeblich starb, hat sein Sohn Reiner mich unter seine Fittiche genommen.«

»Sie lügen«, spie Dobberke aus.

»Nein, das ist die Wahrheit. Er hat mich in seiner Villa in Wannsee versteckt. Dort war ich, bis ich von seinem Tod in Paris erfahren habe.«

»Warum sollte er so etwas getan haben? Er war bei der SS, und Sie sind eine dreckige Jüdin.«

Wieder ermutigte der Gedanke an Stefan sie, die Lüge weiter zu spinnen. Wenn Dobberke ihr die Geschichte abkaufte, konnte sie den Mann retten, den sie mehr als ihr eigenes Leben liebte. Aus diesem Gedanken schöpfte sie Kraft – und eine fantastische Idee. Vielleicht führte ihre Aussage dazu, dass einige hochrangige SS-Offiziere für das schlimmste aller Verbrechen bestraft wurden: Rassenschande. Dazu musste sie die Erinnerungen an die abstoßenden Dinge, die Reiner ihr angetan hatte, aus den Tiefen ihrer Seele hervorkramen.

Sie begann mit erbärmlich bebender Stimme zu sprechen: »Er wollte ... intime Gefälligkeiten. Er ... Er hat mir mit Deportation gedroht, wenn ich nicht tue, was er will.«

Dobberke runzelte die Stirn und wusste offenbar nicht, was er von ihrem Geständnis halten sollte. Die Art, wie er die kecke Krankenschwester angeschaut hatte, zeigte deutlich, dass er selbst nicht darüber erhaben war, sich mit sexuellen Gefälligkeiten bezahlen zu lassen. »Soweit ich weiß, wurde Reiner Huber schon vor einiger Zeit von der französischen Résistance getötet.«

»Ja. Ich hatte gehofft, dass sein Tod das Ende meines Martyriums bedeutet, aber ...«, sie schluchzte herzzerreißend, um überzeugender zu wirken, »... schon als er noch lebte, hat er mich oft seinen Freunden angeboten. Nach seinem Tod haben sie sich dann ‚um mich gekümmert‘, wie sie es nannten, bis ich schließlich flüchten konnte. Und dann hat Thea mich erwischt.«

»Sie ist eine tolle Agentin, nicht wahr? Meine beste,«

grinste Dobberke. »Obwohl sie am Anfang genauso widerspenstig war wie Sie.«

Margarete befürchtete, er könnte ihr dasselbe Angebot machen wie Thea. Unter keinen Umständen würde sie für diesen Drecksack arbeiten und ihre jüdischen Mitbürger ins Verderben schicken. Damit er nicht auf dumme Gedanken kam, betonte sie noch einmal: »Ich wurde während dieser schrecklichen Zeit ständig von einem zum anderen weitergereicht, aber ich habe nie andere Juden gesehen. Es war immer nur ich und mein jeweiliger Vergewaltiger.«

»Das ist eine schwere Anschuldigung. Wenn, was Sie sagen, wahr ist, dann kann ich Ihnen vielleicht sogar den Transport ersparen.«

»Wirklich?« Sie wagte kaum zu hoffen.

Dobberke nickte gelassen. »Sie werden verstehen, dass ich Sie nicht gehen lassen kann, aber ich kann Ihren Namen von der Liste streichen und Sie auf unbestimmte Zeit hierbehalten. Ich brauche allerdings Beweise für Ihre Anschuldigungen. Namen und Orte. Jedes Detail, an das Sie sich erinnern. Einfach alles. Jede noch so kleine Information könnte dazu beitragen, diese Leute zu fassen.«

Margarete konnte sehen, dass ihm der Gedanke an eine mögliche Beförderung gefiel, und sie begann ihre Lügengeschichte zu spinnen. Sie hatte keine Skrupel, jeden Nazi, den sie jemals getroffen hatte, zu beschuldigen, und sie strengte ihre Gehirnwindungen an, um sich an die Namen von Reiner Hubers Freunden zu erinnern, egal ob ihre Anschuldigungen glaubhaft waren oder nicht. Sie war sowieso so gut wie tot, und wenn sie schon sich selbst nicht retten konnte, dann würde sie wenigstens so viele dieser abscheulichen Nazis wie möglich mit sich in den Untergang reißen.

Als sie fertig war, hatte Dobberke zwei Seiten mit Namen und Orten niedergeschrieben. Ungläubig schüttelte er den Kopf: »Das ist ein Riesending. Wenn das wahr ist ...« Er sah ihr direkt in die Augen und fragte: »Sind Sie sicher, dass diese Männer nicht noch andere Jüdinnen versteckt haben?«

»Ich bin mir sogar ziemlich sicher, dass sie das getan haben, aber keine, von denen ich konkret etwas weiß. Sie haben mir immer die Augen verbunden, außer wenn mich jemand für sein Vergnügen benutzen wollte.« Ihre Ohren brannten vor Scham, denn dieser Teil der Geschichte war nicht völlig frei erfunden. Verlegen blickte sie zu Boden.

»Steckt sie in eine Zelle«, brüllte Dobberke. Augenblicklich kamen zwei Aufseher und zerrten sie in einen Raum, der voller unglücklicher Männer und Frauen war, die dort ihr Schicksal erwarteten.

Margarete jedoch klammerte sich an Dobberkes Versprechen, dass er sie von der Transportliste streichen würde als Gegenleistung für ihre Kooperation.

29

Ernst war in der Bibliothek und erklärte seinen Mithäftlingen gerade einen Klassiker, als jemand von der Gefängnisaufsicht hereinkam und verkündete: »Rosenbaum, du hast Besuch.«

Verwundert, wer das sein könnte, schloss Ernst das Buch und sagte zu seinen Zuhörern: »Wir sehen uns morgen.« Dann folgte er dem Aufseher zum Besuchsraum am Ende des Ganges. »Darf ich fragen, wer der Besuch ist?«

Der Aufseher war einer der freundlicheren. »Irgend so ein Beamter.«

»Was der wohl will?«, überlegte Ernst laut.

»Das findest du schon früh genug raus.« Der Aufseher blieb vor der Tür zum Besuchsraums stehen. »Du hast dreißig Minuten. Wenn du früher fertig bist, dann klopf an die Tür und ich hol dich.«

»Vielen Dank.« Ernst lächelte dem Mann zu, der ihn noch nie beschimpft oder geschlagen hatte, obwohl er immer stolz das Parteiabzeichen der NSDAP trug.

Als Ernst das Besuchszimmer betrat, schrak er beim Anblick von Lothar Katze zurück. »Herr Oberscharführer.«

»Machen wir es kurz«, sagte Katze. »Ihre fetten Tage sind

vorbei. Sie kommen auf den nächsten Transport nach Auschwitz.«

Ernst schluckte schwer. »Darf ich fragen wieso?«

»Ich brauche Sie nicht mehr. Der einzige Grund, Sie hier drin wie Gott in Frankreich leben zu lassen, war Ihre kostbare Nichte. Das vornehme Fräulein hat mich großzügig dafür bezahlt, ihre dreckige jüdische Identität geheim zu halten. Deshalb habe ich freundlicherweise zugestimmt, Sie am Leben zu lassen, damit die Schlampe mich nicht hintergeht. Sie ist immerhin eine hinterlistige Jüdin, oder nicht?« Katze lachte schallend wie über einen urkomischen Witz.

Verzweiflung ergriff Ernst, jedoch nicht so sehr um seinet- willen, sondern weil Margarete offenbar in großen Schwierig- keiten steckte. Vielleicht konnte er ihr irgendwie helfen. »Was ist passiert?«

»Die dumme Gans hat sich verhaften lassen. Sie ist just in diesem Moment in einem Durchgangslager und wird zweifellos demnächst nach Auschwitz gebracht. Vielleicht treffen Sie sich sogar im Zug.« Ein weiteres herzloses Lachen brach aus Katzes Kehle hervor.

Ernsts Seele schmerzte unerträglich. Wenn Margarete gefasst worden war, dann waren auch alle jüdischen Arbeiter in ihrer Fabrik von der Deportation bedroht. Doch was er nicht verstand: Wie und wieso war das passiert, und warum war Katze gekommen, um ihm davon zu erzählen? Er brauchte nicht lange auf Antwort zu warten, denn der Oberscharführer glühte förmlich vor Wichtigkeit und begann wieder zu sprechen:

»Diese Frau hält sich für dermaßen intelligent, aber sie hat mich unterschätzt. Ich weiß alles über sie und ihre erbärmli- chen Versuche, den Häftlingen in ihrer Fabrik zu helfen, aber wie gesagt, sie hat mich unterschätzt.«

»Wie frevelhaft von ihr«, murmelte Ernst, obwohl er Katze für ebenso dumm wie grausam und korrupt hielt.

»Aber wirklich. *Sie* ist der dumme Untermensch, nicht ich! Jedenfalls habe ich einen Freund in der Schulstraße, und als er so ein Miststück erwähnt hat, das Reiner Huber und mehrere seiner Freunde bezichtigt hat, sie im Gegenzug für sexuelle Gefälligkeiten versteckt zu haben, habe ich sofort den Braten gerochen. Diese Schlampe war niemand anderes als Ihre kostbare Nichte Margarete Rosenbaum, auch bekannt als Annegret Huber. Können Sie sich das vorstellen? Ausgerechnet *die* Familie zu diffamieren, deren Name und Erbe sie gestohlen hat, um ihre eigene armselige Existenz zu retten?«

»Das ist in der Tat verabscheuungswürdig.« Insgeheim bewunderte Ernst seine Nichte für ihren kühnen Schachzug. Statt sich nach ihrer Verhaftung kampflos zu ergeben, hatte sie entschieden, so viele Nazis mit sich ins Verderben zu reißen, wie sie konnte. Es war vermutlich nicht die klügste Entscheidung gewesen, obwohl es für Margarete wohl keinen Unterschied machte. – In der Gaskammer waren alle Menschen gleich.

Ernst tat sich immer noch schwer mit der Vorstellung, dass in den Lagern im industriellen Maßstab gemordet wurde, sogar wenn es durch die Hand der Nazis geschah. Doch die Beweise waren erdrückend, und jeder, der eins und eins zusammenzählen konnte, musste sogar die wildesten Gerüchte für bare Münze nehmen. Denn wie sonst ließe sich erklären, dass Hunderttausende Juden nach Auschwitz und in andere Lager verbracht wurden, ohne dass diese vor Häftlingen aus allen Nähten platzten? Wo gingen denn alle hin? In den Tod, wie manch einer geschickt umschrieben in Postkarten von den angeblich besseren Orten im Osten berichtet hatte. Postkarten, die zweifellos unter Zwang und den wachsamen Augen der SS verfasst worden waren. Ja, Massenmord war die einzige logische Erklärung.

Einer von Ernsts neuen Bekannten im Gefängnis, ein Arier, hatte eine Postkarte von einem befreundeten Juden erhalten, auf der es hieß, dass alle seine Verwandten glücklich und zufrieden bei einem geschätzten Onkel lebten. Allerdings war besagter Onkel schon vor Jahren gestorben. Nachdem weitere Personen aus dem Freundeskreis ähnliche Postkarten erhalten hatten, auf denen tote Personen erwähnt wurden, war er zu dem Schluss gekommen, dass es sich dabei um eine versteckte Warnung an alle handelte, die noch auf freiem Fuß waren. Eine Warnung vor dem, was sie am Ende der Zugfahrt erwartete.

»Sie scheinen nicht allzu aufgebracht zu sein«, stellte Katze fest.

Ernst empfand das dringende Bedürfnis zu antworten. »Herr Oberscharführer, ich finde es durchaus verstörend, dass meine Nichte festgenommen wurde, obwohl es mich nicht überrascht.«

»Tja, das Glück hat das Frollein verlassen – und Sie auch.« Katze grinste vergnügt. »Für Sie ist es an der Zeit, sich dem Rest des Abschaums anzuschließen. Verabschieden Sie sich schon einmal von Ihrer gemütlichen Zelle. Ihr nächster Aufenthaltsort wird viel schlimmer.« Damit erhob sich Katze und klopfte an die Tür. »Ich bin hier fertig.«

»Genießen Sie Ihre Freiheit, denn das Blatt wird sich bald wenden«, sagte Ernst zum Abschied.

Am nächsten Tag wurde er in ein Durchgangslager für Juden gebracht.

30

Aus Sorge, dass jemand ihn mit Margarete in Berlin gesehen haben könnte und ihm womöglich nach Hause folgte, stieg Stefan auf halbem Weg nach Plau am See aus dem Zug und verbrachte die Nacht in einer billigen Pension. Als er sicher war, dass ihn niemand mit der verhafteten Jüdin in Verbindung brachte, setzte er schließlich seine Reise mit einem anderen Zug fort.

Kaum in Plau am See angekommen machte er sich vom Bahnhof direkt auf den Weg zum Haus des Großvaters, ohne vorher in die Stadt zu gehen. Er musste dringend das Geld an einem sicheren Ort verstecken und nach Opa sehen. Der britische Pilot war hoffentlich inzwischen weitergeschickt worden.

Trotz der niedrigen Temperaturen stieg kein Rauch aus dem Schornstein. Eine böse Vorahnung bescherte Stefan eine Gänsehaut, und er beschleunigte seine Schritte, wobei er sich mit unzähligen logischen Gründen für das fehlende Kaminfeuer zu beruhigen versuchte. Vielleicht war sein Großvater eingeschlafen und hatte es ausgehen lassen. Oder er war nicht in der Lage gewesen, Brennholz ins Haus zu tragen. Oder er war gefallen und lag hilflos da ... Stefan fiel in einen Laufschritt und stellte sich Opa mit verdrehten Gliedern am Fuß der Treppe vor.

»Opa?«, rief er, sobald er die Haustür erreichte. Keine Antwort. Er hetzte die Treppe hinauf, doch Großvaters Schlafzimmer war leer. Die Küche, das Wohnzimmer, das Klohäuschen im Garten, alles wirkte verlassen.

Stefans Herz zog sich zusammen, denn der alte Mann verließ selten das Haus, außer um auf der Veranda zu sitzen oder zum Strand hinunterzugehen. Es war viel zu kalt und bewölkt, um im Freien zu sitzen, trotzdem sah er auf der Veranda nach. Wie erwartet war sie leer, also rannte er zum Strand hinunter voll Sorge, dass sein Großvater auf dem vereisten Boden ausgerutscht und ins seichte Wasser gefallen sein könnte.

Selbst wenn er dabei nicht ertrank, erfror er binnen einer Stunde, falls es ihm nicht gelang aus dem kalten Wasser aufzustehen. Grauenhafte Erinnerungen daran, wie Margarete vor fast einem Jahr beinahe im See ertrunken wäre, überfielen Stefan und raubten ihm den Atem. Er biss sich auf die Lippe und schob die beunruhigenden Emotionen beiseite, denn er brauchte einen klaren Kopf. Vielleicht gab es einen logischen Grund für Opas Abwesenheit. Womöglich brachte er gerade den Piloten zum Treffpunkt, wo er ihn dem nächsten Helfer übergab. Zwar entsprach das nicht dem vereinbarten Vorgehen, doch Planänderungen gab es immer wieder.

Als Stefan zum Haus zurückkehrte, entschied er, seine Theorie zu überprüfen und ging in den Keller, wo das Geheimversteck war. Die Klappe war nur angelehnt. Der Raum war leer, sah jedoch so aus, als sei er eben erst verlassen worden. Das war ungemein beunruhigend.

Opa hätte jede Spur des illegalen Gastes entfernt, sobald er ihn weitergeschickt hatte, es sei denn ... etwas Unvorhergesehenes war geschehen. Das Kribbeln in Stefans Nacken verstärkte sich.

Alle Vorsicht außer Acht lassend stopfte Stefan das Geld geschwind in ein Versteck, zog den Mantel an und hastete in die Stadt. Sein Ziel war der Kai, hoffend, dass sein Großvater sich auf einen Plausch mit alten Freunden getroffen hatte.

Sein Boot war da, aber leer. Auf dem daneben saß ein anderer Fischer und rauchte ein Pfeifchen. Stefan trat heran und rief: »He, Hein, hast du zufällig meinen Großvater gesehen?«

Der Mann machte ein erschrockenes Gesicht. Im Zeitlupentempo nahm er die Pfeife aus dem Mund. Stefan war drauf und dran, laut zu brüllen, so stark war das unheilvolle Gefühl, das von dem alten Mann ausging. »Du warst nicht da, oder?«

»Nein, ich bin gerade von einer Geschäftsreise zurückgekommen. Wo ist mein Großvater?«

»Ich wär lieber nicht der, der es dir sagen muss. Es lässt sich nicht beschönigen. Die Gestapo hat ihn geschnappt, weil er einen feindlichen Soldaten versteckt hat.«

Wütend ballte Stefan die Fäuste. Obwohl es vermutlich sinnlos war, fragte er: »Und wo ist er jetzt?«

»Baumelt an einem Laternenpfahl auf dem Marktplatz. Der Bürgermeister hat verboten ihn runterzunehmen. Er wollte ein Exempel machen.«

Stefan taumelte, als ob ihm gerade jemand ein Loch in den Rumpf gerissen habe. Er konnte nicht atmen und genauso wenig begreifen, dass sein Großvater nicht mehr lebte.

»Tut mir leid, Junge.«

Stefan schüttelte heftig den Kopf und stürmte den Kai entlang, ohne auf die Warnung zu hören, die der alte Fischer ihm hinterherrief: »Tu nichts, wofür du auch noch verhaftet wirst! Es ist besser, die Dinge hinzunehmen.«

Stefans Schritte verlangsamten sich, als er den Marktplatz erreichte. Einige Bekannte, denen er begegnete, sahen ihn mitfühlend an, während andere den Blick abwandten. Zwei Leichen baumelten an den Laternenpfählen rechts und links des Eingangs zum Rathaus wie Flaggen ohne Wind. Stefan ballte die Fäuste, als er erst den Piloten Anthony und dann seinen Großvater erkannte.

Alle Vorsicht in den Wind schlagend rannte er zu dem steifen Körper seines Opas und wollte den Strick um dessen Hals lösen, als ein SS-Mann aufgeregt aus dem Gebäude rannte und schrie: »He, was denken Sie eigentlich, was Sie da tun?«

Stefan kannte den Mann und sagte: »Hör mal, ich will meinen Großvater ordentlich beerdigen.«

»Denk nicht mal dran. Er war ein Verräter und bleibt schön hier, um alle daran zu erinnern, was passiert, wenn man das Reich hintergeht.«

»Komm schon. Er war ein alter Mann, der nie jemandem was getan hat.«

Als Stefan nicht von der Stelle wich, trat der SS-Mann näher und zischte: »Jeder weiß, dass er ein Unruhestifter war. Den Feind zu verstecken, war nur die Spitze des Eisbergs.«

»Ich war ein paar Tage nicht in der Stadt. Vielleicht war er durcheinander und dachte, der Tommy ist einer von unseren. Der Verstand meines Großvaters hat in den letzten Jahren ziemlich nachgelassen«, argumentierte Stefan. Er konnte die Vorstellung nicht ertragen, dass sein innig geliebter Opa aufgeknüpft war wie der übelste Verbrecher, damit jeder ihn anspucken und sein Andenken beschmutzen konnte.

»Um der guten alten Zeiten willen rate ich dir: Verschwinde und sprich nie wieder von deinem Großvater. Außer du willst so enden wie er.«

Da er wusste, wann eine Schlacht verloren war, hob Stefan abwehrend die Hände. »Entschuldige die Umstände. Es kommt nicht wieder vor.« Dann warf er einen letzten Blick auf den toten Körper des Mannes, den er so innig geliebt hatte, machte auf dem Absatz kehrt und ging zurück zu dem jetzt stillen Haus.

Dort angekommen machte er sich eine Tasse Ersatzkaffee.

Er konnte Opas Anwesenheit in jeder Ecke spüren. Schließlich setzte er sich in Opas Lieblingssessel und starrte aus dem Fenster auf den See, der die große Liebe des alten Mannes gewesen war. Nachdem er innerhalb weniger Tage die beiden Menschen verloren hatte, die er am meisten auf der Welt liebte, besaß Stefan nicht mehr die Kraft aufzustehen. Also saß er einfach da, sah blicklos auf die wunderschöne Landschaft und wusste nicht, wie er je wieder etwas anderes als Trauer empfinden sollte.

Er musste eingeschlafen sein, denn er erwachte davon, dass die Tasse zu Boden fiel und klirrend zerbrach. Es war noch dunkel draußen, aber ein Blick auf die Wanduhr sagte ihm, dass es Zeit war, sich für die Arbeit fertig zu machen. Er streckte den schmerzenden Rücken, nahm Schaufel und Besen zur Hand, um die Scherben aufzukehren, und machte sich noch einen Kaffee.

Vom Kummer ermattet gelang es ihm irgendwie, genug Entschlossenheit aufzubringen, um weiterzumachen. Er würde die Geschehnisse rächen und sicherstellen, dass sein Opa nicht umsonst gestorben war. Schließlich entschloss er sich, Dora aufzusuchen, bevor er zur Fabrik ging, denn sie hatte das Recht zu erfahren, was ihrer Herrin zugestoßen war.

31

Dora war krank vor Sorge um Fräulein Annegret. Sie hätte schon längst aus Berlin zurück sein sollen, doch es gab keine Spur von ihr und sie hatte auch keine Nachricht über eine Verzögerung geschickt. Als sie ihre Sorgen bei Frau Mertens vorsichtig zur Sprache gebracht hatte, hatte die Haushälterin nur gelacht. »Fräulein Annegret war schon immer launenhaft. Vielleicht braucht ihre Freundin sie noch, oder das ruhige Leben auf Gut Plaun ist ihr langweilig geworden.«

Dora wusste natürlich, dass dies nicht der Fall war, aber sie konnte Frau Mertens nicht die Wahrheit sagen. Noch immer erschüttert über den Tod von Stefan Stobers Großvater fragte sie sich, ob sie ihn aufsuchen sollte. Doch dann fiel ihr ein, dass er und Fräulein Annegret zusammen nach Berlin gefahren waren und er deshalb höchstwahrscheinlich auch noch nicht zurück war. Vielleicht fuhren die Züge nicht. Oder sie waren durch einen Bombenangriff aufgehalten worden. Oder etwas ganz anderes war passiert. Dieser Tage wusste man nie, und alles Mögliche konnte geschehen.

Seit Oliver einberufen worden war, waren sie und Julia wieder ins Gutshaus gezogen. Das hatte zwar hauptsächlich praktische Gründe, allerdings fühlte sie sich alleine im Gärtnerhaus gleich neben dem Tor zum Anwesen auch nicht sicher. Gerade kam sie von den Ställen zurück, wohin sie den Häftlingen ihr Frühstück gebracht hatte, weil es ihnen nicht gestattet war, im Gutshaus zu essen, als sie jemanden das Tor durchqueren sah.

Sie musste ein zweites Mal hinsehen, um die Person mit den hängenden Schultern und dem schwerfälligen Gang als den sonst vor Energie strotzenden Fischer zu erkennen.

»Herr Stober!« Sie winkte ihm und wich erschrocken zurück, als sie sein verhärmtes Gesicht sah. Offenbar wusste er bereits über seinen Großvater Bescheid. Sie eilte ihm entgegen, ihr Herz voller Mitgefühl ob der Trauer, die sich tief in seine Züge gegraben hatte.

»Hallo Dora«, grüßte er.

»Waren Sie schon in der Stadt?« Als er nickte, biss sie sich auf die Lippe, um nicht zu weinen. »Es tut mir so leid. Ich habe Ihren Großvater nur ein paar Mal getroffen. Er schien mir immer ein so wundervoller und mutiger Mensch zu sein.« Obwohl niemand in der Nähe war, wagte sie nicht zu sagen, wie sehr sie den alten Mann dafür bewunderte, das Naziregime kritisiert zu haben.

»Danke.« Er sah sich um, bevor er fragte: »Können wir uns irgendwo unter vier Augen unterhalten?«

Doras Magen zog sich schmerzhaft zusammen. »Ja, wir können in mein Haus gehen.«

Er nickte matt.

»Haben Sie Neuigkeiten von Fräulein Annegret?«, wollte sie wissen, als sie Seite an Seite zum Gärtnerhaus gingen.

»Ich erzähle es dir drinnen.«

Seine Worte trafen sie wie ein Hieb vor die Brust und nur mit Mühe unterdrückte sie ein Japsen. »Ist etwas passiert?«

Er ignorierte ihre Frage und wartete, bis sie aufgeschlossen hatte. Sobald sie drinnen waren, verriegelte er die Tür, bevor er sich umdrehte: »Es tut mir leid, der Überbringer schlechter Neuigkeiten zu sein. Deine Herrin ist von der Gestapo verhaftet worden.«

»Was?« Doras Hand flog zum Mund, um einen Aufschrei zu unterdrücken.

»Ich konnte nichts tun. Ich habe nur dagestanden und zugesehen, wie sie davongefahren sind. Ich ... Ich weiß nicht einmal, wie ich hierher zurückgekommen bin ...« Er ließ sich auf das Sofa fallen und vergrub das Gesicht in den Händen. »Vermutlich sehen wir sie nie wieder.«

»Wie furchtbar!« Ihre Herrin lag Dora aufrichtig am Herzen. Sie war ihr nicht nur eine gute Freundin, sondern auch eine Mentorin und ein Vorbild geworden.

Nach kurzem Kampf, um seine Fassung wiederzuerlangen, sah Stefan in Doras Augen und sagte: »Ich werde ihre Arbeit fortsetzen, die Zwangsarbeiter in der Fabrik zu retten, doch dazu brauche ich deine Hilfe.«

»Ich werde alles tun«, stimmte Dora sofort zu, obwohl sie sich der Gefahr, die mit den geheimen Aktivitäten einherging, bewusst war. Jemand musste den armen Seelen helfen. Wenn ihr Idol Fräulein Annegret ihr Leben aufs Spiel gesetzt und wahrscheinlich verloren hatte, dann konnte Dora das auch tun.

»Zunächst müssen wir Annegrets Abwesenheit erklären«, sagte Stefan.

Dora schüttelte nachdenklich den Kopf. »Wir dürfen niemandem die Wahrheit sagen. Das führt nur zu weiterer Problemen. Aber wenn wir nichts sagen, dann alarmiert Frau Mertens schon bald die Behörden, und alles wird aufgedeckt. Wir brauchen einen Grund für Fräulein Annegrets lange Abwesenheit.«

»Genau das habe ich mir auch gedacht. Vielleicht können wir behaupten, dass sie Freunde aus Berlin getroffen und entschieden hat, eine Weile bei ihnen zu bleiben? Dass sie keine Lust mehr aufs langweilige Landleben hatte?«, schlug Stefan vor.

»Das ist gut. Frau Mertens hat selbst gesagt, dass Fräulein Annegret launenhaft ist und vom Landleben gelangweilt sein muss. Aber wer soll es ihr sagen? Sie wird misstrauisch sein, wenn Sie oder ich die Nachricht überbringen, denn sie würde zumindest einen Anruf von Fräulein Annegret erwarten.«

»Stimmt.« Stefan fuhr sich durch die bereits zerzausten Haare. »Frau Mertens muss es persönlich von ihr hören. Ein Anruf geht nicht, aber ... Was ist mit einem Brief?«

»Wir könnten einen Brief in ihrem Namen schreiben... allerdings kennt Frau Mertens ihre Handschrift und würde merken, dass jemand anderes ihn geschrieben hat.« Dora schüttelte den Kopf.

»Das ist zu gefährlich. Vielleicht ... Was ist mit einem getippten Brief?«

Sie dachte einen Moment nach. »Das könnte klappen. Aber ich kann nicht tippen.«

»Darum kümmere ich mich. Eine Bekannte von mir ist Stenotypistin. Sie wird uns helfen. Wir brauchen nur Annegrets Unterschrift. Hat Oliver etwas, das sie unterschrieben hat?«, fragte Stefan.

»Ich finde bestimmt etwas in seinem Büro«, bot Dora an.

»Gut. Kannst du ihre Unterschrift anhand einer Vorlage nachmachen? Ich würde es selbst tun, aber ich denke, eine Frauenhand wäre besser geeignet.«

Dora spürte die große Trauer, die von ihm ausging. Trotz der kurzen Zeit, in der er und ihre Herrin heimlich liiert gewesen waren, hatte Dora immer gewusst, dass Herr Stober Fräulein Annegret ernsthaft liebte, sogar schon bevor er ihre wahre Identität kannte. Im Gegensatz zu Oberscharführer Kallfass, der nur wegen der Vorteile, die ihr sozialer Status ihm gebracht hätte, an ihr interessiert gewesen war. Beim Gedanken an ihn presste Dora die Lippen zu einer schmalen Linie zusammen.

»Am besten setzen wir den Brief gleich auf, damit er abgetippt werden kann«, sagte Stefan und sah sich um. »Hast du Stift und Papier?«

»Moment.« Dora ging in die Küche und kehrte mit beidem zurück. Gemeinsam entwarfen sie einen Brief von Fräulein Annegret, in dem sie die Haushälterin unterrichtete, dass sie vorerst nicht auf Gut Plaun zurückkehren, sondern bei einer Freundin bleiben würde.

»Sollten wir nicht Anweisungen für Frau Mertens und Nils ergänzen, was sie während ihrer Abwesenheit erledigen sollen?«, fragte Stefan.

Dora nickte. »Und Sie sollten auch Anweisungen für Sie selbst dazuschreiben, sonst sieht es komisch aus.«

»Gute Idee.« Als sie fertig waren, steckte Stefan das Blatt Papier in die Tasche. »Ich sage Bescheid, wenn meine Bekannte mit dem Tippen fertig ist. In der Zwischenzeit kannst du in Olivers Büro nach Annegrets Unterschrift suchen.«

»Das mache ich heute Nachmittag. Zurzeit benutzt nur Ladislaus das Arbeitszimmer, wenn er Lieferungen arrangieren muss, aber er macht das immer vormittags.«

»Prima. Dann pass gut auf dich auf.« Stefan lächelte ihr zu. »Jetzt sind nur du und ich übrig.«

Emotionen drohten, Dora zu ersticken, aber irgendwie gelang es ihr zu sagen: »Das mit Ihrem Großvater und Fräulein Annegret tut mir wirklich leid.«

»Vielen Dank. Leider gibt es nichts, was sie zurückholen kann. Uns bleibt nur, ihr Vermächtnis zu ehren und so vielen Menschen wie möglich zu helfen. Kopf hoch, und versuch, dich normal zu verhalten. Ich weiß, es ist schwer, aber wir müssen Annegrets Geheimnis um jeden Preis bewahren. Schaffst du das?«

»Das werde ich. Ich bin froh, dass wenigstens Sie hier sind«, sagte Dora und trat aus dem Haus. »Warten Sie lieber ein paar Minuten, bevor Sie gehen. Wir wollen ja nicht, dass irgendjemand denkt, hier würden unziemliche Dinge vor sich gehen.« Sie legte sich eine Hand auf den Bauch, wo sie die leichte Wölbung ihres wachsenden Kindes fühlte.

32

Die nächtlichen Bombenangriffe hatten zugenommen, sodass Margarete sogar in den tiefen Kellern des Jüdischen Krankenhauses bei jeder Explosion zusammenzuckte. Trotz der Entwarnung am Morgen stellte sich kein Gefühl der Erleichterung ein.

Im Gegenteil, eine seltsame Spannung bemächtigte sich der Insassen des Durchgangslagers. Margarete konnte sich keinen Reim darauf machen, bis sie Zim um Erklärung bat.

Er antwortete mit einem verächtlichen Schnauben. »Es ist mir völlig schleierhaft, wie du so lange überleben konntest. Heute findet der wöchentliche Transport statt.«

»Nach Auschwitz?«, flüsterte sie, weil sie Angst hatte, den Namen laut auszusprechen.

»Natürlich, wohin sonst?« Er zuckte mit den Schultern. »In diesem Moment wird die endgültige Liste erstellt, und alle, die ihren Namen nicht darauf sehen wollen, sollten genug Geld auftreiben, um dafür zu bezahlen.«

»Geld?« Unter ihrer falschen Identität als Annegret hatte sie davon genug gehabt, aber hier drinnen? Die Gestapo hatte ihre Sachen und sogar ihren Körper gründlich abgesucht, sodass sie sich nicht vorstellen konnte, wie jemand Geld hätte hereinschmuggeln sollen.

»Ja, Geld. Du musst eine Menge Dinge sehr schnell lernen, wenn du am Leben bleiben willst«, meinte Zim.

Da Dobberke versprochen hatte, sie als Belohnung für ihre Mitarbeit von der Transportliste zu streichen, war sie nicht besonders nervös. Trotzdem blieb ein nagender Zweifel zurück, denn sie hatte gelernt, nie darauf zu vertrauen, dass ein Nazi Barmherzigkeit zeigte, wenn es um einen Juden ging. Deshalb fragte sie: »Woher weiß man, wer auf der Liste steht?«

»Du musst Ralf, den jüdischen Ordner, fragen. Wenn er Lust hat und du genug Geld, dann kann er dich normalerweise von der Liste streichen lassen. Zumindest für eine Woche.«

»Nur eine Woche?«, kreischte sie fast.

»Ja, die Gestapo muss ihre Quoten erfüllen. Jede Woche gibt es einen Transport, und um keine wertvolle Kohle zu verschwenden, muss er voll sein.« Zim wandte sich ab und gab damit zu verstehen, dass die Unterhaltung beendet war.

Einige Stunden später betraten SS-Männer den überfüllten Raum und begannen, Namen aufzurufen. Margarete nahm an, dass dies die Unglücklichen waren, die abtransportiert wurden. Da sie sich sicher war, nicht betroffen zu sein, hörte sie nur mit halbem Ohr hin und konzentrierte sich stattdessen darauf, den Schock, das Entsetzen und die Trauer zu beobachten, wenn jemand seinen Namen vernahm.

Obwohl sie bereits Zeuge so viel menschlichen Leids geworden war, erlebte sie nun eine der schlimmsten Situationen der letzten zwölf Monate. Die Beschönigung der Transporte als angebliche Evakuierung zu besseren Orten im Osten war längst durch geheime Botschaften, Hörensagen und übermütiges Prahlen seitens der Nazis gelüftet worden, sodass die ausgewählten Personen genau wussten, was sie erwartete.

Diejenigen, die die Hoffnung bereits aufgegeben hatten, bewegten sich mit stoischem Fatalismus zur Tür. Andere hingegen weinten bitterlich. Nur einige wenige jugendliche Hitzköpfe wandten sich in heftigen, aber aussichtslosen Angriffen gegen die, welche sie in den Tod schickten. Zurück blieben ihre blutüberströmten Körper auf dem kalten Steinboden.

Margarete dachte über das Böse nach, das mit einem einzigen Mann angefangen hatte und sich wie Wundbrand in Gliedmaßen über die ganze Nation ausgebreitet hatte. Es gab offenbar nichts, was dies aufhalten konnte. Da hörte sie ihren Namen. Weil sie ihren Ohren nicht traute, blieb sie still und beobachtete die anderen Häftlinge. Als sich niemand rührte, rief der SS-Mann ein zweites Mal: »Margarete Rosenbaum!«

Erst jetzt verstand sie, dass sie wirklich gemeint war. Das Blut gefror ihr in den Adern, während ihre Füße sich eigenständig Richtung Tür in Bewegung setzten. Die Zeit schien sich zu verlangsamen, als sie wie durch hüfthohen Morast watete, der sie festzuhalten schien. Dennoch erreichte sie irgendwie den jüdischen Ordner neben den SS-Männern. Kaum war sie bei Ralf angekommen, verschwand der Morast, und ihr Verstand fing endlich wieder an zu arbeiten.

»Das muss ein Irrtum sein. Hauptscharführer Dobberke hat versprochen, mich nicht auf die Liste zu setzen.«

Ralf grinste dreckig, wobei er eine Zahnlücke entblößte. »Ach ja? Tja, da hat er wohl gelogen.« Dann zwinkerte er zwei SS-Männern zu, sie in den Hof zu schubsen, wo bereits ein Möbelwagen wartete.

»Nein, das können Sie nicht tun!«, schrie Margarete panikerfüllt.

»Ich kann alles tun, was ich will, aber du, du bist nur irgendeine mittellose Jüdin.«

»Sie sind doch selbst Jude.«

Er schüttelte den Kopf. »Nein, Schätzchen. Dobberke hat versprochen, mich zum Ehrenarier zu ernennen, sobald der Krieg vorbei ist.«

Verachtung, Scham und Mitleid für den verblendeten Mann erfüllten sie. Es war eine Sache, als Christ Antisemit zu sein, aber als Jude das eigene Volk zu hassen? Wie unerträglich abstoßend! Sie hatte keine Gelegenheit, länger über Ralfs Verhalten nachzudenken, denn die SS-Schergen trieben sie erbarmungslos vorwärts, wobei sie großzügig Tritte und Schläge verteilten, wenn jemand stolperte oder nicht schnell genug war.

Der Lastwagen war nur zu Hälfte gefüllt, als er geschlossen wurde und sich in Bewegung setzte. Margarete kauerte in einer Ecke. Sie hatte die Arme um die Beine geschlungen, ihr Kopf ruhte auf den Knien. Es war fast vollständig dunkel im Inneren, und sie konnte nicht erkennen, in welche Richtung sie fuhren. Wenn sie ehrlich war, dann wusste sie tief im Herzen, dass es vermutlich ihre letzte Reise war. Sie hatte eine schreckliche Vorstellung davon, wo sie enden würde.

Plötzlich hielt der Laster, die Türen öffneten sich, und weitere Häftlinge wurden hineingetrieben. Anders als die vom Jüdischen Krankenhaus, die ihre zivile Kleidung trugen, hatten diese Gefängniskleidung an, jedoch nicht die fadenscheinige, gestreifte aus den Lagern mit farbigen Dreiecken, um die verschiedenen Kategorien von Häftlingen zu unterscheiden, sondern Kutten aus etwas robusterem, einfarbigem Stoff ohne Kennzeichen. Aufregung herrschte, als immer noch mehr Menschen hineingeschoben wurden und buchstäblich auf denen landeten, die auf dem Boden kauerten. Lange, nachdem die Türen scheppernd ins Schloss gefallen waren, versuchten die Insassen immer noch, ihre Gliedmaßen zu sortieren und ein Plätzchen zu ergattern. Es war nun so voll, dass man sich nicht mehr hinsetzen konnte. Also stand Margarete und schwankte bedenklich, während der Laster durch Berlin kurvte.

Jemand begann eine Unterhaltung, und sie erfuhr, dass die Neuankömmlinge aus einem Gefängnis für politische Gefangene kamen. Sie schöpfte Mut daraus, denn Zim hatte ihr gesagt, dass diese normalerweise nicht in Vernichtungslager geschickt wurden.

Doch ihre Zuversicht währte nicht lange, denn beim nächsten Halt wurden sie alle unter Schnell-schnell-Rufen auf eine Zugrampe getrieben. Ein älterer Herr hinter ihr stolperte, und sie drehte sich um, um ihm vom Laster zu helfen.

Sie schenkte dem Trugbild vor ihren Augen keinen Glauben, nahm seine Hand und führte ihn zur anderen Seite der Rampe. Er war nur ein fremder alter Mann, ein Häftling unter vielen.

»Bist du es wirklich, Gretchen?«, fragte er mit brüchiger Stimme.

Sie schüttelte den Kopf, denn immer noch konnte sie nicht glauben, was ihre Ohren und Augen ihr soufflierten. Er sah so viel erbärmlicher aus als in ihrer Erinnerung. Diese gebrochene Kreatur konnte unmöglich ihr geliebter Onkel Ernst sein.

»Wie?«, flüsterte sie.

»Katze hat mich in der Nähe behalten, um sicherzustellen, dass du kooperierst, bis … Er hatte nach deiner Verhaftung keine Verwendung mehr für mich. Ich bin so froh, dich am Leben zu sehen.«

Margarete umarmte ihren Onkel und sie stellten sich ans äußerste Ende der Rampe, denn sie wollte nicht in der Menschenmasse eingeschlossen sein. Neue Energie strömte durch ihre Adern; egal, was als Nächstes geschah, sie war nicht mehr allein.

Zwei SS-Männer stolzierten auf die Rampe zu und sprachen mit dem Aufseher, der den Ausgang bewachte. Mit gespitzten Ohren schnappte Margarete Fetzen ihrer Unterhaltung auf: »Bombenschäden … Häftlinge … Aufräumarbeiten …«

Wenn sie die Wahl hatte, auf Transport nach Auschwitz zu gehen oder Schutt wegzuräumen, war ihr Letzteres tausendmal lieber. Sie ergriff Ernsts Arm und flüsterte: »Steh so aufrecht, wie es geht, und sieh stark aus. Wir kommen hier raus.« Dann näherten sie sich unauffällig den SS-Männern, hielten jedoch eine sichere Distanz, bis einer von ihnen rief: »Wir brauchen zwanzig Freiwillige!«

Wie immer erfuhr man nicht, wozu diese gebraucht wurden, und selbst wenn, wäre es vermutlich gelogen. So viel hatte Margarete von Zim gelernt. Aus diesem Grund zögerte die Menge, anders als Margarete. Nach dem, was sie aufgeschnappt hatte, war sie willens, die Chance zu ergreifen. Schnell trat sie vor einen der SS-Männer, wobei sie die unterwürfige Haltung einer schikanierten Jüdin annahm – ganz anders als Annegret aufgetreten wäre –, und sagte: »Herr Scharführer, wir melden uns freiwillig.«

Dem Mann schien es zu gefallen, dass sie ihn mit dem korrekten Rang angesprochen hatte, doch dann bemerkte er Onkel Ernst. »Er ist zu alt.«

»Herr Scharführer, dieser Mann ist unglaublich stark. Sie werden sehen.«

Da sich nicht viele Freiwillige meldeten und die meisten davon auch nicht gerade stark und gesund aussahen, zuckte er die Achseln. »Was kümmert es mich? Sammeln Sie sich da drüben.« Er zeigte auf eine Stelle abseits der Rampe und damit außerhalb des Gefahrenbereichs, mit dem Zug nach Auschwitz verschleppt zu werden.

Es sah so aus, als wären sie dem Tod ein weiteres Mal von der Schippe gesprungen – zumindest für einige Tage, und das war alles, was Margarete in diesem Moment ersehnte.

Sobald sich zwanzig Personen gefunden hatten, öffnete der SS-Mann ein Tor und führte sie aus dem abgesperrten Bereich. »In den Laster. Zack, zack!«, bellte er.

Kaum waren sie wieder im dunklen Möbelwagen eingeschlossen, drückte Margarete ganz fest Onkel Ernsts Hand. Hoffentlich hatte sie keine falsche Entscheidung getroffen.

Als habe er ihre Gedanken gelesen, sagte er: »Gretchen, es wird alles gut.«

»Wie geht es dir?«, fragte sie und rückte näher an ihn heran. Es war eine solche Erleichterung, endlich wieder einen Verbündeten zu haben, einen Menschen, dem sie voll und ganz vertrauen konnte.

»Es tut mir so leid, dass ich dich verraten habe.« Sein Geständnis verschlug ihr die Sprache. Nach einigen Sekunden des Schweigens schien Ernst die Notwendigkeit zu spüren sich zu erklären: »Wir möchten alle glauben, dass wir stärker sind, als es tatsächlich der Fall ist. Leider bin ich nicht aus härterem Holz geschnitzt, ich bin nur ein alter Mann, der Philosophie studiert hat. Wie sich am Ende herausgestellt hat, bin ich kein Held. Ich habe ihnen alles gesagt, was sie wissen wollten, nur damit der Schmerz endlich aufhört.«

Margaretes Herz quoll über vor Mitgefühl, als sie sich an ihre eigene Erfahrung mit Folter erinnerte. Wäre ihr nicht Stefan auf unerklärliche Weise vor dem inneren Auge erschienen, der ihr den Ausweg zeigte, hätte sie selbst bereitwillig alles und jeden verraten.

Thomas Kallfass hatte damals damit geprahlt, ihren Onkel gefoltert zu haben, um die Wahrheit von ihm zu erfahren. Doch bis sie dasselbe erlebt hatte, war ihr die Verzweiflung einer solchen Situation nicht wirklich bewusst gewesen. »Es war nicht deine Schuld. Niemand kann der Folter der Gestapo widerstehen.«

»Einige tun es.« Ernst lächelte, offenbar tief in Gedanken versunken. »Ich hatte die Ehre, einige der tapfersten Menschen kennenzulernen. Helden, die sich ihren Peinigern bis zum letzten Atemzug widersetzten und ihnen sogar unter den unerträglichsten Schmerzen Widerworte entgegengeschleuderten. Ich gehöre nicht dazu. Ich habe mich gebeugt. Und deshalb bitte ich um deine Vergebung.«

Margarete hatte es ihrem Onkel nie verübelt, dass er Thomas ihre wahre Identität verraten hatte. Zudem hatte die Befragung im Jüdischen Krankenhaus in der Schulstraße bewiesen, dass auch sie nicht aus dem Material von Helden geschnitzt war und nur die Eingebung, hochrangige Nazis der Rassenschande zu beschuldigen, sie davor bewahrt hatte, ihre Liebsten zu verraten.

»Es gibt nichts zu vergeben«, meinte sie und tätschelte seine Hand. »Schon gar nicht, nachdem Thomas' Plan nicht aufgegangen ist. Es wird dich freuen zu hören, dass Horst Richter ihm nicht glaubte und ihn ins Arbeitslager von Mauthausen geschickt hat.« Sie entschied, den Teil der Geschichte auszulassen, als Horst sie gezwungen hatte, in den eisigen See zu springen. Wenn Stefan nicht gewesen wäre ... *Stefan.* Zutiefst bereute sie den Streit mit ihm. Wenn sie ihm doch nur noch ein einziges Mal sagen könnte, wie sehr sie ihn liebte. Wahrscheinlich würde sich dieser Wunsch nicht erfüllen. Wenigstens spürte sie in den Tiefen ihrer Seele, dass er wohlbehalten nach Gut Plaun zurückgekehrt war, und dafür war sie unendlich dankbar.

»Das Unglück anderer bereitet mir keine Freude, aber ich bin unglaublich froh, dich lebendig und wohlauf vorzufinden.«

Dass sie wohlauf war, mochte eine Übertreibung sein, aber sie war am Leben – und das war alles, was zählte.

»Und jetzt erzähle mir, wie du hier gelandet bist«, bat Onkel Ernst.

Sie wollte nicht näher auf ihre eigenen Fehler eingehen, deshalb sagte sie bloß: »Es läuft darauf hinaus, dass ich der falschen Person vertraut habe. Ich dachte, sie sei eine Freundin, in Wahrheit ist sie eine Jüdin, die sich entschieden hat, für die Gestapo zu arbeiten.«

»Ach herrje.« Onkel Ernst war sichtlich erschüttert.

Kurze Zeit später hielt der Lastwagen, und sie wurden hinausgetrieben. Dort erhielten sie Besen und Schaufeln, um den Schutt von den Straßen zu räumen. Es war eine mühselige Arbeit, obschon sie das Glück hatten, keine heruntergefallenen

Betonbrocken schleppen zu müssen wie andere Häftlings-gruppen.

Margarete sorgte dafür, dass ihr Onkel immer die leichteste Arbeit zu verrichten hatte. Als sie ihm am Abend etwas von ihrer Suppe anbot, schüttelte er den Kopf.

»Ich weiß zu schätzen, dass du dich um mich kümmern möchtest, aber du musst auch essen.«

»Ich habe in den letzten Jahren auf Gut Plaun sehr gut gegessen. Ich kann es mir leisten, eine Weile zu fasten.«

»Nein, das kannst du nicht. Wir wissen nicht, wie lange das hier dauern wird. Also tu mir den Gefallen und iss deine Portion.«

Margarete nahm die angebotene Schale wieder an sich, zu gleichen Teilen froh und traurig. Hunger, wie sie ihn nie zuvor gekannt hatte, nagte an ihren Eingeweiden, und trotz ihrer Versicherung, dass sie über ausreichende Reserven verfügte, spürte sie ihre Kraft von Tag zu Tag schwinden. Das Fegen, das ihr am ersten Tag so leicht vorgekommen war, hatte sich nach und nach zu einer erschöpfenden und aufreibenden Arbeit entwickelt, bis sie fast übermenschlich anstrengend geworden war.

Tag um Tag von morgens bis abends zu schuften und sich nachts in kargen Unterkünften zusammenzudrängen, die kaum gegen die beißende Kälte abschirmten, hatte Margarete zermürbt. Am ersten Tag hatte jeder Häftling eine Decke erhalten, die kaum dicker als ein Bettlaken war und keinesfalls ausreichte, um sie nachts warm zu halten. Nur indem sie, Ernst und eine weitere Frau, mit der sie sich angefreundet hatten, sich nachts aneinanderschmiegten, konnten sie der schlimmen Kälte trotzen.

Die Tage vergingen wie eine gleichtönige graue Masse, wobei die Zeit immer zu langsam verging, denn jeder wache Moment war eine Tortur. Nachts hingegen rasten die Stunden nur so dahin. Es kam Margarete immer so vor, als weckten die

Aufseher sie für einen weiteren qualvollen Tag just in dem Moment, wenn sie endlich eingeschlafen war.

Ohne dass sie es bemerkte, verging das alte Jahr. 1945 brach an und mit ihm das Raunen über den bevorstehenden Sieg der Alliierten, nicht zuletzt dank deren absoluter Überlegenheit im Luftraum. Jede Nacht und jeden Tag kamen die Bomber, um ihre tödliche Fracht auf Hitlers Hauptstadt abzuwerfen.

Dann, eines Tages Anfang Januar, spie der Laster, der sie normalerweise zu einer der Trümmerstraßen brachte, seine Ladung auf einer Zugrampe aus.

»Was ist los? Wo sind wir? Wohin bringen Sie uns? Wieso?« Viele Stimmen redeten durcheinander, wie immer gab es keine Antwort.

Die Rampe füllte sich mit verzweifelten Menschen, an deren Brust ein gelber Stern prangte. Gerade als Margarete glaubte, dass kein Platz mehr für auch nur eine einzige weitere Person war, fuhr eine Lokomotive mit einem Dutzend oder mehr Viehwaggons in den Bahnhof ein.

Das Blut wich ihr aus dem Gesicht. Sie packte Onkel Ernsts Hand. »Das war es. Das ist unsere letzte Reise.«

Er war in den letzten Wochen körperlich noch viel schwächer geworden, sodass er nur noch ein bloßer Schatten zu sein schien, der in der Luft schwebte. Dennoch hatte er seinen Humor beibehalten. »Es ist nicht vorbei, bis es vorbei ist.«

»Dann geben wir besser noch nicht auf«, stöhnte Margarete.

»Wohin fahren wir?«, fragte ein junges Mädchen, als sie in die Waggons getrieben wurden.

»Nach Auschwitz. Mach deinen Frieden mit Gott. Du trittst bald vor ihn«, antwortete ein Mann aus der Mitte des Waggons.

Margarete sah im Gesicht des Mädchens wie der Lebenswille und Kampfgeist aus ihr wich und schloss ihre eigenen

Augen im Wissen, dass sie vermutlich dasselbe verrieten. Das war es also. Sie hoffte nur, dass sie dem Tod mit demselben Mut entgegentreten konnte, der ihr dabei geholfen hatte, sich so lange als Annegret auszugeben, denn sie wollte nicht als Feigling sterben.

33

Stefan fühlte sich oft wie der letzte Mohikaner. Er war der einzige Mann im wehrfähigen Alter auf Gut Plaun und die einzige Person, die noch aktiv Widerstand leistete. Nach dem Tod seines Großvaters hatte er vorsichtige Erkundigungen eingezogen und erfahren, dass Sandra, die Organisatorin des lokalen Teils der Fluchtlinie, in ein KZ geschickt worden war.

Außer ihm gab es nur noch Dora. Er wusste, dass sie regelmäßig jemanden in der Stadt besuchte, doch er fragte nie, wer das war und was Dora genau tat. Genauso wie sie sich nie nach seinen wahren Aktivitäten in der Fabrik erkundigte, wo er weiterhin die Munitionsherstellung sabotierte.

Nachdem Franz Volkmer und die meisten deutschen Vorarbeiter eingezogen worden waren, war es viel einfacher geworden, denn jetzt konnte er sich dort frei bewegen. Trotzdem musste er vorsichtig sein. Nicht so sehr aus Angst entdeckt zu werden, sondern weil er keine unschuldigen Leben riskieren wollte. Die Chemikalien waren hochexplosiv, und er musste aufpassen, keinen der Arbeiter durch seine Sabotage zu verletzen oder gar zu töten. Er wollte den Krieg verkürzen, nicht zum schlimmsten Albtraum der Häftlinge werden.

Wie ein Verrückter hatte er sich in die Arbeit gestürzt, um seinen Seelenschmerz zu betäuben. Er vermisste Margarete so sehr wie eine amputierte Gliedmaße. Deshalb vermied er jede Untätigkeit, damit seine Gedanken nicht bei ihr verweilten und den Schmerz unerträglich machten. Tief im Herzen spürte er immer noch eine enge Verbindung zu ihr, was ihn hoffen ließ, dass sie noch am Leben war. Allerdings dachte er lieber nicht über ihre Lebensbedingungen nach.

Nach einem langen Arbeitstag radelte er gerade zum Gutshaus, um in Olivers Büro neue Rohmaterialien zu bestellen, als lautes Hufgeklapper seine Aufmerksamkeit erregte. Er fuhr dem Geräusch nach zu den Ställen, und als er um eine Ecke bog, sah er, wie mehrere Pferde auf Anhänger verladen wurden.

»Was geht hier vor sich?«, fragte er einen der Wehrmachtsoldaten.

»Wir nehmen die Pferde mit«, antwortete dieser.

Inzwischen kam der völlig überforderte Ladislaus zu Stefan gelaufen: »Dem Himmel sei Dank, Sie sind da. Diese Männer hören nicht auf mich. Vielleicht können Sie ihnen klarmachen, dass diese Pferde noch nicht eingefahren sind. Sie sind für die Wehrmacht nicht zu gebrauchen.«

Stefan kannte sich mit Pferden nicht aus, trotzdem nickte er. »Ich kann es versuchen.« Insgeheim zweifelte er daran, dass die Soldaten auf ihn hören würden, wenn sie schon nicht auf Ladislaus gehört hatten.

»Entschuldigung, kann ich kurz mit Ihnen sprechen?«, wandte sich Stefan an den ranghöchsten Offizier.

»Wer sind Sie?«

»Ich bin der Verwalter von Gut Plaun.« Bewusst erwähnte er nicht, dass er eigentlich nur für die Nitropentafabrik zuständig war. Mit einem Nicken zu Ladislaus fügte er hinzu: »Mein Pferdeknecht hat mir gerade gesagt, dass Ihre Männer

sämtliche Pferde mitnehmen. Die sind jedoch noch nicht eingefahren und laut unseren Verträgen –«

»Diese Verträge sind null und nichtig. Meine Befehle
kommen von ganz oben. Wir brauchen jedes einsatzfähige
Pferd, und zwar sofort.«

»Bei allem Respekt, mein Herr, die Hälfte der Stuten ist
trächtig«, schaltete sich Ladislaus mit seinem polnischen
Akzent ein, den Blick fest auf den Boden gerichtet.

»Wer ist dieser Ausländer? Und wieso glaubt er, dass er
mich ansprechen darf?«, schalt der Offizier.

»Bitte entschuldigen Sie«, antwortete Stefan. »Weil unser
Stallmeister eingezogen wurde, mussten wir Ostarbeiter
nehmen, um das Gestüt weiter zu betreiben. Er ist der Vorarbeiter, weil er Deutsch spricht.«

»Er ist trotzdem immer noch ein verdammter Slawe und hat
kein Recht, mit mir zu reden.«

»Ich bitte vielmals um Entschuldigung. Es wird nicht
wieder vorkommen.« Stefan gab Ladislaus ein Zeichen zu
verschwinden, denn es war besser, jede weitere Auseinander-
setzung mit dem Wehrmachtoffizier zu vermeiden. »Könnten
Sie wenigstens die Zuchtstuten dalassen?«

»Meine Befehle lassen leider keinen Spielraum zu. Sie
sollten stolz auf jedes Pferd sein, das im totalen Krieg zum
Endsieg beiträgt.«

»Das sind wir. Hier auf Gut Plaun sind wir immer bestrebt,
dem Vaterland bestmöglich zu dienen.« Diese Worte hatte
Annegret immer benutzt, wenn sie es mit Nazis zu tun gehabt
hatte. Wieder spürte er eine direkte Verbindung zu ihr, einfach
indem er ihre Worte wiederholte. Es war sowohl tröstlich als
auch aufwühlend. Immer noch bereute er, sich nicht stärker
bemüht zu haben, sie von dem Treffen mit Thea abzuhalten. Er
hätte sie wenigstens begleiten oder eingreifen sollen, als sie
verhaftet wurde ... *Bitte verzeih mir, mein Liebling. Ich hätte*

besser auf dich aufpassen müssen, dachte er voller Schuldgefühle.

»Sieg Heil«, salutierte der Soldat, und Stefan blieb nichts anderes übrig, als den Gruß zu erwidern.

Es dauerte nicht lange, bis alle Pferde außer ein paar Fohlen verladen waren und der letzte Anhänger eine Staubfahne hinter sich lassend die Auffahrt hinunterrollte. Kaum waren die Fahrzeuge außer Sicht, kam Ladislaus kopfschüttelnd zurück auf den Hof.

»Es tut mir leid, ich konnte nichts tun«, sagte Stefan.

»Und jetzt?« Ladislaus zeigte auf das Dutzend Häftlinge, das dem Gestüt zugeteilt worden war. »Was wird aus uns?«

Stefan wusste, dass sie befürchteten, in ein von der SS überwachtes Lager geschickt zu werden. »Natürlich bleibt ihr alle hier. Frag Nils, ob er Hilfe in Haus und Garten braucht. Spätestens im Frühling brauchen wir jede Hand in der Landwirtschaft und mit den Obstbäumen.«

»Dürfen wir trotzdem noch hier schlafen?«, fragte ein anderer Häftling.

Stefan fragte sich, wann und von wem er zum Gutsherrn ernannt worden war. Vielleicht war es unvermeidlich gewesen, denn Ladislaus war Ausländer, und Nils war zwar handwerklich begabt, besaß jedoch nicht den Intellekt, um die Geschäfte zu führen. »Wieso nicht. Aber ihr müsst unbedingt immer beschäftigt wirken für den Fall, dass jemand zur Kontrolle vorbeikommt.«

Ladislaus grinste. »Auch ohne die Pferde gibt es hier mehr als genug zu tun. Zum Beispiel sind an den Ställen Reparaturen nötig.«

»Prima. Ich bin froh, dass wir dich haben.«

»Herr Stober, darf ich eine Frage stellen?«

»Natürlich.«

»Was ist wirklich mit Fräulein Annegret passiert?«

Jeder auf Gut Plaun hatte dieselbe Lüge zu hören bekommen: dass Annegret Freunde aus Berlin getroffen hatte und für eine Weile bei ihnen bleiben wollte, weil das Landleben sie langweilte.

»Sie ist bei ihren Bekannten«, antwortete Stefan ausweichend. Es gab zwar keinen Grund, an Ladislaus' Loyalität zu zweifeln, doch je weniger Menschen ihre wahre Identität kannten, desto besser. Sogar jetzt.

»Ist sie ...? Ich meine, geht es ihr gut? Sie ist eine so nette Person, und wir wünschen uns alle, dass sie wohlauf ist.«

Stefan schüttelte den Kopf. »Ich kann es nicht mit Sicherheit sagen, aber ich bezweifle, dass sie jemals zurückkehren wird.«

»Wie schade.« Ladislaus wandte sich zum Gehen, dann blickte er zurück und sagte: »Wenn das alles hier vorbei ist und sie oder jemand anderes auf Gut Plaun meine Hilfe brauche ...«

»Danke, ich weiß das wirklich zu schätzen. Hoffentlich endet der Krieg eher früher als später.« Mit diesen Worten verließ Stefan die Ställe und ging zum Gutshaus, um dringende Telefonate mit den Zulieferern zu führen.

Allerdings wartete dort bereits ein anderer unwillkommener Gast auf ihn.

»Oberscharführer Katze, was führt Sie hierher?«, fragte Stefan, obwohl er den Besuch seit dem Tag von Margaretes Verschwinden erwartet hatte. Um einer Konfrontation mit dem SS-Mann aus dem Weg zu gehen, hatte er Nils in den letzten beiden Monaten nach Parchim geschickt, um das Bestechungsgeld unter dem Vorwand zu überbringen, Papiere zur Unterschrift und zur Beglaubigung zu senden. In diesem Monat jedoch hatte er das Geld bewusst zurückgehalten, um zu sehen, was passieren würde. Vielleicht konnte er Katze überzeugen, einer geringeren Summe zuzustimmen.

»In der Fabrik hieß es, dass Sie hier sind. Sind Sie jetzt der neue Gutsverwalter?«, fragte Katze.

»Nein. Mir wurde freundlicherweise gestattet, das Büro für

die Kommunikation mit unseren Zulieferern zu benutzen, da sämtliche Unterlagen hier aufbewahrt werden. Das war einfacher, als alles in die Fabrik zu schaffen.« Es juckte Stefan in den Händen, Katze die Zähne auszuschlagen, denn letztlich war dessen Gier der Grund für Margaretes Verhaftung. Ohne seine unbarmherzige Erpressung hätte sie nicht nach Berlin fahren müssen, um den Schmuck zu verkaufen, und dann hätte sie Thea nicht getroffen ... Aber es war müßig, darüber nachzudenken, was hätte sein können.

»Gehen wir trotzdem ins Büro. Ich möchte unter vier Augen mit Ihnen sprechen«, sagte Katze.

»Wie Sie wünschen, Oberscharführer Katze.« Stefan führte ihn den Gang hinunter, vorbei an der Küche, wo Dora und Frau Mertens das Abendessen vorbereiteten. Als sie Olivers Arbeitszimmer betraten, sagte Stefan: »Bitte nehmen Sie doch Platz. Möchten Sie etwas trinken?«

»Nicht nötig.« Katze schloss die Tür, bevor er sich umsah. »Nettes Plätzchen.«

»Sie sind zum ersten Mal hier?« Stefan war überrascht.

»Es ergab sich bisher keine Gelegenheit. Fräulein Annegret hat es immer vorgezogen, in mein Büro in Parchim zu kommen. Das ist ja auch viel größer und schöner als dieses hier.«

Wäre die Situation nicht so ernst gewesen, hätte Stefan laut über Katzes lächerliches Bedürfnis gelacht, immer das Größte, Beste und Schönste von allem zu haben. Bewusst blieb er stumm und genoss Katzes sichtliches Unbehagen.

Schließlich räusperte sich dieser. »Ihre Arbeitgeberin und ich hatten eine Vereinbarung. Ich bin hier, um meine Gebühr abzuholen.«

»Es tut mir leid, Fräulein Annegret hat mir keine entsprechenden Anweisungen hinterlassen. Hat es mit der Fabrik zu tun?« Stefan entschied, sich dumm zu stellen, um zu sehen, ob Katze ihm etwas in die Hand gab.

»Und ob. Sie wollte unbedingt Ausnahmegenehmigungen

für bestimmte unentbehrliche Zwangsarbeiter. Ich habe ein weiches Herz«, log Katze, ohne mit der Wimper zu zucken, »deshalb habe ich ihr geholfen, aber so etwas ist kostspielig, wenn Sie verstehen, was ich meine.«

Stefan riss die Augen auf und tat schockiert. »Ich kann nicht glauben, dass Fräulein Annegret Bestechung duldet. *Ich* tue das jedenfalls nicht.«

Katze runzelte verwirrt die Stirn, erlangte schnell die Fassung wieder und sagte: »Ich will ganz offen sein. Ohne monatliche Zahlung gibt es keine Sondergenehmigungen mehr für Ihre jüdischen Häftlinge.«

Etwas in Katzes Augen ermutigte Stefan, das Spiel ein wenig weiter zu treiben. »Ich fürchte, ich habe keinen Zugriff auf Geld, das nicht in den Büchern erscheint, wenn Sie verstehen. Vielleicht sollten Sie Fräulein Annegret persönlich fragen? Sie besucht Freunde in Berlin.«

»Das hat man Sie glauben lassen?« Katze zog eine komische Grimasse.

Stefan nickte und fragte sich, ob Katze wusste, dass sie verhaftet worden war.

»Ha! Nichts könnte weiter von der Wahrheit entfernt sein. Diese dumme Jüdin wurde von der Gestapo verhaftet.«

Stefan lief es eiskalt über den Rücken, doch es gelang ihm, seine Züge unter Kontrolle zu halten und den Unschuldigen zu mimen. »Von welcher Jüdin sprechen Sie? Die einzigen, von denen ich weiß, sind die Häftlinge in der Fabrik.«

»Na, von Fräulein Annegret. Ihre hochverehrte Gutsherrin ist in Wirklichkeit eine Jüdin.«

Mit aufgerissenen Augen und erhobener Stimme antwortete Stefan: »Fräulein Annegret eine Jüdin? Wie können Sie es wagen, sie einer solchen Abscheulichkeit zu bezichtigen? Sie entstammt einer der angesehensten Familien der Gegend. Nachgewiesen arisch über sechs Generationen. Sie hat die makelloseste Abstammung, die ich je gesehen habe. In der

Bibliothek hängt ein Stammbaum, den kann ich Ihnen zeigen –«

Katze unterbrach ihn mit einer Handbewegung. »Sie einfältiger Tölpel. Die Frau, die nach dem ach so tragischen Tod ihrer Familie auf Gut Plaun aufgetaucht ist, war nicht Annegret Huber, sondern eine gerissene Hochstaplerin. Ein jüdisches Miststück, das sich als Tochter des Hauses ausgegeben hat.«

Natürlich hatte Stefan die ganze Zeit davon gewusst, dennoch rief er empört: »Was? Sind Sie sicher?«

»Und ob ich das bin!«

»Was für eine verruchte Tat! Ich habe sie vor kaum einem Jahr erst kennengelernt. Aber ich kann mir nicht vorstellen, wie sie mit einer solchen Täuschung durchgekommen sein soll, die Leute in der Stadt und sogar die Angestellten, die sie seit ihrer Kindheit kannten, so hinters Licht zu führen«, sagte Stefan nachdenklich.

»Und doch hat sie es getan. Was wieder einmal beweist, was für ein hinterhältiger und verlogener Abschaum die Juden sind. Obwohl sie *mich* nicht täuschen konnte«, brüstete Katze sich. »Ich habe den Braten gleich gerochen.«

Soweit Stefan wusste, war es Thomas Kallfass gewesen, der Margarete entlarvt hatte. Sein Untergebener Katze hatte nur die Gelegenheit beim Schopfe gepackt, Annegret zu erpressen, sobald sein Vorgesetzter aus dem Weg geräumt worden war. Das brachte Stefan auf eine Idee. »Wie haben Sie das denn herausgefunden, wenn diese Frau alle anderen zum Narren gehalten hat?«

»Nun«, Katze machte ein wichtiges Gesicht, offensichtlich stolz auf seine Leistung. »Für jemanden mit meinen Fähigkeiten und Verbindungen war es nicht schwer. Ich habe sie von dem Moment an verdächtigt, als sie Gut Plaun das erste Mal betreten hat. Weil Reichskriminaldirektor Richter sie unter seine Fittiche genommen hatte, konnte ich meine Nachforschungen nicht zu offensiv betreiben. Es genügt zu sagen, dass ihr Onkel sie schließlich verraten hat. Stellen Sie sich vor, ihr eigener Onkel! Was für ein verkommenes jüdisches Subjekt, das ohne Skrupel sein eigen Fleisch und Blut verrät, um seine miserable Haut zu retten.«

Stefan ballte die Fäuste, denn er hatte eine ziemlich gute Vorstellung von den Foltermethoden, die bei Margaretes Onkel angewandt worden waren, damit er plauderte. »Ich bin sprachlos und zutiefst verstört. Wie konnte ich nichts davon bemerken?«

»Es ist nicht Ihre Schuld, so naiv zu sein. Dafür ist die SS ja da, um Verbrecher in unserer Mitte zu entlarven. – Aber genug davon. Ihre Arbeitgeberin gibt es nicht mehr. Die Gestapo hat sie inzwischen auf Transport nach Auschwitz geschickt.« Katze senkte die Stimme zu einem verschwörischen Flüstern. »Offenbar haben Sie jetzt hier das Sagen, und es gibt niemanden, der Sie überwacht. Wollen wir uns nicht zusammentun? Ich stelle Ihnen sämtliche Unterlagen und Dokumente aus, die Sie brauchen, um die Fabrik am Laufen zu halten. Im Gegenzug teilen wir uns die Erträge halbehalbe.«

Stefan sagte mehrere Sekunden lang nichts. Stattdessen schätzte er die Situation geschwind ein, um herauszufinden, wie er sie zu seinen Gunsten nutzen konnte. Lothar Katze war genauso dumm wie habgierig und darüber hinaus ein Feigling. Wenn Stefan seine Karten geschickt ausspielte, konnte er sich des Erpressers ein für alle Mal entledigen. »Sie wussten also die ganze Zeit, dass diese Frau eine Jüdin ist, die sich für die wohlangesehene Annegret Huber ausgibt?«

Katze nickte strahlend. »Ja. Sie hat zwar versucht, mich an der Nase herumzuführen, aber ich bin ihr auf die Schliche gekommen.«

»Wie lange ist das her?«, erkundigte sich Stefan vorsichtig.

»Ist das wichtig?«

»Spannen Sie mich nicht auf die Folter. Ich bin neugierig,

weil ich nicht den leisesten Verdacht hegte, dass sie in Wirklichkeit jemand anderes ist.«

»Ich weiß es schon seit fast einem Jahr«, bestätigte Katze.

»Aha. Und Sie haben Ihr Wissen nie mit jemandem geteilt? Nie Ihre Vorgesetzten informiert?«, fragte Stefan. Seine Stimme wurde immer leiser, wohingegen seine Miene sich verhärtete. Als Katze den Mund öffnete, um sich zu rechtfertigen, schüttelte Stefan den Kopf und hielt einen Finger in die Höhe, um ihn zum Schweigen zu bringen. »Lassen Sie mich eines klarstellen. Sie können nicken, wenn Sie es verstehen. Sie, ein SS-Oberscharführer, haben das Wissen um eine Jüdin, die sich für eine äußerst angesehene junge Dame der Gesellschaft ausgegeben hat, für sich behalten. Diese Dame besaß zudem eine Rüstungsfabrik, die Waffen für die Kriegsanstrengungen herstellt.

Statt sie anzuzeigen und damit zu verhindern, dass sie unserem Vaterland unvorstellbaren Schaden zufügen kann, haben Sie entschieden, sie zu Ihrem eigenen Vorteil zu erpressen.« Stefan schüttelte den Kopf und spottete: »Nicht gerade anständig, dieses Wissen für sich zu behalten.« Er hielt inne und beobachtete, wie das Licht des Verstehens in Katzes Augen trat. »Und so, mein Lieber, werden wir das von nun an handhaben: Sie werden Gut Plaun umgehend verlassen und nie wieder zurückkehren. Sie werden ab sofort keinerlei Bestechungsgelder mehr vom Gut oder von der Fabrik erhalten. Sie werden die bestehenden Ausnahmegenehmigungen nicht antasten, und Sie werden nicht versuchen, auch nur einen der Häftlinge, die momentan der Fabrik zugewiesen sind, zu deportieren.«

Wieder versuchte Katze, Stefan zu unterbrechen, aber dieser sprach einfach weiter. »Wenn Sie jemals wieder versuchen, Geld von uns zu erpressen, melde ich Sie persönlich beim Gestapo-Hauptquartier in Berlin. Ich werde aussagen, dass Sie von der Täuschung wussten und die Information nicht weitergegeben, sondern stattdessen das Gut erpresst haben.« Er sah

Katze in die Augen und erkannte die Angst, die darin lag. »Wie lange, denken Sie, könnten Sie ein Verhör durch die Gestapo überstehen?«

Katze schluckte schwer und schüttelte den Kopf. »Ich glaube nicht, dass es nötig sein wird, das herauszufinden.«

Stefan lächelte süffisant. »Das liegt ganz bei Ihnen. Auf Wiedersehen.«

Katze rappelte sich von seinem Stuhl auf und verließ das Büro beinahe rennend. Stefan beobachtete durchs Fenster, wie der Mann zu seinem Auto hastete und kurz darauf das Gelände mit quietschenden Reifen verließ.

»Sieht so aus, als bräuchten wir uns nun doch keine Gedanken mehr darüber zu machen, wie wir ihn bezahlen sollen«, murmelte Stefan. »Ich wünschte nur, Margarete wäre hier gewesen, um zu sehen, wie leicht es war, ihren Erzfeind loszuwerden.« Wobei er damit nicht durchgekommen wäre, wenn sie noch auf Gut Plaun weilte. So aber hatte ihre Verhaftung doch noch zu etwas Gutem geführt, denn nun konnte Stefan das verbliebene Geld aus dem Schmuckverkauf dafür verwenden, Verfolgte zu verstecken und aus dem Land zu schmuggeln, statt einen niederträchtigen Nazi zu bestechen.

Schwermütig verließ Stefan das Arbeitszimmer und entschied, mit dem Boot auf den See hinauszufahren, um seine aufgewühlten Gedanken zu beruhigen. Das Fischen vermochte das – zu jeder Jahreszeit.

34

Oliver war des Kämpfens müde. Er war die leichenbedeckten Straßen und das herzzerreißende Wimmern der Verwundeten leid. Vor Jahren schon hatte er aufgehört, an Hitlers Vision eines geeinten Europas unter deutscher Führung zu glauben. Margarete hatte ihm die Augen für die Not der Juden geöffnet und für Hitlers verabscheuungswürden Plan, ein ganzes Volk auszurotten.

Nichts an diesem Krieg war es wert, dafür zu kämpfen. Schlimmer noch, die Wehrmacht hatte keine Chance. Das ganze Gerede vom Endsieg war letztlich nur das: Gerede. Die Wehrmacht wurde vernichtend geschlagen. Männer, Material und sogar die Tiere waren erschöpft und verbraucht. Sie konnten nicht ersetzt werden, wohingegen die Russen über unbegrenzten Nachschub zu verfügen schienen, wenn schon nicht an Soldaten, so doch zumindest an Panzern und Artillerie.

Olivers Einheit kämpfte mit Gewehren und einigen wenigen Panzerfäusten gegen Panzer und Katjuscha-Raketenwerfer, auch Stalinorgel genannt. Eine Niederlage war unumgänglich, und jeder Kampftag bedeutete nur noch mehr Tote und Verstümmelte, noch mehr junge Männer, die ihrer Zukunft beraubt wurden, noch mehr Witwen und Waisen, noch mehr sinnloses Leid.

Deutschland war dazu übergegangen, das eigene Volk zu bekriegen: denn statt gegen den Feind zu kämpfen, zog Olivers Truppe von Ort zu Ort, um Häuser und Keller nach Deserteuren zu durchsuchen und sie für Feigheit vor dem Feind am nächsten Laternenpfahl aufzuknüpfen.

Ganze Familien wurden nach draußen getrieben und alle »arbeitsfähigen Männer« auf der Stelle eingezogen, einschließlich zwölfjähriger Knaben und halbblinder Greise. Sie wurden gezwungen, sich der Einheit anzuschließen, dabei hatten sie weder eine Uniform noch Munition – falls sie überhaupt eine Waffe bekamen.

Es war schlimmer als jeder Albtraum. Dennoch hielt Oliver durch, denn wie fast jeder Mensch war er eigennützig. Er verfolgte das Ziel, zu seiner geliebten Dora, Klein-Julchen und seinem ungeborenen Kind zurückzukehren. Also folgte er den Befehlen, egal wie dumm und unsinnig sie sein mochten.

»Durchkämmt die Stadt«, bellte der Anführer ihrer bunt zusammengewürfelten, so gut wie aufgeriebenen Truppe, der kein Ersatz für die Gefallenen und Verletzten zugewiesen worden war.

Oliver seufzte, als er und seine Kameraden sich auf den Weg durch die Stadt machten. Aus der Not heraus hatten sie damit begonnen, die Hausdurchsuchungen einzeln durchzuführen, obwohl sie eigentlich zu zweit sein sollten. Eine ältere Frau öffnete auf Olivers Klopfen die Tür mit angsterfüllten Augen. Ihr abgemagerter Körper zeugte von den Entbehrungen, die sie ertragen musste.

»Verstecken sich irgendwelche Deserteure, Juden oder andere Personen in Ihrem Haus oder auf Ihrem Grundstück?«

»Nein«, antwortete sie und hielt sich mit beiden Händen an der Tür fest.

»Ich muss mich selbst davon überzeugen«, sagte Oliver so freundlich wie möglich. Im Gegensatz zu einigen seiner Kameraden sah er keinen Nutzen darin, materiellen Besitz zu zerstören oder zu stehlen, während er nach geheimen Räumen und versteckten Türen suchte. Da er es vorzog, niemanden zu finden, suchte er immer nur flüchtig.

»Danke, das war alles«, sagte er zu der Alten, als er das Haus verließ. Dann fuhr er fort, Haus um Haus zu durchsuchen, bis er einen großen Bauernhof am Ortsrand erreichte. Dort traf er auf mehrere seiner Kameraden, denen verschiedene Straßen zugewiesen worden waren.

»Irgendwen gefunden?«, fragte ihr Vorgesetzter.

»Nein, nichts. Das Dorf ist sauber«, sagte ein Mann.

»Hier sind nur noch alte Weiber. Alle anderen müssen schon vor Wochen geflohen sein.«

»Die Evakuierung der Zivilbevölkerung ist strengstens verboten. Die Befehle sind eindeutig: Jeder soll vor Ort Schutz suchen, bis wir den russischen Vormarsch aufgehalten und die Rote Armee hinter die Grenze zurückgeworfen haben.«

Oliver fand, dass diese Aussage an Wahnvorstellungen grenzte. Niemand, der bei Verstand war, glaubte ernsthaft, dass die kläglichen Reste der Wehrmacht in diesen unnützen letzten Schlachten auch nur eine einzige Stadt zurückerobern konnten.

Er empfand Mitleid mit den Frauen aus den ostpreußischen Dörfern, die ihr Glück in der Flucht suchten, weil die Gefahr bestand, dass die dortigen Gebiete in naher Zukunft von der Roten Armee überrannt wurden. Ein grauenvoller Gedanke kam ihm. Was, wenn die Russen Plau am See einnahmen? Was würde dann aus Dora und der kleinen Julia werden?

Er kniff für einen Moment die Augen zusammen, um Doras Wohlbefinden durch seine bloße Gedankenkraft zu beschwören. Dann entspannte er sich. Sie war aus der Ukraine und sprach etwas Russisch. Wenn sie den Rotarmisten sagte, sie sei von den Deutschen entführt worden, dann ließen sie sie bestimmt in Ruhe.

Dieser Gedanke beruhigte ihn. Dora hatte zwar keine ordentliche Schulbildung genossen, aber ihre Bauernschläue würde ihr im Überlebenskampf gute Dienste leisten. Außerdem hatte sie noch Annegret an ihrer Seite, zweifellos die gewiefteste Person, die er kannte. Wenn jemand ungeschoren aus diesem Krieg herauskam, dann sie.

»Ich verstehe nicht, wie ihr keine einzige versteckte Person finden konntet. Was für ein Haufen nutzloser Idioten seid ihr eigentlich? Sucht noch einmal und dieses Mal gründlicher!«, bellte ihr Vorgesetzter sichtlich aufgebracht.

Oliver fragte sich, wieso er so darauf erpicht war, ihre Zeit mit der Suche nach Zivilisten zu vergeuden, wenn ihre eigentliche Aufgabe darin bestand, den Feind zu bekämpfen.

»Durchsucht jeden Zentimeter dieses elenden Ortes«, befahl der Vorgesetzte, während er sie in Paare einteilte.

Oliver und der ihm zugeteilte Kamerad gingen auf den Kuhstall zu. »Das ist doch Zeitverschwendung«, maulte Oliver.

»Überhaupt nicht. Wenn wir Deserteure finden, erteilen wir den anderen damit eine Lektion, und die Moral wird aufrechterhalten«, antwortete sein Kamerad.

Obwohl er anderer Meinung war, nickte Oliver. Er öffnete die Tür zum Kuhstall und spähte hinein. Eine junge Frau in Gummistiefeln drehte sich erschrocken um, als sie ihn hörte.

»Was machst du hier?«, blaffte Olivers Kamerad.

»Ich seh nach den Kühen.«

»Um diese Zeit?«

»Komm, lass sie«, sagte Oliver und versuchte, ihn nach draußen zu ziehen.

»Nein. Die versteckt was, ich weiß es.«

»Was soll sie denn hier verstecken?«

»Es ist unsere Pflicht, das herauszufinden.« Sein Kamerad fing an, den Stall zu durchsuchen, fand jedoch nichts Verdächtiges. Miesepetrig kam er heraus. Draußen trafen sie auf einige andere Kameraden, die ihnen zuriefen: »Im Heuschober! Der Truppenführer sagt, da oben versteckt sich jemand im Stroh. Wir haben weggeworfene Häftlingskleidung im Gebüsch gefunden.«

»Im Ernst? Diese Leute sollten es besser wissen, als Ausbrecher aus den Lagern zu verstecken.«

Oliver beteiligte sich nicht an der Unterhaltung. Schweigend nahm er die Heugabel, die ihm gereicht wurde, und stieg auf den Boden, um damit in die Ballen zu stoßen, unter denen sich angeblich jemand verbarg. Er stach absichtlich nicht tief. Falls sich wirklich ein entflohener Häftling dort befand, hatte er gewiss nicht die Absicht, ihn zu finden und zu töten.

Während er sich in Richtung der hinteren Wand vorarbeitete, glaubte er, ein Geräusch zu hören. Direkt darauf traf seine Heugabel auf etwas Hartes. Statt tiefer zu stoßen, zog er sie heraus und machte einen großen Schritt, um nicht versehentlich auf denjenigen zu treten, der sich dort womöglich befand. Wenn sich wirklich Menschen unter dem Heu versteckten, würden sie auf der Stelle erschossen werden – zusammen mit der jungen Frau, die ihnen Unterschlupf gewährt hatte, und wer sonst noch im Haus lebte.

Oliver konnte die Aussicht auf ein solches Blutbad nicht ertragen, deshalb beendete er seine Reihe schnell und rief: »Hier ist nichts. Lasst uns gehen, das ist Zeitverschwendung.«

Da niemand scharf darauf war, entwichene Häftlinge zu jagen, zogen sie sich zurück und erstatteten dem Feldwebel Bericht: »Wir haben alles überprüft. Die Scheune ist sauber.«

»Da muss aber jemand sein!«, schrie der Offizier. »Ich kann einen Juden aus einem Kilometer Entfernung riechen. Und hier stinkt es!«

»Wir könnten abziehen, damit sie denken, es ist sicher. Wenn wir eine Wache postieren, können wir sie festnehmen, sobald sie versuchen, sich in der Nacht davonzumachen«, schlug jemand vor.

»Und wenn wir hier nur unsere Zeit verschwenden?«, fragte Oliver in der Absicht, die Suche zu beenden.

»Wieso hast du es so eilig hier wegzukommen? Steckst du mit den Juden unter einer Decke?«, fragte der Feldwebel.

»Ganz bestimmt nicht«, protestierte Oliver.

»Dann hast du bestimmt nichts dagegen, die Scheune noch einmal zu durchsuchen. Wir gehen erst, wenn wir sie gefunden haben.«

Mit dieser Aussage bekam die Einheit den Befehl, unter jedem Stein – oder in diesem Fall Heuballen – nachzusehen. Wie ihr Anführer vorausgesagt hatte, wurden eine halbe Stunde später zwei entflohene jüdische Häftlinge, beide Frauen, herausgezerrt.

Ein bösartiges Glitzern trat in die Augen des Offiziers, als er sich an Oliver wandte: »Du erschießt sie.«

»Aber ... Wieso ich?« Oliver schreckte vor der Vorstellung zurück, zwei Zivilisten erschießen zu müssen, deren einziges Verbrechen darin bestand, jüdisch zu sein.

»Damit kannst du deine Loyalität unter Beweis stellen.«

»Das ... Das sind Zivilisten.«

»Das sind Juden. Entflohene noch dazu. Sie stellen eine Gefahr für die öffentliche Sicherheit und Ordnung dar. Oder bist du etwa ein Judenfreund?«

»Ganz bestimmt nicht.« Oliver zitterte. Er konnte und wollte diese beiden jungen Frauen nicht kaltblütig ermorden.

»Worauf wartest du dann noch? Erschieß sie!«

Oliver zerbrach sich den Kopf nach einem Ausweg, aber ihm fiel nichts ein. Schließlich nickte er resigniert, während er seine Waffe auf die Ausbrecher richtete. »Stellt euch dorthin.« Er zeigte zu einer Baumgruppe. Als sie an ihm vorbeigingen, zischte er: »Wenn ich schieße, lasst euch fallen und stellt euch tot.«

Dann zielte er und gab zwei schnelle Schüsse ab. Beide Frauen fielen zu Boden wie gefällte Bäume. Oliver drehte sich um, ging zu seinem Vorgesetzten und erklärte: »Melde gehorsamst. Befehl ausgeführt.«

»Gut gemacht«, sagte der Offizier. Dann rief er den jüngsten Mitgliedern der Einheit zu: »Ihr zwei, geht und holt die Leichen. Wir werden sie an die Haustür nageln, damit jeder sehen kann, was mit denen geschieht, die aus den Lagern ausbrechen.«

Oliver fühlte, wie ihm das Blut aus dem Kopf wich, denn er wusste, dass seine Kameraden die Leichen nicht finden würden. Wenigstens besaßen die beiden Jugendlichen keine Waffen, sodass die Frauen hoffentlich entkommen konnten.

Minuten später kamen die beiden zurück. »Herr Feldwebel, wir haben niemanden gefunden. Weder tot noch lebendig.«

»Was?«, schrie der Anführer der Einheit, bevor er sich zu Oliver drehte. Seine wütende Grimasse war Beweis genug, dass er wusste, was Oliver getan hatte. »Du ... Du bist ein Verräter, und du bekommst, was du verdienst.«

Er hob die Waffe, und bevor Oliver wusste, was geschah, wurde es um ihn herum Nacht. Sein letzter Gedanke galt seiner geliebten Dora und seinem Töchterlein.

35

Der Zug erreichte den Ort, den Margarete für das berüchtigte Auschwitz hielt. Es war ganz anders, als sie erwartet hatte. Normalerweise waren die deutschen Behörden ausgesprochen gut organisiert und hatten alles unter Kontrolle. Nach Margaretes Erfahrungen mit den Nazis hatte sie gedacht, dass dies auch für das Unternehmen galt, Hunderttausende unliebsamer Subjekte zu töten: ein effizienter, durchgetakteter Vorgang, der wie eine gutgeölte Maschine störungsfrei ablief.

Nicht so hier auf der Rampe. Das gesamte Lager schien in völligem Chaos versunken zu sein. SS-Männer, Aufseher und Häftlinge, bei denen es sich vermutlich um Kapos handelte, bellten Befehle, um Häftlingsgruppen zusammenzustellen, die an der Zugrampe entlang einem unbekannten Ziel entgegenmarschierten.

Margarete hatte nie zuvor ein KZ von innen gesehen, wenn man von ihrer eigenen Rüstungsfabrik absah. Doch sie wusste, dass der Zustand hier nicht die Norm war. Irgendetwas Großes ging vor sich. Furcht strömte durch ihre Adern und ließ ihre Knie zittern. Sie verstärkte den Griff um Onkel Ernsts Hand.

Was auch immer geschah, es wurde ihr bange bei der Vorstellung, es alleine meistern zu müssen.

Allerdings sah es so aus, als scherte sich niemand um die Neuankömmlinge, nicht einmal die SS, die sonst so erpicht darauf war, Juden in die Endlösung zu treiben. Hektisch sah sie sich nach jemandem um, den sie fragen konnte, was los war. Als ein Schuss erklang, erstarrte sie.

»In Fünferreihen sammeln!«, brüllte ein Aufseher.

Nach einer Schrecksekunde irrten die kürzlich Angekommenen durcheinander wie ein Haufen verängstigter Kaninchen. Margarete zog Onkel Ernst hinter sich her, als sie instinktiv Schutz in der Mitte einer Fünferreihe suchte.

Ernst, der schon vor der verfluchten Zugfahrt ein Klappergestell gewesen war, konnte sich kaum noch auf den ausgezehrten Beinen halten. Während der mehrtägigen Fahrt war die einzige Flüssigkeit das Kondenswasser gewesen, das sie von den Wänden des Viehwaggons geleckt hatten. Der unerträgliche Durst zeigte sich in seiner wirren Miene und er zerrte an ihrer Hand wie ein ungezogenes Kleinkind, das versucht, seiner Mutter zu entkommen.

»Bitte, Onkel Ernst, wir müssen zusammenbleiben«, flüsterte Margarete heiser.

Der Schnee auf der anderen Seite der Rampe lockte verführerisch. Doch aus den verkrümmten Leichen, die dort lagen, schloss sie, dass jeder Versuch, die verlockende Flüssigkeit zu erreichen, mit dem sofortigen Erschießungstod endete.

Sobald sich die Menge einigermaßen geordnet hatte, befahl einer der Aufseher, durch das Haupttor ins Lager zu marschieren. Als Margarete unter der schmiedeeisernen Inschrift *Arbeit macht frei* hindurchging, lief ihr ein eisiger Schauer über den Rücken, wie der Vorbote des Unsäglichen, das noch kommen sollte.

»In Dreierreihen formieren!«, kam der nächste Befehl und brachte Unruhe in die erschöpfte Menge von wandelnden

Toten, die sich mühsam neu gruppierten. Sie schienen einer Art von Inspektion unterzogen zu werden, denn rechts und links standen SS-Wachen und zogen Häftlinge aus der Menge, die sie woandershin schickten.

Als sie und Ernst die Aufseher erreichten, bildete sich eine heftige Gänsehaut auf Margaretes ganzem Körper. Sie zwang sich gerade zu stehen, die Schultern zu straffen und sich ihr Entsetzen nicht anmerken zu lassen.

»Du da. Raus!«, rief der Aufseher.

Sie wandte sich in die angegebene Richtung, wobei ihre Beine drohten, unter ihr nachzugeben.

»Nicht du, du blöde Kuh. Der da!« Dieses Mal bestand kein Zweifel, dass er Onkel Ernst meinte.

Das Schlimmste befürchtend flehte sie: »Bitte, er ist mein Onkel. Wir müssen zusammenbleiben.«

Für den Bruchteil einer Sekunde erkannte sie so etwas wie Mitgefühl in den Augen des Aufsehers, bevor sein eiskalter Blick zurückkehrte. »Er ist viel zu schwach, er muss hierbleiben.«

Onkel Ernst hatte nicht mehr genug Kraft, um zu sprechen, und fügte sich wortlos dem Befehl. Margarete beobachtete, wie er ein paar Schritte machte und dann bei einer Gruppe komplett ausgelaugter Häftlinge, die mehr tot als lebendig aussahen, auf dem gefrorenen Boden zusammensackte. Erst dann hob er das Gesicht, um Margarete zuzulächeln und stumm die Worte zu formen: »Ich liebe dich. Bleib stark.«

Verzweiflung ergriff ihr Innerstes. Stark zu sein, war das Letzte, was sie in diesem Moment wollte. Viel lieber hätte sie sich neben ihm fallen gelassen und sich zusammen mit ihrem geliebten Onkel dem gestellt, was sie erwartete.

Als bald darauf klapprige Gestalten aus den Unterkünften auf der anderen Seite des riesigen Platzes erschienen, hielt die Menge an. Immer wenn sich eine ausreichend große Gruppe versammelt hatte, marschierte sie durch das Ausgangstor.

»Wir müssen uns beeilen, sonst erwischen sie uns auf frischer Tat«, hörte Margarete einen der SS-Männer zu einem Kollegen sagen. Sie sinnierte immer noch, was er damit gemeint haben konnte, als ihre Gruppe von Neuankömmlingen angewiesen wurde, sich einem Trupp Häftlinge anzuschließen, der in einem etwas besseren Zustand war als der Rest.

Noch immer halb wahnsinnig vor Durst nutzte Margarete die Gelegenheit, in einem unbeobachteten Augenblick eine Handvoll Schnee zu greifen und sich in den Mund zu schieben. Die kalte Masse schmolz, benetzte ihre Zunge, ihren Gaumen und die Innenseite ihrer Wangen, bis ein paar wenige Tropfen ihre ausgedörrte Kehle hinabbrannten.

Es war nicht genug, um ihren Durst zu stillen, doch es erweckte ihren Überlebenswillen nach dem Schlag, von Onkel Ernst getrennt worden zu sein, wieder. Als sie ihrem unbekannten Ziel entgegenmarschierte, erkannte sie, dass sie ihre ganze Energie ausschließlich auf den jeweils nächsten Schritt konzentrieren und alles andere aus ihren Gedanken verbannen musste, wenn sie überleben wollte. Was auch immer mit ihr geschehen mochte, würde geschehen, ob sie sich darüber den Kopf zerbrach oder nicht. Deshalb war es klüger, sich das bisschen Kraft, das sie noch besaß, einzuteilen.

Der Straßengraben war gepflastert mit den ausgemergelten Leichen derer, die nicht in der Lage gewesen waren, den Strapazen standzuhalten. Ihre Arme und Beine waren unnatürlich verdreht, und die meisten hatten ein klaffendes Loch im Hinterkopf.

Sie wandte den Blick von der makabren Szene ab und schwor sich, nicht zu einer weiteren jüdischen Leiche zu werden, um die niemand trauern würde.

36

»Dora.« Frau Mertens sprach ihren Namen so zögerlich aus, dass Dora sofort wusste, dass irgendetwas ganz und gar nicht stimmte. »Hier ist ein Telegramm für dich.«

Eine furchtbare Vorahnung überfiel Dora, während sie den Umschlag in Frau Mertens' Hand anstarrte, unfähig sich zu bewegen oder gar zu atmen.

Während der vergangenen Monate waren die ältere Haushälterin und das junge Dienstmädchen fast wie ein Mutter-Tochter-Gespann geworden, das den Haushalt auf Gut Plaun gemeinsam führte und nicht nur Dutzende von Zwangsarbeitern im Gestüt verpflegte, sondern auch die Frauen aus dem Ort als Gegenleistung für ihre tatkräftige Hilfe, wenn zusätzliche Hände auf dem Anwesen gebraucht wurden.

Frau Mertens liebte die kleine Julia wie ihr eigenes Enkelkind und bemutterte die nun mit ihrem zweiten Kind hochschwangere Dora. Es waren nur noch sechs Wochen bis zum Entbindungstermin.

Angesichts der vor Schreck erstarrten Dora fragte Frau Mertens einfühlsam: »Soll ich es für dich öffnen?«

Es kann alles Mögliche sein, sagte sich Dora, obwohl sie tief im Herzen wusste, dass es bei einem Soldaten nur zwei Gründe für ein Telegramm geben konnte: gefallen oder vermisst. »Nein, ich schaffe das schon.«

Vorsichtig öffnete sie den Umschlag. Ihr Verstand konnte nicht erfassen, was dort geschrieben stand, bis ihre Augen an dem Wort »gefallen« hängenblieben.

»Nein!«, kreischte Dora, noch während ihr schwarz vor Augen wurde und sie zu Boden sank. Als sie zu sich kam, nieste sie kräftig, denn Frau Mertens hielt ihr ein Fläschchen Riechsalz unter die Nase.

»Geht es dir besser?«, fragte die Haushälterin sichtlich besorgt.

»Ich weiß nicht, ob es mir je wieder besser gehen wird«, murmelte Dora. Sie hatte nicht die Kraft, gegen das riesige schwarze Loch anzukämpfen, das sie zu verschlingen drohte. Wie ein Mahlstrom zerrte es an ihrer Seele und versuchte, sie ihr aus dem Körper zu reißen: ein süßes Versprechen, in die Dunkelheit zu sinken und ihrem geliebten Ehemann in die Ewigkeit zu folgen.

»Du musst aufstehen.« Frau Mertens' Worte beeindruckten Dora nicht. Sogar wenn sie gewollt hätte, hätte sie nicht gewusst, wie sie ihre Beine benutzen musste, um der Aufforderung nachzukommen. Der harte Küchenboden war seltsam behaglich und lockte sie, zusammengerollt wie ein Kleinkind liegenzubleiben, um sich dem lähmenden Kummer nicht stellen zu müssen.

Sie war kurz davor, der Versuchung nachzugeben, als ein stechender Schmerz im Unterleib sie aufschreien ließ.

»Dora, was ist los? Bist du verletzt?«

»Nein. Nur ...« Sie ergriff Frau Mertens' ausgestreckte Hand und ließ sich von ihr aufhelfen. Kaum stand Dora auf wackeligen Beinen, da stöhnte sie auf und klappte vornüber. Eine heftige Wehe raubte ihr den Atem und wenige Augenblicke später spürte sie, wie Flüssigkeit an ihren Beinen hinabrann. Unfähig ein Wort zu sagen, beugte sie sich nach vorne, um sich am Küchentisch abzustützen. Sie begrüßte den körperlichen Schmerz, denn er versprach, ihren überwältigenden Kummer zu übertönen.

»Ach jemine! Deine Fruchtblase ist geplatzt. Es ist doch viel zu früh für das Kind.« Frau Mertens, die sonst den Haushalt mit ruhiger Hand führte, hatte hektische rote Flecken auf den Wangen. »Ich bringe dich in dein Zimmer und schicke Nils, damit er die Hebamme holt.«

Dora war es egal. Was auch immer als Nächstes geschah, es betraf sie nicht. Ihre Seele hatte sich verkrochen und weigerte sich, Olivers Tod anzuerkennen. Weigerte sich zu glauben, dass ihr geliebter Mann niemals nach Hause zurückkehren würde, um sie und Julia wiederzusehen oder sein Kind kennenzulernen, das bald zur Welt käme.

Nicht einmal um das Baby machte sie sich Gedanken, das an diesem trüben, kalten Januartag im Jahr 1945 viel zu früh das Licht der Welt erblicken wollte. Sie sehnte sich nur danach, die Welt um sich herum gnädig zu vergessen und der unerträgliche Schmerz jeder Wehe war seltsamerweise genau, was sie brauchte. Wenn es nach ihr ginge, konnten die Wehen ewig weitergehen.

Die folgenden Stunden nahm sie nur verschwommen wahr. Dora bemerkte kaum die Ankunft der Hebamme und befolgte deren Anweisungen mehr oder weniger automatisch, während sie innerlich über den Verlust der Liebe ihres Lebens weinte. Erst als die Hebamme die Nabelschnur durchtrennte und ein winziges Baby mit den Worten, »Es ist ein Junge. Klein, aber gesund«, in Doras Arme legte, kehrte diese in die Welt zurück. Ehrfürchtig betrachtet sie den kleinen Mann.

»Er ist so schön«, flüsterte sie.

»Das ist er.«

Entzückt über die strahlend blauen Augen und den putzigen blonden Haarschopf ihres Sohnes, brannten ihr

Tränen in den Augen, und Dora schwor, ihre Kinder mit aller Macht zu beschützen.

Im Stillen sprach sie mit ihrem Mann. *Mein liebster Oliver, das ist dein Sohn. Ich hoffe, du wirst über ihn wachen, wo auch immer du sein magst. Du sollst wissen, dass ich dich von ganzem Herzen liebe und nie damit aufhören werde.*

Einer nach dem anderen betraten Frau Mertens, Nils, Gloria und die anderen Festangestellten des Guts das Zimmer, um das Neugeborene zu bewundern. Die Ankunft einer unschuldigen Seele auf Erden in dieser düsteren Zeit schien allen Freude zu bereiten.

»Hast du schon einen Namen?«, fragte Frau Mertens.

Dora hatte in den vergangenen Monaten eine Menge Namen in Erwägung gezogen, doch in diesem Augenblick verwarf sie alle und antwortete: »Er soll Oliver heißen, weil er seinem Vater so ähnlich sieht.«

»Das ist eine wundervolle Idee«, stimmte Frau Mertens sichtlich gerührt zu. »Und jetzt ruh dich aus. Ich koche dir derweil eine kräftige Hühnerbrühe.«

Dora lächelte, denn die Hühnerbrühe war das Allheilmittel der Haushälterin, ob es sich um einen gebrochenen Knochen, eine schwere Erkältung oder seelischen Kummer handelte. »Das ist sehr lieb. Die Geburt war anstrengend.«

Zwei Tage später wagte Dora sich mit dem kleinen Oliver in die Küche und bestand darauf, ihre Pflichten wieder aufzunehmen.

»Unsinn«, meinte Frau Mertens. »Solange Fräulein Annegret bei ihren Freunden ist und die meisten Männer eingezogen sind, gibt es sowieso nicht viel zu tun. Bleib in deinem Zimmer und erhole dich.«

»Danke.« Dora hatte nicht vor, Einwände zu erheben, denn sie kämpfte noch immer mit ihrer Trauer.

»Ich fürchte, wir alle werden unsere Kräfte schneller benötigen, als uns lieb ist«, murmelte Frau Mertens, als sie Dora aus der Küche scheuchte, was Doras Furcht vor der Roten Armee verstärkte. Es war inzwischen nicht mehr eine Frage ob, sondern wann sie kam. Bis dahin, so hoffte Dora, wäre sie wieder ausreichend bei Kräften, um sich den Rotarmisten stellen zu können, obwohl sie betete, dass sie die grausamen Vergewaltigungen nicht würde ertragen müssen, von denen sie gehört hatte.

Es war höchste Zeit, ihr Russisch aufzupolieren, wie ihre Freundin Olga vorgeschlagen hatte. Womöglich verschonten die Soldaten sie dann.

37

Ernst fieberte zu heftig, als dass es ihn interessiert hätte, was um ihn herum geschah. Als Margarete zum Tor hinausmarschiert war, hatte er ihr lange hinterhergesehen, vielleicht sogar für Stunden. Mit ihr hatte ihn sein letztes bisschen Hoffnung verlassen und nicht einmal der Gedanke an seine geliebte Frau Heidi konnte das Flämmchen des Lebens wieder entfachen, das langsam in ihm erlosch.

Ein Mann, dem Ernst vor seiner Deportation des Öfteren im Gefängnis begegnet war, strauchelte neben ihm zu Boden, um sich dann schwerfällig auf alle Viere zu erheben.

»Ernst Rosenbaum? Sind Sie das?«

»Ja.« Ernst hatte keine Kraft für unnötige Worte.

»Wir müssen aufstehen und reingehen, sonst erfrieren wir.«

Obwohl er auf der gefrorenen Erde saß, war Ernst schweißgebadet. Sein Körper schien von innen zu verbrennen, doch es scherte ihn nicht. Ginge es nach ihm, bliebe er einfach an genau dieser Stelle liegen, um geduldig darauf zu warten, dass die Ewigkeit ihn für sich beanspruchte.

Doch Robert hatte andere Pläne. »Ich habe gehört, dass da hinten ein verlassenes SS-Lagerhaus mit Lebensmitteln liegt.«

»Wirklich?« Ernst schwankte zwischen dem Bedürfnis zu essen und dem Wunsch im Schnee liegen zu bleiben, weil Nahrung sein Leiden nur verlängern würde.

»Ja. Komm.« Ein weiterer Schubs brachte Ernst auf alle Viere. Weil die beiden Männer nicht die Kraft hatten aufrecht zu gehen, krabbelten sie Seite an Seite zur nächstgelegenen Hütte, wo sie sich an der Wand hochzogen.

»Ich kann nicht mehr«, krächzte Ernst, sobald er auf den Füßen war. Er lugte in die fast leere Hütte, wo nur einige ächzende und stöhnende Männer zurückgeblieben waren, offensichtlich zu geschwächt, um die Betten zu verlassen.

Während der langen Fahrt im Viehwaggon hatte Ernst sich an den fauligen Geruch von Fäkalien vermischt mit Schweiß und Angst gewöhnt, doch der Gestank, der ihm hier entgegenschlug, ließ ihn würgen. Er war so ekelerregend, dass er fürchtete, er könne sich niemals von ihm befreien, selbst wenn er einhundert Jahre alt wurde.

In der nächsten Sekunde wurde er sich der Lächerlichkeit seiner Gedanken bewusst, da es viel wahrscheinlicher war, dass er in den nächsten einhundert Minuten starb. Er zuckte innerlich die Achseln und stolperte zum nächstgelegenen Stockbett.

»Bleib hier, ich suche das verlassene Lagerhaus. Vielleicht finde ich dort was zu essen«, sagte Robert.

Augenblicklich fiel Ernst in einen fiebrigen Schlaf und kümmerte sich nicht darum, was außerhalb seines Kopfes vor sich ging. Er fühlte nicht einmal mehr seinen Körper, denn sein Geist schien über diesem zu schweben und auf den gekrümmten, vernarbten, erschöpften, zum Skelett abgemagerten Leib hinabzublicken, der schon vor Langem aufgehört hatte, ihm ein gemütliches Zuhause zu bieten.

Als Robert zurückkehrte, wehrte Ernst sich mit Händen und Füßen, doch dem anderen gelang es irgendwie, ihn aufzusetzen und ihn mit Brotstückchen zu füttern, die in eine würzige Soße getunkt waren. Der kulinarische Genuss explodierte förmlich auf Ernsts Geschmacksnerven und brachte nicht nur ein wenig Energie zurück, sondern auch langvergessene Empfindungen. Das war eindeutig nicht der Fraß, den die Nazis ihren Gefangenen vorwarfen.

Dennoch war er zu schwach, um zu fragen, was es war, oder sich auch nur dafür zu interessieren. Er wollte lediglich wieder auf die Matratze sinken und schlafen. Und genau das tat er, nachdem er die Mahlzeit mit einem Appetit verschlungen hatte, den kein freier Mensch jemals verspüren konnte.

Robert musste von der Nahrungssuche im Vorratslager erschöpft gewesen sein, denn er fiel neben Ernst auf die Pritsche. Zwischen sich behüteten sie den Sack mit den kostbaren Lebensmitteln und rückten nah zusammen, um sich gegenseitig gegen die klirrende Kälte zu schützen. Ernst erwachte mehrmals mit dem Bedürfnis, sich zu erleichtern, war aber zu schwach, um sich zu erheben.

Als er wieder aufwachte, war der Platz neben ihm leer. Kurz darauf spürte er einen Becher am Mund. Als nächstes bekam er mit, dass er zugedeckt war und Robert wieder neben ihm lag, allerdings konnte Ernst sich nicht entsinnen, wie oder wann das geschehen war.

Ernst verbrachte die nächsten zehn Tage im Fieberdelirium, das nur durch kurze Phasen bei Bewusstsein unterbrochen wurde, die Robert nutzte, um ihn mit heißer Suppe und Brotstückchen zu füttern. Während eines wachen Moments sprang plötzlich die Tür auf und Soldaten stürmten herein. Ernsts erste Reaktion war, sich unter der Decke zu verstecken, doch dann erkannte er die Uniformen. Die Rote Armee war eingetroffen, um sie zu befreien.

Endlich war der Krieg für Ernst vorbei.

Die Soldaten schienen bis ins Mark erschüttert zu sein und mehr als einer rannte mit grünlichem Gesicht nach draußen, gefolgt von Würgegeräuschen. Wieder war Robert an Ernsts Seite, dieses Mal breit grinsend. »Du warst genau die zehn Tage im Delirium, die die Rote Armee gebraucht hat, um herzukommen und uns zu befreien. Wie fühlst du dich?«

Offenbar war das Fieber gesunken, zumindest ging Ernst davon aus, denn er konnte sich wieder konzentrieren und klar denken. »Wie habe ich das denn überlebt?«

Robert sah sich in der Hütte um und zeigte auf zwei vergleichsweise kräftig aussehende Häftlinge. »Die beiden haben mir geholfen, einen Ofen zu bauen. Damit konnten wir die Hütte heizen und Suppe aus Schnee und den Lebensmitteln kochen, die wir aus dem Lagerhaus geplündert haben.«

Ernst nickte schwach und wollte gerade seinem Gefährten danken, als mehrere Häftlinge hereinplatzten.

»Was ist los?«, fragte Robert.

»Die Sowjets haben befohlen, dass alle Hütten geräumt werden.«

»Raus in den Schnee?«

»Ja. Die Decken müssen hierbleiben. Alles soll gereinigt und desinfiziert werden, bevor wir wieder reindürfen.«

Ernst blickte ängstlich auf die Distanz von der Pritsche zur Tür, doch er hätte sich nicht sorgen müssen, denn zwei der Häftlinge packten ihn unter den Armen und trugen ihn nach draußen.

Neben der Straße, die eine endlose Reihe von Hütten säumte, wurden Leichen auf Haufen geworfen, die schneller wuchsen, als ein anderer Arbeitstrupp sie auf Schubkarren stapeln konnte, um sie zu hastig ausgehobenen Massengräbern zu fahren. Einen flüchtigen Moment lang befürchtete Ernst, sie würden ihn oben auf den hoch in den Himmel ragenden Berg schmeißen, weshalb er krächzte: »Ich lebe noch.«

Niemand nahm von seinen Worten Notiz, aber schon bald wurde er auf den gefrorenen Boden gesetzt. Er war nicht der Einzige, der dem Tod näher war als dem Leben. Der riesige Platz war voller Menschen, denn die Sowjets hatten sämtliche Häftlinge, die noch gehen konnten, angewiesen, ihre Kameraden nach draußen zu tragen, damit die Polinnen aus der Gegend die Hütten gründlich reinigen konnten, um die Verbreitung von Krankheiten, Läusen und sonstigen Leiden zu unterbinden.

Wie durch ein Wunder erschien kurz darauf Robert mit zwei Frauen im Schlepptau, die einen großen Kessel mit heiß dampfender Brühe trugen und an die Kranken zu verteilen begannen.

Ernst war zu schwach, um sein Schüsselchen selbst zu halten, deshalb fütterte Robert ihn, bis er alles aufgegessen hatte.

»Danke.« Ernst schloss für einen Moment die Augen, denn das bloße Schlucken der Suppe hatte ihn ermüdet. Es dauerte eine Weile, bis die Energie aus der Nahrung seinem Körper zur Verfügung stand und sich ein warmes, wohliges Gefühl in seinen Gliedern ausbreitete. Er wandte das Gesicht zum Himmel, sich mit einem Mal trotz des gleißenden Sonnenscheins der klirrenden Kälte bewusst. »Danke, dass Sie mir das Leben gerettet haben.«

Robert lächelte verlegen. »Wenn man es genau nimmt, haben Sie meines zuerst gerettet.«

»Wie das?«

»Damals im Gefängnis hatte ich mich selbst aufgegeben. Sie und Ihre Lesegruppe haben meinen Lebenswillen wiedererweckt.«

»Es freut mich, dass ich helfen konnte.« Ernst lächelte ihm aufrichtig zu.

»Und jetzt sollten wir Sie wieder ins Warme bringen. Die Rote Armee hat Dutzende von Sanitätern, Lebensmittel und Kleidung geschickt. Ein paar der kräftigeren Männer haben das Lager schon verlassen, obwohl die Sowjets befohlen haben, dass wir bleiben. Aber in Ihrem Zustand können Sie vermutlich sowieso nirgendwo hingehen. Lassen Sie mich sehen, ob die Sie im Feldlazarett aufnehmen. Warten Sie hier.« Damit ging

Robert weg und ließ Ernst wieder alleine. Selbst wenn dieser gewollt hätte, hätte er nicht die Kraft gefunden aufzustehen und auch nur einen Schritt zu tun.

Kurz darauf kam Robert mit zwei Sanitätern zurück, die Ernst in ein provisorisches Lazarett brachten, das in einer der Unterkünfte eingerichtet worden war. Es sah sauber aus und roch nach Desinfektionsmitteln.

»Ich kann nicht bleiben«, sagte Robert.

»Machen Sie sich keine Sorgen, ich bin in guten Händen. Gehen Sie und suchen Sie Ihre Familie. Vielleicht sehen wir uns eines Tages wieder.« Es gab nicht viel mehr zu sagen, deshalb hob Ernst die Hand zum Abschied von dem Fremden, der ihm in der Zeit der Not beigestanden hatte. Ohne Roberts Fürsorge wäre Ernst bestimmt nicht mehr am Leben.

Unter ärztlicher Aufsicht erlangte Ernst in den kommenden Monaten langsam seine Kraft und Gesundheit zurück. Bis zu seinem Lebensende würde er als Folge der Folter durch Thomas Kallfass leicht hinken. Doch er war am Leben.

»Wann kann ich nach Hause?«, fragte er mehrere Wochen nach der Befreiung eine Krankenschwester.

»Bald, bald.«

»Wann?«

»Bald.« Das war die einzige Antwort, die er je erhielt, bis er zu der Annahme gelangte, dass die Krankenschwestern und Ärzte, vielleicht sogar das russische Militärkommando, das für das ehemalige KZ zuständig war, selbst nicht wussten, was sie mit all den befreiten Häftlingen anfangen sollten.

Er sehnte sich danach, nach Hause zurückzukehren und nach Heidi zu suchen, obwohl es schien, als müsse das noch warten. Eines Tages hatte er Gelegenheit, mit einer Krankenschwester zu sprechen, die passabel Deutsch sprach. Er fragte sie: »Ist der Krieg endlich vorbei?«

»Noch nicht. Der Großteil Polens ist befreit, aber der Krieg tobt immer noch in Deutschland, und Sie können keinesfalls dorthin.«

»Wie lange wird es noch dauern?«

»Es handelt sich um Tage, vielleicht Wochen. Keinesfalls länger.«

Es war nicht, was er hatte hören wollen. Doch da ihm nichts anderes übrigblieb, nahm er sich vor, die Zeit, in der er im ehemaligen Lager festsaß, zur Heilung und Erholung nutzen. Sobald der Krieg vorbei war, würde er Himmel und Erde in Bewegung setzen, um nach Leipzig zu reisen und Heidi zu finden.

Nach allem, was er über den sogenannten Todesmarsch der Häftlinge aus Auschwitz vor Ankunft der Russen gehört hatte, hegte er wenig Hoffnung, dass Margarete ihn überlebt hatte. Trotzdem wollte er auch nach ihr suchen, sobald er wieder in Leipzig war.

3 8

Fast eine Woche war vergangen, seit die Häftlinge aus dem KZ getrieben und gezwungen worden waren, durch Schnee und Eis zu marschieren. Margarete hatte beobachtet, wie zahllose ausgemergelte Männer und Frauen stolperten und hinfielen oder nach einer Rast nicht mehr aufstanden. Wenn sie nicht bereits tot waren, wurden sie von den Aufsehern erschossen, während der schwindende Rest der Gruppe weiterwandern musste.

Sie schätzte, dass mehr als die Hälfte der Häftlinge, die das KZ verlassen hatten, bereits den harschen Bedingungen erlegen waren. Stundenlang waren sie unterwegs, ohne Nahrung und nur Schnee, um ihren Durst zu löschen. Die meisten trugen Lumpen und Holzschuhe – völlig ungeeignet, um sie vor der Kälte zu schützen.

Margarete hingegen trug noch immer die Kleidung, die sie bei ihrer Verhaftung angehabt hatte, und war froh über ihr festes Schuhwerk. Dennoch hatte sie nässende Blasen an den Füßen, die den Marsch in eine nicht enden wollende Qual verwandelten.

Am zweiten Tag beobachtete sie, wie ein vergleichsweise wohlgenährter Mann, der schon länger in Gefangenschaft sein musste, eine Leiche nach Brauchbarem durchsuchte. Angewidert sah sie weg, doch die Szene ging ihr nicht mehr aus dem Kopf.

Tagsüber, während sie marschierten, war sie zu erschöpft zum Denken oder gar Sprechen. Doch als sie am Abend Schutz in einer leeren Scheune suchten, wandte sie sich an eine Frau, die immer gut informiert zu sein schien.

»Was denken Sie, wohin man uns bringt?«

Die Frau antwortete: »In ein anderes KZ.«

»Aber wozu?« Der Krieg war so gut wie vorbei. Hinter vorgehaltener Hand flüsterten die Häftlinge, dass die Rote Armee nicht weit entfernt war und die Gegend um Auschwitz bereits seit Wochen beschoss.

»Sind Sie wirklich so naiv? Um uns zu töten natürlich.«

Margarete unterdrückte gerade noch rechtzeitig einen schockierten Aufschrei. »Ja, aber ... Warum sind wir dann nicht in Auschwitz geblieben?«

»Weil drei der Krematorien zerstört wurden. Sie konnten uns dort nicht schnell genug ermorden und anschließend die Leichen verbrennen, um die Beweise zu vernichten.«

Margarete lief es kalt über den Rücken und sie zog die Decke, die jeder Häftling beim Aufbruch erhalten hatte, enger um sich. Es war eine Sache, von prahlenden Nazis über deren Gräueltaten zu hören und sich den Rest zusammenzureimen. Doch hier zu sitzen, mitzuerleben, wie jeden Tag Hunderte von Menschen um sie herum starben, und dann zu hören, wie diese Frau sachlich-nüchtern über das Gesamtkonzept der Nazis sprach, eine ganze Rasse auszulöschen, war etwas komplett anderes.

»Wir werden gezwungen, Tag für Tag zu marschieren, nur um umgebracht zu werden, wenn wir unser Ziel erreichen?«, fragte Margarete mit kläglicher Stimme, was ihr einen harten Blick einbrachte.

»Wie ist es Ihnen mit dieser Einstellung gelungen, so lange am Leben zu bleiben? Wir kämpfen hier für jede Minute, jede Stunde, jeden Tag.«

Beschämt sah Margarete zu Boden. Wann war sie so fatalistisch geworden?

»Kindchen, merken Sie sich eines: Im KZ gibt es weder Menschlichkeit noch Güte, Freundschaft oder gar Hoffnung. Wenn Sie erst einmal lange genug in dieser Todesmaschine gefangen sind, dann ist das Einzige, was Ihnen bleibt, der Selbsterhaltungstrieb. Allianzen werden nicht aus Freundlichkeit geschlossen, sondern weil der andere einem helfen kann zu überleben – und umgekehrt. An Ihrer Stelle würde ich sofort damit anfangen, für die nächste Minute zu kämpfen. Und die übernächste ...« Dann wandte sie den Kopf ab, womit das Gespräch beendet war.

Margarete hatte viel zu verdauen. Sie drängte sich wärmesuchend mit einer Gruppe von Frauen zusammen, und während die anderen eine nach der anderen in einen erschöpften, von Albträumen unterbrochenen Schlaf fielen, blieb sie wach und starrte in die Dunkelheit. Die Luft war von Geräuschen erfüllt: Hunderte gequälter Seelen husteten, röchelten, niesten, wimmerten und murmelten vor sich hin.

Ihre Gedanken wanderten zurück nach Plau am See und zu Stefan. Ach, könnte sie ihn doch nur noch einmal sehen, mit der Hand durch sein flachsblondes Haar fahren, sein unwiderstehliches Lächeln betrachten, die Wärme seiner Hand auf ihrer Haut spüren, ihm sagen, wie sehr ihr der Streit leid tat ... und wie sehr sie ihn liebte.

Da spürte sie eine plötzliche Verbindung zu ihm, als hätte seine Seele über Hunderte von Kilometern die ihre berührt und sie wusste ohne jeden Zweifel, dass er noch am Leben war. Er konnte nicht tot sein. Seine unerschütterliche Entschlossenheit, seine Lebensfreude, seine Widerstandsfähigkeit, all die Eigenschaften, die sie so sehr liebte, würden ihm helfen, allem zu trotzen, was das Schicksal ihm bestimmt hatte.

Die Vorstellung, wie er seine Arme ausbreitete, um sie zu umarmen, ließ neue Energie durch ihre Adern strömen. Ja, sie würde jede Minute des entsetzlichen Weges kämpfen. Sie würde kämpfen, um zu überleben, damit sie zu ihm zurückkehren konnte. Er war den ganzen Schmerz, jedes grauenhafte Erlebnis, einfach alles wert.

Am nächsten Morgen erreichte eine stark geschrumpfte Gruppe von Häftlingen einen Bahnhof, wo sie auf offene Waggons getrieben wurden. Margarete war froh, nicht mehr zu Fuß gehen zu müssen, bis ihr klar wurde, dass sie die Qualen des Marschierens nur dagegen eintauschte, ungeschützt vor Wind und Wetter auf dem Waggon kauern zu müssen. Um sie herum starben die Menschen an der klirrenden Kälte. Sie waren buchstäblich zu Eisklumpen erstarrt.

Margarete war inzwischen an einen Punkt gelangt, an dem Ehrfurcht außer ihr selbst gegenüber fehl am Platz war. Dem Beispiel der anderen mehr schlecht als recht Überlebenden folgend, baute sie aus den gefrorenen Leichen eine Schutzwand gegen den beißenden Fahrtwind. Mit drei anderen Frauen schmiegte sie sich in der kleinen Mulde zusammen und betete, dass auch dies vorübergehen würde. Ihr einziger Wunsch war es, mit dem Leben davon zu kommen.

In den kurzen Momenten, in denen sie klar denken konnte, erkannte sie, dass es Glück im Unglück für Ernst gewesen war, in Auschwitz zurückgelassen worden zu sein. Da die Krematorien zerstört waren und die meisten, wenn nicht sogar alle, SS-Männer den Todesmarsch begleiteten, hatte ihr Onkel dort vermutlich eine bessere Überlebenschance. Zumindest hoffte sie das.

Drei qualvolle Tage später sank ihr Kopf auf eine Pritsche in einem KZ hoch oben auf einem Berg. Nach drei weiteren Tagen ohne Nahrung und nur dem Regen zu trinken, hörte sie Artilleriebeschuss in der Ferne, gefolgt von eiligen Schritten und Rufen. Neugierig erhob sie sich, um nachzusehen, ob die lange ersehnten Befreier da waren. Sie lugte aus der Baracke, entdeckte jedoch nichts. Der große Hof war menschenleer. Die Minuten vergingen, immer mehr Häftlinge wagten sich nach draußen, Margarete unter ihnen, bis sie endlich bemerkte, was anders war: Die Aufseher waren verschwunden.

Offenbar waren sie geflohen, sobald die Rote Armee das Dorf unterhalb des KZs erobert hatte. Da die Häftlinge nicht sicher waren, was nun auf sie zukam, setzten sich die meisten auf den Erdboden und erwarteten ihr Schicksal. Es dauerte nur wenige Stunden, bis die ersten Rotarmisten eintrafen.

Die Häftlinge mit Russischkenntnissen sprachen mit ihnen und erfuhren bald, dass der Krieg für die Gefangenen nun endlich vorbei war. Wer Kraft genug hatte, tanzte auf der Straße, fiel den Leidgenossen und den Befreiern um den Hals, bis kurz darauf eine Armee von medizinischem Personal ins Lager strömte.

Essen wurde verteilt, Wunden gereinigt, Kranke versorgt und alle desinfiziert, um die Läuse loszuwerden. Margarete lächelte still vor sich hin. Allen Widrigkeiten zum Trotz hatte sie überlebt.

Sehr zu ihrer Bestürzung erfuhr sie von den Sanitätern, dass der Krieg in Deutschland noch in vollem Gange war. Hitler hatte in seinem Wahn sämtliche Reserven mobilisiert, einschließlich Krüppeln, Halbblinder, Knaben und Versehrte aus dem letzten Krieg.

Wieder dachte sie an Stefan und betete, dass an ihm und seinem gebrechlichen Großvater der Kelch des Volkssturms vorbeigegangen war. Jetzt, da sie frei war, sehnte sie sich danach, nach Gut Plaun zurückzukehren, um herauszufinden ob der Mann, den sie liebte, überlebt hatte. Es gab so vieles, was sie ihm sagen wollte, nicht zuletzt, dass sie ihn von ganzem Herzen liebte und nie wieder von ihm getrennt sein wollte, nicht einmal einen einzigen Tag.

39

APRIL 1945

Stefan hatte eines der Zimmer im Dienstbotentrakt des Gutshauses bezogen. Er behauptete, es sei praktischer, weil es näher an der Fabrik lag. Der wahre Grund war jedoch, dass er das Bedürfnis verspürte, Frau Mertens, Gloria, Dora und die beiden Kinder zu beschützen.

Nils, der einzige andere verbliebene Mann auf Gut Plaun, wenn man von den Fremdarbeitern absah, hatte seinen Einberufungsbefehl vor etwa einem Monat erhalten. Der Volkssturm war der jüngste von Hitlers törichten Einfällen. Doch er verzögerte nur das Unausweichliche und forderte Tausende unnötige Todesopfer, ohne beim Kriegsverlauf einen merklichen Unterschied zu machen. Aber der Führer hatte sich dazu entschieden, als letztes Mittel Männer über sechzig und Knaben ab zwölf in eine Armee einzuziehen, die bereits unter den beständigen Angriffen der alliierten Streitkräfte aufgerieben wurde.

Die hastig zusammengewürfelten Einheiten des Volkssturms waren mit kaum mehr als ihrem Kampfgeist ausgerüstet, um sich dem Feind entgegenzustellen. Es gab keine Uniformen, keine Waffen, keine Munition, rein gar nichts. Jedem geistig noch so Minderbemittelten war klar, dass die armen Schweine keine Chance hatten gegen einen Feind, der nicht nur zahlenmäßig, sondern auch in Bewaffnung, Ausbildung und Erfahrung überlegen war.

Stefan war der Einberufung entgangen, denn sogar in seinem letzten verzweifelten Versuch, den Ausgang des Kriegs noch herumzureißen, war Hitler offenbar nicht willens, politisch unzuverlässige Subjekte einzusetzen.

Traurig lächelnd bedauerte Stefan dies beinahe. Denn dann wäre er in der Lage gewesen, in den deutschen Reihen verheerende Schäden anzurichten, auch wenn er genau wusste, dass er dafür gehängt worden wäre.

Auf dem Rückweg von der Fabrik kam er an den Ställen vorbei, wo die Zwangsarbeiter noch immer wohnten, obwohl es keine Pferde mehr zu versorgen gab.

»Herr Stober, hätten Sie eine Minute?«, sprach Ladislaus ihn an.

Stefan schätzte den Polen wegen seiner logischen Denkweise und seines Organisationstalents. »Natürlich. Was gibt es?«

»Es ist so ... Ich habe mir Gedanken darüber gemacht, was wir tun sollen, wenn die Russen kommen.«

Stefan nickte nachdenklich. Es bestand kein Zweifel, dass die Rote Armee Plau am See erobern würde, es war nur eine Frage der Zeit. Sogar laut den offiziellen Nachrichten von Goebbels' Propagandaministerium zog sich die Wehrmacht an allen Fronten zurück. »Ich habe auch schon darüber nachgedacht. Wir werden auf keinen Fall noch mehr Leben gefährden, indem wir uns widersetzen. Ich werde mit Frau Mertens sprechen, damit sie weiße Flaggen vorbereitet, um sie in die Fenster zu hängen. Besonders am Gutshaus.«

Er erwähnte nicht, dass seine Hauptsorge den Frauen galt, falls die Russen ihrem Ruf gerecht wurden und auf Gut Plaun massenweise vergewaltigten, mordeten und verstümmelten.

»Das ist sehr gut«, antwortete Ladislaus, doch sein Gesicht verriet, dass er es nicht für ausreichend hielt.

»Hast du noch andere Vorschläge?«, fragte Stefan. Die Verantwortung für das Wohlergehen von Dutzenden deutschen und ausländischen Zivilpersonen sowie von mehreren Hundert Häftlingen lastete schwer auf ihm.

»Bitte halten Sie mich nicht für unverschämt«, meinte Ladislaus vorsichtig. Für einen Mann, der viele Jahre von den Deutschen wie ein Untermensch behandelt worden war, musste es schwer sein zu sagen, was er dachte, selbst zu Stefan, der ihm immer freundlich begegnet war.

»Ganz und gar nicht.« Stefan erwiderte seinen Blick. Er entschied demütig aufzutreten, damit Ladislaus sich gleichberechtigt fühlen konnte. »Es ist eine große Last, alle in meiner Obhut zu beschützen, und ich bin froh über jeden Rat.«

Ladislaus strich sich mit der Hand übers Kinn. »Sie sind ein guter Mensch. Alle hier, angefangen bei Fräulein Annegret über Herrn Gundelmann, seine Frau Dora und selbst die ziemlich angsteinflößende Frau Mertens, haben uns gut behandelt, und glauben Sie mir, wir haben schon ganz anderes erlebt. Um mich dafür erkenntlich zu zeigen, möchte ich deshalb meine Dienste beim Umgang mit den Russen anbieten, sobald sie hier eintreffen. Ich kann zwar nichts versprechen, aber ich spreche ihre Sprache und kann für die Menschen auf dem Gut ein gutes Wort einlegen.

Die Erwähnung Annegrets gab Stefan einen Stich ins Herz. Den Schmerz ignorierend antwortete er: »Das ist ein großzügiges Angebot, für das ich dir sehr dankbar bin. Ich bitte dich darum, vor allem im Interesse der Frauen zu handeln. Wenn es soweit ist, tue, was du für das Richtige hältst, versuche nicht, zuerst meine Erlaubnis einzuholen. Es wird vielleicht nur eine einzige Gelegenheit geben, mit den Russen zu reden.«

»Das werde ich. Danke für Ihr Vertrauen.« Unter seiner ernsten Miene strahlte Ladislaus vor Stolz.

»Zunächst sollten wir unsere Vorräte aufstocken: Lebensmittel, Wasser, Holz, Kohle. Im Prinzip alles, was wir brauchen, um mindestens vier Wochen ohne Nachschub von außen überstehen zu können.«

»Ich kümmere mich darum.«

Nachdem Ladislaus sich von ihm verabschiedet hatte, war Stefan nachdenklich gestimmt. Die Aussicht, dass die Rote Armee die Gegend eroberte, machte ihm gleichermaßen Hoffnung wie Angst. So unheilvoll das Naziregime war, unter russischer Führung würde es vermutlich noch schlimmer werden, zumindest für diejenigen, die zur deutschen Herrenrasse gehörten.

Beim Gedanken an Margarete wurde ihm das Herz noch schwerer. Nach allem, was er über die KZs im Osten wusste, sagte ihm sein Verstand, dass sie inzwischen tot sein musste. Doch sein Herz weigerte sich, das zu akzeptieren. Innerlich war er überzeugt davon, dass sie noch lebte, denn immer, wenn er an sie dachte, spürte er eine solch innige Verbindung, als stünde sie direkt neben ihm. Nein, wäre sie tot, dann wüsste er das. *Mein liebstes Gretchen, bald ist der Krieg vorbei. Halte nur noch ein paar Wochen durch.*

* * *

Es war an einem sonnigen Tag Anfang Mai 1945, als die Russen Plau am See erreichten. Stefan war in der Fabrik, als mehrere Panzer ans Tor heranfuhren und Rotarmisten mit Maschinengewehren auf das Gelände stürmten.

Stefan und zwei weitere deutsche Vorarbeiter wurden festgenommen, die Häftlinge freigelassen. Da diese jedoch nirgendwo hingehen konnten, blieben die meisten auf dem Fabrikgelände mit dem Unterschied, dass niemand mehr arbeitete.

Stefan wurde auf einen Laster gezerrt und in die Stadt

gebracht. Dort hatten die Russen bereits eine Übergangsverwaltung eingerichtet. Nachdem sie seine Personalien aufgenommen hatten, wurde Stefan kurzerhand ins Gefängnis geworfen. Wie nicht anders zu erwarten, fand er sich dort in der Gesellschaft der wenigen im Ort verbliebenen SS-Männer und des Bürgermeisters wieder.

Stefan hatte eine solche Behandlung halb erwartet, obwohl er nie auf der Seite der Nazis gestanden hatte, dennoch machte er sich größere Sorgen um die Frauen im Gutshaus als um sich selbst. Er setzte alle Hoffnung in Ladislaus und dass dieser es irgendwie schaffte, vor allem Dora und ihre zwei kleinen Kinder, vor Unheil zu bewahren.

Am folgenden Nachmittag schwang die Tür der Zelle auf, und kein Geringerer als Ladislaus tauchte mit einem russischen Soldaten im Schlepptau auf. »Das ist er«, sagte er und zeigte auf Stefan.

Für den Bruchteil einer Sekunde lief es Stefan heiß und kalt den Rücken herunter. Eine tapfere Miene aufsetzend, atmete er tief durch, und beruhigte sich mit dem Gedanken, dass er den Polen nicht völlig falsch eingeschätzt haben konnte.

Als der Soldat mit dem Maschinengewehr auf ihn zeigte, pochte Stefans Herz heftig. »Du bist frei. Du kannst gehen.«

Obwohl er seinen Ohren kaum trauen wollte, gelang es Stefan sich aufzurappeln und die Zelle zu verlassen. Nur Ladislaus' ermutigender Blick ließ ihn guter Dinge dem Soldaten die Treppe hinauf folgen, während er gleichzeitig befürchtete, sie würden ihn geradewegs zum Galgen führen.

Ein riesiger Stein fiel ihm vom Herzen, als er in das Büro des ehemaligen Polizeichefs geführt wurde, wo ihm ein anderer Soldat seine Papiere überreichte. »Bitte sehr.«

Auf der Straße vor der Polizeistation konnte Stefan endlich wieder den süßen Duft der Freiheit einatmen. Er wandte sich an Ladislaus: »Vielen Dank, dass du mich da rausgeholt hast. Du hast mir vermutlich das Leben gerettet.«

»Es tut mir leid, dass es so lange gedauert hat. Ich musste mich erst darum kümmern, dass die Frauen sicher sind«, antwortete Ladislaus.

Stefan hätte vor Erleichterung fast geweint, denn er hatte die ganze Zeit vor allem um Dora und Gloria gebangt. »Wie kann ich das jemals wiedergutmachen?«

»Eigentlich bin ich es, der sich damit revanchiert, dass Sie meine Landsmänner und mich so gut behandelt haben.«

Während ihres gut einstündigen Marsches zum Gut stellte Stefan endlich die Frage, die ihm auf der Zunge gebrannt hatte, seit Ladislaus in der Polizeiwache erschienen war: »Wie hast du das hinbekommen?«

In diesem Augenblick schien die Anspannung von sechs langen Jahren der Gefangenschaft von Ladislaus abzufallen, denn er grinste breit und erklärte: »Es war gar nicht so schwer. Als die Russen unsere Häftlingsuniformen und die geschorenen Köpfe sahen, ließen sie sofort die Waffen sinken.«

Jetzt war Stefan froh, dass Oliver darauf bestanden hatte, dass die Häftlinge den Schein wahrten, um nicht mit Zivilisten verwechselt zu werden. Das hätte offenbar nicht nur zu Problemen mit den Nazis, sondern auch mit den Russen geführt.

»Sie waren bass erstaunt, als ich sie in ihrer Sprache angeredet habe, und haben mich augenblicklich zu ihrem befehlshabenden Offizier gebracht. Nachdem wir uns ein paar Gläschen Wodka hinter die Binde gekippt haben«, grinste Ladislaus, »die mich nach mehreren Jahren der Abstinenz ganz schön aus der Bahn geworfen haben, sind Major Dobrolew und ich beste Freunde geworden. Ein weiteres Glas, und er hat mich beauftragt, Gut Plaun zu leiten, bis er einen besseren Überblick hat, was zu tun ist. Er meinte, er sei dabei, eine Verwaltung aufzubauen und brauche dringend Leute, die das Land bestellen und die Bevölkerung ernähren.«

»So ein glücklicher Zufall.« Stefan hatte nichts dagegen,

dazu degradiert zu werden, unter Ladislaus zu arbeiten, den er als ehrlichen und gerechten Mann kennengelernt hatte.

»Mir sind die verbliebenen Fohlen und die Menschen hier sehr ans Herz gewachsen. Wie auch immer, nachdem ich mich für die Frauen unter meiner Obhut eingesetzt habe – und ich war so frei, auch die ehemaligen weiblichen Häftlinge einzuschließen – sagte ich Major Dobrolew, dass ich für die Landwirtschaft auf Ihre Fachkenntnisse angewiesen bin und dass Sie sich zu jeder Zeit den Häftlingen gegenüber korrekt verhalten haben.«

»Vielen Dank noch einmal, dass du mir wahrscheinlich das Leben gerettet hast.«

Die beiden gingen schweigend nebeneinander, bis Stefan wieder das Wort ergriff: »Ich nehme an, dass die Rüstungsfabrik die Produktion eingestellt hat. Könnten wir die ehemaligen Häftlinge fragen, ob sie für uns auf dem Gut arbeiten wollen? Wir werden mit dem Pflügen und Säen alle Hände voll zu tun haben.«

»Ja, darüber macht sich Major Dobrolew auch Gedanken. Anscheinend liegen die Felder in weiten Teilen Osteuropas brach, weil die Leute fehlen, um das Land zu bestellen. Es droht, im kommenden Winter eine Getreideknappheit zu geben.«

Es war noch ein halbes Jahr bis zum Winter, sodass die Aussage ziemlich pessimistisch klang, bis sich Stefan an die Geschichten seines Großvaters über die große Hungersnot nach dem Ersten Weltkrieg erinnerte. Als sie sich Gut Plaun näherten, fragte er: »Dein neuer Freund, der Major – hat er gesagt, wie lange er glaubt, dass der Krieg noch dauert?«

»Er geht davon aus, dass es eine Frage von Tagen ist, höchstens eine Woche. Die russischen Truppen haben bereits die Außenbezirke von Berlin erreicht, nachdem sie hier auf dem Land auf kaum Widerstand gestoßen sind.«

»Na, wenn das keine gute Nachricht ist.« Stefan wünschte

sich nur, Margarete wäre bei ihm. Der Schmerz, der ihn jedes Mal beim Gedanken an sie überkam, drohte, ihm das Herz zu brechen, bis er entschied, auf ihre Gewieftheit und Widerstandsfähigkeit zu vertrauen, die sie gewiss zu ihm zurückbringen würden.

40

Margarete hatte im Flüchtlingslager auf den richtigen Augenblick gewartet. Kaum verbreitete sich die Nachricht von Deutschlands Kapitulation wie ein Lauffeuer, konnte sie ihre Ungeduld, nach Gut Plaun aufzubrechen, nicht mehr im Zaum halten. Sie hoffte, dort Stefan, Oliver, Dora und die anderen vorzufinden und wagte sogar zu hoffen, dass es Onkel Ernst auf wundersame Weise gelungen war, der Hölle von Auschwitz lebend zu entkommen.

Inzwischen wusste sie, dass ungefähr zehntausend der schwächsten Insassen zehn Tage nach der Evakuierung aller anderen Häftlinge befreit worden waren. Auch wenn es nicht viel Grund zu Optimismus gab, klammerte sie sich an die Vorstellung, dass er unter den Überlebenden war.

Etwa zwei Tage nach der Kapitulation ging sie zur Lagerverwaltung und fragte: »Wann kann ich nach Hause?«

»Wo ist Ihr Zuhause?«

Sie überlegte einen Moment, denn ihr richtiges Zuhause war in Berlin. Ihre unmittelbare Sorge galt jedoch den Menschen, die sie als Annegret Huber kennengelernt hatte. »In Plau am See, ungefähr eine Stunde nördlich von Berlin.«

»Da haben Sie Glück. Anders als bei denen, deren Heimat jetzt unter fremder Zuständigkeit steht, können Sie zurückkehren, sobald wir alle hier abgefertigt haben.«

Margarete nickte, hatte jedoch nicht vor zu warten, bis die langsame russische Bürokratie des nicht enden wollenden Zustroms Vertriebener Herr geworden war. Bei der ersten Gelegenheit spazierte sie einfach aus dem Flüchtlingslager, um sich auf die Reise nach Plau am See zu machen. Sie brauchte mehrere Wochen, meist zu Fuß, gelegentlich mit dem Zug, bis sie das ihr vertraute Städtchen erreichte.

Beim Anblick des alten Kirchturms der Marienkirche, der hoch in den Himmel ragte, hätte sie vor Erleichterung fast geweint. Sie rastete an einem Brunnen, um Wasser zu trinken, und überlegte, wo sie zuerst nach Stefan suchen sollte. Da näherten sich zwei Frauen mit Eimern.

Margarete achtete nicht auf ihr Geschwätz, bis eine von ihnen sagte: »Es ist so schade um den Fischer.«

Augenblicklich spitzte Margarete die Ohren und lauschte der Unterhaltung.

»Ja. Wer hätte gedacht, dass er einen feindlichen Piloten versteckt. Er hat immer so freundlich gewirkt.«

Margarete konnte ihre Neugier nicht länger zügeln und fragte: »Entschuldigen Sie bitte. Über welchen Fischer sprechen Sie?«

»Den Stober«, antwortete eine von ihnen.

Der Schreck drohte, die bis ins Mark erschütterte Margarete mit sich in einen schwarzen Abgrund zu reißen.

Die Frau verengte die Augen zu Schlitzen. »Geht es Ihnen gut?«

»Ja. Ja, mir geht es gut. Das ist wohl die Erschöpfung.« Seit ihrer Verhaftung hatte sich Margarete wieder in sich selbst zurückverwandelt, sodass sie wie das jüdische Mädchen von einst sprach, ging und sich benahm.

»Sie kommen mir bekannt vor. Sind Sie aus der Gegend?«, fragte die andere Frau.

Nachdem sie sechs Monate lang dasselbe Kleid getragen hatte, sah sie offensichtlich zu heruntergekommen aus, als dass die Frauen in ihr die elegante Erbin erkannt hätten, als die sie sich vor ihrer Abreise von Gut Plaun ausgegeben hatte.

»Nein, ich bin nur auf der Durchreise. Ich wurde aus einem der KZs befreit.« Margarete konnte nicht anders, als mit Bitterkeit in der Stimme zu antworten.

Bei der Erwähnung des KZs und angesichts Margaretes bedauernswerten Zustands wendeten die beiden Frauen hastig den Blick ab und verließen rasch den Brunnen.

Von der Nachricht über Stefans Tod völlig am Boden zerstört, saß Margarete noch lange dort und haderte mit dem Schicksal, das sie hatte überleben lassen, ihn jedoch nicht. Einzig die Aussicht darauf, ihren Geliebten wiederzusehen, hatte ihr die Kraft gegeben, diese Tortur durchzustehen. Und nun, da sie es endlich nach Hause geschafft hatte, gab es ihn nicht mehr.

Nach einer gefühlten Ewigkeit raffte sie sich endlich auf. Zum Kai oder zu Großvater Stobers Haus zu gehen, war nun sinnlos geworden, deshalb entschied sie sich, die acht Kilometer zum Gut zu marschieren. Hoffentlich waren wenigstens Dora und Oliver dort. Unterwegs begegnete sie keiner Menschenseele. Mit jedem Schritt wuchsen ihre Trauer, ihr Schmerz und ihre Verzweiflung.

Als sie am Gestüt vorbeikam, sah sie weder Pferde auf der Koppel noch Menschen in der Nähe. Angst schnürte ihr die Kehle zu. Unbewusst beschleunigte sie ihr Tempo und machte sich aufs Schlimmste gefasst.

Das Gutshaus schien unversehrt. Wie bei ihrer ersten Ankunft vor fast drei Jahren war sie vom stattlichen Gebäude beeindruckt und fühlte sich klein und unbedeutend daneben.

Zögernd stieg sie die Stufen hinauf und klopfte an die Vordertür. Kurz darauf öffnete sich die Tür und Dora trat heraus.

»Wie kann ich Ihnen helfen?«

»Ich bin es.« Mühelos nahm Margarete den exaltierten Ton von Annegrets Stimme an, um Augenblicke später zu beobachten, wie das Wiedererkennen Doras Gesicht zum Leuchten brachte.

»Fräulein Annegret! Wie wundervoll, Sie zu sehen! Wir haben uns solche Sorgen gemacht –«

»Margarete bitte. Annegret ist schon lange tot.« Im Vertriebenenlager hatte sie viel Zeit gehabt, darüber nachzudenken, wie sie ihr neues Leben gestalten wollte. Trotz der Annehmlichkeiten, die sie als Annegret genossen hatte, zog sie es vor, sie selbst zu sein: arm wie eine Kirchenmaus, aber mit reinem Gewissen. Außerdem würde das ihr Leben unter Sowjetbesatzung vermutlich leichter machen – zumindest hoffte sie das. Allerdings hatte sie nie weitergedacht als bis zu ihrer Rückkehr nach Gut Plaun, weil sie sich nur darauf konzentriert hatte, Stefan und die anderen wiederzusehen.

»Oh, Fräulein Margarete.« Dora verfiel in ihre lästige Angewohnheit zu knicksen, wenn sie nervös war, und brachte es fertig, nicht nur einmal, sondern gleich dreimal zu knicksen.

»Einfach nur Margarete bitte.«

»Natürlich, Fr... Margarete.« Es würde wohl eine Weile dauern, bis Dora sich daran gewöhnte, dass Margarete nicht mehr ihre Herrin war. »Es ist so schön, Sie zu sehen. Wir haben Sie für tot gehalten.«

»Wer ist noch hier?« Margarete biss sich auf die Lippe, während sie ängstlich darauf wartete zu hören, wie viele der Menschen, die ihr am Herzen lagen, überlebt hatten.

»Oh, Fr... ich meine, Margarete, Sie werden sich freuen. Nils ist von der Front zurückgekehrt, und Frau Mertens ist hier und meine zwei Kinder und«, sie brach in ein breites Lächeln aus, »Herr Stober.«

»Stefan ist nicht tot?« Margaretes Knie gaben unter ihr nach, und nur dank Doras schneller Reaktion, die sie fix um die Taille packte, stürzte sie nicht zu Boden.

»Nein. Er wurde noch am selben Tag festgenommen, als die Russen kamen, aber Ladislaus hat ihn befreit. Ladislaus hat auch alle Frauen im Gutshaus vor Schlimmem bewahrt ...«

»Warte, nicht so schnell«, unterbrach Margarete sie, die immer noch nicht glauben konnte, dass ihr geliebter Stefan lebte. »Könnte ich bitte ein Glas Wasser haben und vielleicht etwas zu essen?«

»Oh, natürlich, wie unhöflich von mir. Bitte folgen Sie mir.« Einige Schritte, bevor sie die Küche erreichten, drehte Dora sich um und fragte: »Was sollen wir Frau Mertens sagen?«

»Sie weiß es nicht?«

Dora schüttelte den Kopf. »Nachdem Sie verhaftet worden waren, hielten Herr Stober und ich es für das Beste, niemandem etwas zu sagen. Deshalb haben wir erzählt, dass Sie ... ich meine Fräulein Annegret, alte Freunde getroffen hat und bei ihnen geblieben ist.«

»Tja, wir müssen ihr wohl die Wahrheit sagen.« Margarete freute sich nicht auf dieses Gespräch, aber da sie sich für einen Neuanfang mit reiner Weste entschieden hatte, blieb ihr nichts anderes übrig.

»Sie ist gerade in der Stadt. Herr Stober sollte in Olivers Büro sein.«

Margarete bemerkte, wie ernst Dora bei der Erwähnung ihres Mannes wurde, und fragte: »Was ist mit Oliver? Wo ist er?«

Dora presste die Lippen zu einer schmalen Linie zusammen und schüttelte den Kopf, bevor sie antwortete: »Er ist gefallen.«

»Das tut mir so leid.« Margarete trauerte aufrichtig, nicht nur um einen guten Freund, sondern auch um seiner Witwe und seiner Kinder willen, die ohne Vater aufwachsen mussten. »Du hast ein zweites Kind?«

»Ja. Er ist viel zu früh zur Welt gekommen, aber er hat sich gut entwickelt. Ich habe ihn im Andenken an seinen Vater Oliver genannt.«

»Wenn ich irgendwie helfen kann ...«, bot Margarete an, bevor ihr einfiel, dass sie eine mittellose Überlebende war, die keinen einzigen Groschen besaß.

»Danke. Uns geht es gut.« Sie hatten die Küche erreicht, wo Dora ihr ein Glas Wasser einschenkte und eine Scheibe Brot abschnitt, die Margarete gierig verschlang.

»Möchten Sie jetzt Herrn Stober sehen? Normalerweise will er nicht gestört werden, wenn er im Büro ist, aber für Sie wird er eine Ausnahme machen. Die Schuldgefühle, dass er Sie in Berlin zurückgelassen hat, haben ihm schwer zu schaffen gemacht.«

Mit einem Mal wurde sich Margarete ihres armseligen Zustands nur zu gut bewusst. Sogar ohne in den Spiegel zu sehen, wusste sie, dass sie mit dem ausgemergelten Körper und faltigen Gesicht wie ein altes Weib aussah. »Warte, ich weiß nicht, ob ich schon bereit bin ...«

Just in diesem Moment öffnete sich die Tür und ein flachsblonder Kopf lugte in die Küche. »Dora, könntest du bitte ...« Stefan stockte mitten im Satz. Er wurde kreidebleich, als habe er ein Gespenst gesehen. »Gretchen? Mein Liebling! Bist du es wirklich?«

Sie nickte, zu überwältigt, um ein Wort hervorzubringen. Bis zu diesem Augenblick hatte sie Doras Versicherungen, dass er lebte, nicht so richtig geglaubt. Sie machte einen zaghaften Schritt auf ihn zu, und schon hatte er sie in die Arme gerissen, drückte seine Lippen auf die ihren und presste sie so fest an sich, als wolle er sie nie wieder loslassen. Aus den Augenwinkeln bemerkte sie, wie Dora sich aus der Küche verzog, um den beiden etwas Privatsphäre zu geben.

»Ich kann nicht glauben, dass du wirklich hier bist«, murmelte er, während er ihr über den Rücken strich. »Ich war so oft so verzagt und befürchtete, dass du bestimmt tot bist.«

»Genau das habe ich auch oft gedacht, aber wie durch ein Wunder habe ich überlebt.«

»Mein Liebes. Mein süßer, allerliebster Schatz. Jetzt, wo ich dich wiederhabe, ist alles andere unwichtig. Lass mich dich festhalten.« Er drückte sie noch enger an sich. »Ich kann immer noch nicht glauben, dich wirklich in den Armen zu haben.«

»Dora, es kam mir vor, als hätte ich jemanden weinen gehört. Ist alles –« Frau Mertens verstummte, als sie die Küche betrat und Margarete in Stefans Armen erspähte.

»Sie sind wieder zuhause«, stellte sie unnötigerweise fest.

»Ja. Es gab Zeiten, da habe ich nicht mehr daran geglaubt, dass ich je zurückkehren würde, aber hier bin ich«, antwortete Margarete.

»Was ist nach deiner Verhaftung passiert?«, wollte Stefan wissen.

»Wieso um alles in der Welt würde jemand Sie verhaften? Und wieso haben Sie uns keine Nachricht geschickt, um uns zu informieren?« Frau Mertens schien außer sich über eine solch himmelschreiende Ungerechtigkeit.

In diesem Moment erinnerte Margarete sich daran, dass die Haushälterin sie immer noch für Fräulein Annegret hielt. Gerne hätte sie ihr die Wahrheit auf schonendere Weise beigebracht, doch das plötzliche Erscheinen von Frau Mertens hatte sie in die Enge getrieben. »Ich wünschte, ich hätte es Ihnen in Ruhe erklären können, Frau Mertens.« Sie lächelte der Haushälterin schuldbewusst zu. »Ich bin nicht Annegret Huber. Ich war das Berliner Dienstmädchen der Hubers. Als Annegret und ihre Eltern während eines Bombenangriffs ums Leben kamen, habe ich ihre Identität angenommen, um mein eigenes Leben zu retten.«

»Sie sind ... was?«

»Mein richtiger Name ist Margarete Rosenbaum. Ich bin Jüdin.«

Frau Mertens' Augen wurden untertassengroß, bevor sie frustriert aufschrie, aus der Küche stampfte und die Türe hinter sich zuschlug.

Margarete wollte ihr nacheilen, aber Stefan hielt sie zurück. »Lass sie.«

»Ich sollte zu ihr gehen und alles erklären.«

»Was willst du denn erklären? Dass du sie die ganzen Jahre belogen hast?«, fragte Stefan.

Margarete seufzte und schüttelte den Kopf. »Na ja, das vielleicht nicht.«

»Sie beruhigt sich schon wieder. Viele Leute mussten grässliche Dinge tun, um zu überleben. Da dürfte lügen noch das geringste Verbrechen sein.«

Margarete war sich zwar nicht so sicher, trotzdem entspannte sie sich in Stefans Umarmung. »Du kannst dir nicht vorstellen, wie verzweifelt ich war, als zwei Frauen in der Stadt mir gesagt haben, die Nazis hätten dich exekutiert.«

Stefans Miene verwandelte sich in eine Grimasse des Kummers. »Das war mein Großvater. Irgendetwas ist schiefgegangen, während du und ich in Berlin waren. Man hat den britischen Piloten in seinem Haus gefunden.«

»Das tut mir so schrecklich leid. Ich weiß, wie viel er dir bedeutet hat.« Sie schmiegte sich an seine breite Brust und genoss das Gefühl der Zugehörigkeit. Nach einer Weile fragte sie zaghaft: »Hast du von meinem Onkel Ernst gehört?«

»Bisher nicht, aber die Nachrichten treffen immer noch täglich ein. Vor heute haben wir auch von dir nichts gehört.«

»Ich traf Onkel Ernst in Berlin. Wir waren zusammen in einem Arbeitstrupp, der die Straßen nach jedem Bombenangriff räumen musste, wurden dann bei der Ankunft in Auschwitz voneinander getrennt.«

»Du warst … dort?« Stefans Stimme zitterte erschüttert.

»Ja und nein. Ich wurde zusammen mit dem Rest der Häftlinge noch am Ankunftstag evakuiert, aber Onkel Ernst war zu gebrechlich und wurde zurückgelassen. Ich mache mir schreckliche Vorwürfe, nicht besser auf ihn aufgepasst zu haben.«

Stefan strich ihr übers stumpfe Haar und murmelte: »Es ist nicht deine Schuld, Liebste. Du hast alles in deiner Macht Stehende getan.«

»Mein Verstand weiß das, aber mein Herz nicht.« Sie sog die Wärme, die Energie und die Liebe in sich auf, die von seinem Körper ausgingen. »Ich werde Tante Heidi schreiben. Vielleicht hat sie von ihm gehört. Wenn er überlebt hat, wird er nach Leipzig gehen, um nach seiner Frau zu suchen.«

»Mach das.«

In diesem Augenblick öffnete sich die Tür erneut und ein Mann trat mit besorgter Miene ein. »Frau Mertens ist sehr aufgewühlt. Was –« Er sah Stefan und Margarete eng umschlungen dort stehen. »Und Sie sind?«

»Margarete. Ich meine ...« Sie erkannte ihn als einen der ehemaligen Zwangsarbeiter.

Stefan mischte sich ein, um zu erklären: »Das ist Ladislaus, vielleicht erinnerst du dich an ihn. Er war einer der polnischen Häftlinge, die in den Ställen gearbeitet haben. Die Sowjets haben ihn zum neuen Gutsverwalter ernannt.«

Mit einem Mal riss Ladislaus erstaunt die Augen auf. »Fräulein Annegret! Bitte entschuldigen Sie, dass ich Sie nicht erkannt habe. Es ist eine Ehre, sie wieder auf Gut Plaun zu haben.«

Sie unterbrach ihn mit einer Handbewegung. »Nur, dass ich nicht wirklich Annegret Huber bin. Als sich die Gelegenheit bot, habe ich ihre Identität angenommen, um mein eigenes Leben zu retten. In Wirklichkeit heiße ich Margarete Rosenbaum und bin Jüdin.«

Ladislaus' Kinnlade klappte nach unten. Für mindestens dreißig Sekunden war kein Laut in der Küche zu hören, bis er die Fassung wiedererlangte. »Nun, das erklärt einiges. Auf jeden Fall können Sie auf Gut Plaun bleiben, solange Sie möchten, und so leben, als seien Sie die Gutsherrin. Und keine Sorge, ich lasse die Russen wissen, dass Sie tabu sind.«

»Vielen Dank.« Margarete lächelte ihn erleichtert an. »Es ist gut, wieder unter Freunden zu sein.«

»Sie verdienen es, denn Sie haben die Häftlinge in Ihrer Obhut ausgesprochen gut behandelt.«

»Was ist aus ihnen geworden?«, fragte sie.

»Ich glaube, nur eine Handvoll ist seit Ihrer Abreise damals gestorben. Einige haben entschieden, als Landarbeiter zu bleiben, aber die meisten sind in ihre Heimat zurückgekehrt.«

»Das freut mich.« Margarete dachte an Lena, die entflohene Gefangene, mit der ihre Anstrengungen, den hauptsächlich jüdischen Zwangsarbeitern in ihrer Fabrik zu helfen, begonnen hatten. Lena hatte sie nicht retten können – aber so viele andere. *Wo auch immer du jetzt bist, Lena, ich hoffe, du weißt, dass der Krieg und damit das Leiden unseres Volks ein Ende hat.*

»Dann macht es Ihnen nichts aus, nicht mehr das Sagen auf Gut Plaun zu haben?«, erkundigte sich Ladislaus.

»Überhaupt nicht. Es hat mir ja eigentlich nie gehört. Ich habe es nur dazu benutzt, unter falscher Identität leben zu können. Glaub mir, ich bin viel glücklicher, wieder ich selbst zu sein.«

EPILOG

Die Wochen vergingen und der Sommer näherte sich bereits seinem Ende, als Margarete endlich einen Brief von Ernst und Heidi erhielt. Frau Mertens war diejenige, die ihn entgegennahm. Obwohl sie inzwischen einsah, dass Menschen weit Schlimmeres getan hatten, um ihre Haut zu retten, war sie immer noch schlecht auf Margarete zu sprechen, weil diese sie so lange Zeit angelogen hatte.

»Für Sie, von einem Ernst Rosenbaum«, sagte sie und hielt Margarete den Brief hin.

Überglücklich setzte Margarete sich mit einem Glas Wasser auf die Veranda, öffnete den Umschlag und nahm sich Zeit, um jedes Wort auszukosten.

Mein liebes Gretchen,

Du kannst Dir nicht vorstellen, wie sehr wir uns über Deinen Brief gefreut haben. Zu erfahren, dass Du nach unserer Trennung diese Tortur überlebt hast, ließ mir einen großen Stein vom Herzen fallen.

Ich weiß, dass Du Dich schuldig gefühlt hast, weil Du

mich zurücklassen musstest, aber nach allem, was ich gehört habe, war mir das leichtere Schicksal beschieden. Durch eine glückliche Vorsehung konnten die Nazis ihren Plan, sämtliche kranken Häftlinge umzubringen, nicht in die Tat umsetzen. Überstürzt flohen sie vor dem russischen Vormarsch und ließen das KZ unbewacht. Du verstehst sicher, dass ich nicht ins Detail gehen möchte. Manchmal ist es besser, über die Vergangenheit zu schweigen, um sie nicht wieder aufleben zu lassen.

Es genügt zu sagen, dass ein Mann es auf sich nahm, sich um mich zu kümmern, und dank seiner Pflege habe ich die zehn Tage »zwischen den Welten« überlebt, welche die Russen brauchten, um uns zu befreien. Was für eine Ironie, dass ausgerechnet die Soldaten, die zu fürchten und hassen Goebbels uns Deutsche gelehrt hatte, diejenigen waren, die mich am Ende retteten.

Kurz nach der Kapitulation habe ich mich auf den Weg nach Leipzig gemacht und habe, oh Wunder, meine geliebte Heidi dort vorgefunden. Viel magerer, als ich sie in Erinnerung hatte, mit mehr grauen Strähnen und tiefen Sorgenfalten, aber genauso liebenswert, wenn nicht sogar noch mehr, wie damals bei unserem Kennenlernen vor fast dreißig Jahren.

Sie lässt übrigens herzlich grüßen und ist genauso erleichtert darüber, dass Du überlebt hast, wie ich.

Leider enthält dieser Brief auch traurige Neuigkeiten. Mit Hilfe des Roten Kreuzes haben wir herausgefunden, dass mein geliebter Bruder, Dein Vater, zusammen mit dem Rest Deiner Familie im selben Konzentrationslager, das Du und ich wie durch ein Wunder überlebt haben, umgekommen sind.

Meine Schwester wird noch vermisst; es besteht wenig Hoffnung, dass sie überlebt hat. Der Tod ihres Mannes und ihrer Kinder wurde bereits bestätigt mit Ausnahme einer Nichte, die erst vor wenigen Wochen aus Bergen-Belsen zurückgekehrt und vorübergehend bei uns eingezogen ist, bis sie eine eigene Bleibe findet.

Wie ich zuvor schrieb: Lass uns nicht in der Vergangenheit verweilen. Nun ist es an der Zeit, den Blick nach vorne zu richten und die Zukunft willkommen zu heißen. Heidi und ich haben lange überlegt, ob wir an einen Ort emigrieren sollen, der nicht von solch grauenhaften Erinnerungen durchdrungen ist. Letztlich sind wir zu dem Schluss gelangt, dass man alte Bäume wie uns nicht umpflanzen kann. Wir haben das Schlimmste überstanden. Hitler hat uns alles genommen und doch konnte er uns unsere Würde und unser Heimatgefühl nicht rauben.

Deshalb haben wir entschieden, in Deutschland zu bleiben. Wir hoffen, Dich bald wieder in die Arme schließen zu können, vielleicht schon im nächsten Sommer, wenn es wieder möglich sein sollte zu reisen.

Bitte halte uns bis dahin auf dem Laufenden und lass uns wissen, wohin es Dich verschlägt. Ich gehe nicht davon aus, dass Du auf dem Gut bleiben wirst, das Dir nicht gehört.

Es umarmen Dich in Liebe

Onkel Ernst und Tante Heidi

Stefan fand Margarete glücklich lächelnd vor, und obwohl er sich für sie freute, spürte sie eine tiefe Traurigkeit in ihm. Da sie wusste, wie sehr die Nähe zum Wasser ihm half, seine Gefühle zu verarbeiten, schlug sie vor: »Wollen wir zum See gehen?«

Eine halbe Stunde später erreichten sie die Klippe, von der Horst Richter sie vor so vielen Monaten gezwungen hatte, ins eisige Wasser zu springen. Sie unterdrückte ein Schaudern, als die Erinnerungen drohten, sie zu überwältigen. Schnell fasste sie Stefans Hand und führte ihn an den kleinen Kieselstrand neben der Klippe.

»Was ist los?«, fragte sie.

Stefan sah sie unglücklich an, bevor er die Augen abwandte und übers Wasser zum anderen Ufer blickte. »Früher habe ich diesen Ort geliebt, ganz besonders den See. Jetzt sehe ich überall meinen Großvater, aber nicht sein gütiges Gesicht, sondern seine Leiche, die auf dem Marktplatz baumelt. Fast als wolle er mich wegjagen.«

»Dein Großvater war ein weiser Mann. Wahrscheinlich hat er recht und unsere Zeit hier neigt sich dem Ende entgegen.«

»Hm.« Er nickte langsam. »Ich habe viel darüber nachgedacht. Ich bin hergezogen und Fischer geworden, weil die Nazis mich nicht mehr in meinem Beruf arbeiten ließen. Aber es war immer mein sehnlichster Wunsch, Chemieingenieur zu sein. Ich würde gerne wieder nach Köln ziehen und dabei helfen, die Industrie aufzubauen.«

Sie strich mit dem Finger über seinen Handrücken. »Und was hält dich davon ab, dir deinen Wunsch zu erfüllen?«

Er drehte sich zu ihr und kniff die Augen zusammen. »Weißt du das nicht?«

»Nein.«

»Du.«

»Ich?«, fragte Margarete überrascht.

»Ist das so seltsam? Ich liebe dich so sehr. Fast hätte ich dich verloren. Ich will nie wieder von dir getrennt sein. Nicht einmal für eine einzige Nacht. Wie kann ich da nach Köln ziehen?«

Sie schüttelte den Kopf, unfähig seinen Gedankengang zu begreifen. »Aber ... Du brauchst doch nicht alleine dort hinziehen.«

»Was?« Ihm klappte die Kinnlade herunter und es dauerte mehrere Sekunden, bis er ihre Antwort verarbeitet hatte. »Heißt das, du würdest mitkommen?«

»Ach, Stefan, wie kannst du so schwer von Begriff sein?«, schalt sie ihn. »Gut Plaun war mir ein Zuhause, als ich eines brauchte, aber ich gehöre nicht hierher. Du bist mein Zuhause, und ich werde überall glücklich sein, solange du an meiner Seite bist.«

»Wirklich? Du würdest dein bequemes Leben hier aufgeben und mit mir in eine unbekannte Zukunft in einer fremden Stadt aufbrechen?«

»Natürlich«, sagte sie, nur um sich in seinen Armen wiederzufinden und prickelnde Küsse auf ihrem Gesicht zu spüren. Als er sie wieder absetzte, meinte er: »Dann lass es uns richtig machen. Möchtest du, Margarete Rosenbaum, die wundervollste Frau der Welt, meine Frau werden?«

»Genau genommen habe ich diese Frage bereits beantwortet, weißt du nicht mehr?« neckte sie ihn.

Er nahm ihre Hand. »Ich erinnere mich sehr gut. Aber damals war es eine hypothetische Frage, weil wir nicht wirklich heiraten konnten. Und im Übrigen nannte sich die letzte Frau, um deren Hand ich angehalten habe, Annegret. Heute frage ich Margarete. Wie lautet ihre Antwort?«

»Ja. Ja, ja, ja, ich will.« Dann fiel sie ihm in die Arme und küsste ihn, als wollte sie niemals damit aufhören.

Sie heirateten in Plau am See in einer kleinen Zeremonie im Rathaus, nur in Anwesenheit ihrer engsten Freunde. Wieder steckten sie sich die Ringe von Stefans Großeltern an die Finger. Nach dem Empfang im Gutshaus nahm Margarete Dora beiseite. »Wenn du mit uns nach Köln ziehen möchtest, dann helfen Stefan und ich dir dabei, dir eine Existenz aufzubauen.«

»Das ist wirklich lieb von euch, aber ich will zurück in die Ukraine. Ohne Oliver hält mich hier nichts. Außerdem werden sich meine Eltern freuen, ihre Enkelkinder kennenzulernen, und können mir helfen, sie großzuziehen.«

»Das verstehe ich gut. Weißt du schon, wann ihr aufbrecht?«

»Nicht wirklich. Ich muss zuerst ein bisschen Geld sparen, ich will ja nicht mit leeren Händen zurückkommen«, erklärte Dora.

»Also, wenn das der einzige Grund ist zu warten, dann können wir das im Handumdrehen ändern. Komm mit.« Margarete stieg die Treppe zu den Gemächern hinauf, die sie als Fräulein Annegret bewohnt hatte, und wo sie nun mit Stefan lebte. Dort angekommen öffnete sie den versteckten Tresor und holte ein Päckchen heraus, das in weichen Stoff gewickelt war.

»Das ist doch nicht etwa...?«, fragte Dora verwundert.

Margarete wickelte es auf und zeigte ihr den kostbaren Schmuck. Sie nahm die Perlenohrringe heraus, die sie als Annegret so oft getragen hatte, wickelte den Rest wieder ein, und reichte ihn Dora.

»Nein, ich ... Das kann ich unmöglich annehmen.«

»Und ob du das kannst. Das war Frau Hubers Schmuck, und ich will ihn nicht haben. Er hat mir ja nie wirklich gehört.«

»Aber du ...«, protestierte Dora.

»Ohne dich wäre ich nicht hier. Du hättest mich an die Gestapo verraten können, als du Lena hier entdeckt hast.«

»Das hätte ich niemals getan.«

»Ich weiß. Du bist der treueste und ehrlichste Mensch, den ich kenne. Du warst freundlich zu mir, als alle anderen mich hassten. Du hast Oliver von ganzem Herzen geliebt, du hast mein Geheimnis bewahrt, hast mich dabei unterstützt, den Häftlingen zu helfen, hast Lebensmittel zu Olga gebracht ... Du hast so viel getan. Jetzt musst du an dich und deine Kinder denken. Also nimm den Schmuck.« Margarete schloss Doras Hand um das seidene Tuch. »Ich bestehe darauf.«

»Danke, das ist so großzügig von dir. Olga will auch nach Hause zurück und damit«, sie zeigte auf das Bündel, »können wir den Großteil der Reise sorgenfrei zusammen zurücklegen.«

»Was ist eigentlich aus dem Mädchen geworden, das Frau Gusen versteckt hat? Hat sie überlebt?«

»Lili? Ja, sie hat es geschafft.« Dora strahlte freudig, doch wenige Augenblicke später huschte ein Schatten über ihr Gesicht. »Niemand sonst aus Lilis Familie hat überlebt.«

»Was passiert jetzt mit ihr?«

»Frau Gusen hat angeboten, dass Lili bei ihr bleiben kann, solange sie möchte. Ich glaube, die alte Frau braucht Lili genauso sehr, wie das Mädchen sie braucht. Die beiden werden füreinander da sein.«

»Das beruhigt mich«, sagte Margarete. Voller Nostalgie schlang sie in einem seltenen Gefühlsausbruch ihre Arme um Dora. »Ich wünsche dir alles Gute für die Zukunft.«

Doras Stimme war heiser, als sie antwortete: »Margarete, du bist eine wahre Freundin. Ich werde dich und meine Zeit auf Gut Plaun nie vergessen.«

* * *

Zwei Wochen später traf ein weiterer Brief ein, der dieses Mal an Dora adressiert war. Es war das erste Mal, dass sie einen Brief erhielt, deshalb drehte sie ihn in den Händen und fragte sich, von wem er sein könnte. Da kein Absender angegeben war, öffnete sie ihn schließlich neugierig.

Als sie ihn zu Ende gelesen hatte, liefen ihr die Tränen übers Gesicht. Bald jedoch begann sie bei der Erinnerung an ihren geliebten Oliver zu lächeln. Das Schreiben stammte von einem seiner Kameraden, einem jungen Mann namens Kalle, der nicht nur sein eigenes Überleben darauf zurückführte, dass Oliver ihn unter seine Fittiche genommen hatte, sondern ihr auch von dessen Heldentod berichtete.

Dora stellte sich ihren Mann, wie er den beiden Frauen half, so lebhaft vor, dass es ihr vorkam, als habe sie direkt neben ihm gestanden. Die Szene brachte das, was Olivers Wesen ausgemacht hatte, auf den Punkt. Er war gestorben, wie er gelebt hatte: voller Güte und diejenigen beschützend, die am meisten darauf angewiesen waren.

Obwohl sie für den Rest ihres Lebens um ihn trauern würde, gab ihr dieser Brief den dringend benötigten Seelenfrieden, dass Olivers Tod nicht umsonst gewesen war.

Einige Tage später bestiegen Dora und ihre beiden Kinder zusammen mit Olga einen Zug nach Osten. Am selben Tag brachen Margarete und Stefan in die entgegengesetzte Richtung auf. Ladislaus wünschte ihnen Glück und verkündete, dass er und das Dienstmädchen Gloria sich verlobt hatten und noch vor Jahresende nach Polen zurückkehren würden. Frau Mertens ging in den Ruhestand und bezog ein Häuschen in der Stadt.

Für Margarete war es ein bittersüßer Moment, denn Gut Plaun zu verlassen, zog einen Schlussstrich unter ihr Leben als Annegret Huber. Im Zug nach Köln betrachtete sie die ihr so vertraut gewordene Landschaft und dachte über die Ereignisse der vergangenen Jahre nach. So viel war passiert seit dem folgenschweren Bombenabwurf auf die Huber-Villa in Berlin, der dazu geführt hatte, dass sie Annegrets Identität angenommen hatte. Wie naiv war sie doch gewesen, als sie damals bei Tante Heidi in Leipzig eingetroffen war. Es war ein Wunder, dass sie diese ersten Wochen überhaupt überlebt hatte.

Ihre Gedanken wanderten weiter zu ihrer Zeit bei Wilhelm in Paris. Trotz all seiner Fehler hatte sie ihn immer noch in guter Erinnerung. Am Ende hatte er bewiesen, dass er einen guten Kern hatte, indem er sich für sie geopfert hatte.

»Ich hatte wirklich schon viel Glück im Leben«, sagte sie zu Stefan.

»Das klingt seltsam von jemandem, der erst kürzlich aus einem KZ zurückgekehrt ist.« Er nahm ihre Hand, als sie sich gegen ihn lehnte.

»Ich weiß, aber wenn man von all den schrecklichen Dingen absieht, die passiert sind, habe ich so viel Gutes von einzelnen Menschen erfahren, besonders von Oliver und Dora. Sie haben nicht nur mir geholfen, sie haben mich auch immer dabei unterstützt, die Häftlinge zu beschützen, trotz des hohen persönlichen Risikos. Ohne sie hätte ich es nicht geschafft.« Sie sah Stefan an, und ihre Augen leuchteten vor Liebe. »Aber vor allen Dingen hatte ich das Glück, dich kennenzulernen.«

Er schenkte ihr sein unwiderstehliches Lächeln. »Genau genommen hatte ich das Glück, *dich* kennenzulernen. Ich wünschte nur, ich hätte Opa sagen können, wer du wirklich bist. Er wäre so stolz gewesen.«

»Ich bin sicher, er beobachtet uns, wo auch immer er jetzt ist.«

* * *

Nachdem sie in Köln angekommen waren, fand Stefan mit Leichtigkeit eine Stelle bei der britischen Besatzungsmacht, da er nachweisen konnte, dass er von den Nazis politisch verfolgt worden war. Sie mieteten sich eine wunderschöne Wohnung in einem Neubau am Kölner Stadtrand, und ein halbes Jahr später wurde Margarete schwanger.

Noch im selben Jahr entschieden Ernst und Heidi, zu ihnen nach Köln zu ziehen. Sie wurden beide nicht jünger. Aufgrund der bleibenden Schäden, die Ernst von den Jahren in Gefangenschaft geblieben waren, fühlten sich beide sicherer, Familie in der Nähe zu haben. Die Wohnung wurde zwar recht eng, dennoch war Margarete glücklich. Vor allem freute sie sich über Heidis Hilfe mit ihrer neugeborenen Tochter.

»Ich bin so glücklich«, sagte Stefan, als er Margarete an sich zog und ihr einen Kuss auf den Hals drückte.

»Ich auch. Wir haben so viel durchgestanden. Egal, was versucht hat, uns unterzukriegen, es ist uns immer wieder gelungen aufzustehen. Danke, dass du an mich geglaubt hast und dass du dich immer für das Richtige entscheidest, auch wenn es der steinigere Weg ist.«

»Das nennt man Liebe. Die wahre Liebe überdauert auch die schwersten Zeiten. Ich bin so froh, dich gefunden zu haben. Du bist mein Leben.«

MEHR VON BOOKOUTURE
DEUTSCHLAND

Für mehr Infos rund um Bookouture Deutschland und unsere
Bücher melde dich für unseren Newsletter an:

deutschland.bookouture.com/subscribe/

Oder folge uns auf Social Media:

 facebook.com/bookouturedeutschland

 twitter.com/bookouturede

 instagram.com/bookouturedeutschland

EIN BRIEF VON MARION

Liebe Leserin, lieber Leser,

ich möchte mich ganz herzlich dafür bedanken, dass ihr euch entschieden habt, *Tochter eines neuen Morgen* zu lesen. Wenn euch das Buch gefallen hat und ihr über alle meine Neuerscheinungen auf dem Laufenden bleiben wollt, meldet euch einfach unter folgendem Link an. Eure E-Mail-Adresse wird niemals weitergegeben und ihr könnt euch jederzeit wieder abmelden.

deutschland.bookouture.com/subscribe/

Leider ist dies das letzte Buch der Reihe *Margaretes Weg*, aber ich schreibe bereits an einer neuen Reihe über Mischehen zwischen Juden und Christen/Ariern. Wie immer hat sich die Ausgangsidee in etwas Größeres entwickelt. Ich musste dafür viel recherchieren, denn der erste Band führt uns zum Bürgerbräu-Putsch im Jahr 1923 zurück, Hitlers erstem Versuch, die Regierung zu stürzen.

In der neuen Reihe werden Ihnen einige Personen aus *Margaretes Weg* wiederbegegnen. In einem der späteren Bände möchte ich erkunden, wieso Thea (die Greiferin) sich gegen ihr eigenes Volk gewandt hat – etwas, das mich in seiner Entsetzlichkeit fasziniert.

Aber zurück zu *Tochter eines neuen Morgen*. Nachdem Stefan sie aus dem See gefischt hat, schien Margaretes Leben viel zu mühelos zu werden, sodass ich ihr eine neue Herausforderung geben musste.

Was für einen besseren Grund gibt es, gefährliche Dinge zu tun, als dringend Geld zu benötigen? Ohne Katzes Erpressung hätte es keinen Anlass gegeben, das vergleichsweise sichere Gut Plaun zu verlassen und nach Berlin zu reisen, wo sie verhaftet wurde. Ich stelle mir vor, dass der Oberscharführer Katze ins Gefängnis gekommen ist, wo einige seiner ehemaligen Opfer als Wärter arbeiteten und ihn für seine Schandtaten büßen ließen.

Thea Blume ist eine interessante Figur, inspiriert von der echten Stella Goldschlag, einer berüchtigten Greiferin, die für die Gestapo arbeitete und von ihren jüdischen Mitbürgern »das blonde Gift« und »das blonde Gespenst vom Kurfürstendamm« genannt wurde.

In späteren Bänden der neuen Reihe will ich ihr Leben und die Beweggründe beleuchten, die dazu führten, dass sie mit der Gestapo kollaborierte.

Zur Sabotage: Die Nitropentafabrik ist der echten Fabrik in Malchow auf der anderen Seeseite nachempfunden, in der allerdings keine Sabotage nachgewiesen wurde. Mein Großvater Hansheinrich Kummerow arbeitete als Chemieingenieur bei Loewe (fast wie Stefan), wo Funkgeräte für die Wehrmacht hergestellt wurden.

Er wurde von der Gestapo wegen Sabotage der Produktion, Wehrkraftzersetzung und Spionage verhaftet, worüber Sie in meiner Trilogie *Liebe und Widerstand im Zweiten Weltkrieg* lesen können. Ich besitze ein Vernehmungsprotokoll von einem seiner Mitverschwörer, das während der Entnazifizierung nach dem Krieg erstellt wurde. Darin berichtet er, wie eine kleine Gruppe von Verschwörern bei Loewe die Produktion sabotierte und es auf die schlechte Qualität der Rohmaterialien sowie die normale Abnutzung der Produktionsmaschinen schob.

Mit der Figur von Ladislaus wollte ich zeigen, was ein wenig Freundlichkeit bewirken kann. Polen hat in den letzten

Jahrhunderten so oft die Zugehörigkeit gewechselt, dass viele Einwohner zwei oder drei Sprachen lernten, was sich sowohl als Gefangener der Deutschen als auch später mit der Sowjetarmee als nützlich erwies. Es kam häufig vor, dass ehemalige Häftlinge für diejenigen ein gutes Wort einlegten, die sie gut behandelt hatten, sowie die ansässigen Frauen vor Vergewaltigung und anderem bewahrten. Allerdings war auch das Gegenteil der Fall. Viele ehemalige Zwangsarbeiter, vermutlich diejenigen, die von ihren »Arbeitgebern« schlecht behandelt worden waren, eiferten den Besatzern beim Plündern, Lynchen und Foltern nach.

Beim Lesen der drei vorherigen Bände in *Margaretes Weg* hat meine Lektorin Isobel Akenhead immer wieder angedeutet, dass sie sich ein Happy End für Ernst und Heidi wünscht. Der arme Onkel Ernst hat genug gelitten, weshalb ich dem Wunsch gerne nachgekommen bin. Er und seine Frau sollen ihren Lebensabend in Frieden bei ihrer Nichte Margarete und hoffentlich einer Schar Großnichten und -neffen verbringen dürfen.

SS-Hauptscharführer Dobberke existierte wirklich und seine Vorliebe, die Häftlinge in seiner Obhut auszupeitschen, entspricht leider der Wahrheit. Er wurde Stella Goldschlags Kontaktperson und hatte trotz seiner offensichtlich antisemitischen Einstellung eine langwährende Beziehung mit einer jüdischen Krankenschwester, die ebenfalls ein Häftling des Durchgangslagers in der Schulstraße war.

Was Ernsts und Margaretes kurze Zeit in Auschwitz angeht, so gaben mir Primo Levis Memoiren *Ist das ein Mensch?* eine gute Vorstellung davon, was in den zehn »Tagen im Limbus« zwischen dem 17. Januar 1945, als die SS das KZ verließ, und dem 27. Januar, als die Rote Armee es erreichte, geschah. Übrigens war Primo Levi ein italienischer Jude und Widerständler, der bei seiner Verhaftung durch die Nazis fälschlicherweise glaubte, dass ein Jude zu sein ein geringeres Verbrechen war, als zum Widerstand zu gehören.

In Wirklichkeit verließ der letzte Transport nach Auschwitz Berlin viel früher als in *Tochter eines neuen Morgen*. Das genaue Datum ist nicht bekannt, es muss im November oder Dezember 1944 gewesen sein. Ich wollte jedoch nicht, dass Ernst und Margarete Zeit in Auschwitz verbringen, weil es mich abgeschreckt hat, bei ihren Erlebnissen dort zu sehr ins Detail zu gehen. Vielleicht bin ich eines Tages mutig genug, ein Buch über einen Häftling in diesem Inbegriff des Bösen zu schreiben.

Über das Thema der Todesmärsche, wie Margarete ihn miterlebt, habe ich ausführlicher im Buch *Enorme Opfer* meiner Reihe *Kriegsjahre einer Familie* geschrieben. Sollten Sie sich für ein Sachbuch über den Todesmarsch von Auschwitz interessieren, so empfehle ich Malka Adlers *The Brothers of Auschwitz* [ohne deutsche Übersetzung]. Einige Szenen, die Margarete erlebt, sind von den dort geschilderten Erfahrungen inspiriert.

Die russische Armee erreichte die Gegend um Plau am See zwischen dem 30. April und dem 2. Mai 1945. Sie nahm die Dörfer ohne großen Widerstand ein und beschlagnahmte nach und nach die meisten der größeren Güter wie Gut Plaun. Die Gebäude wurden normalerweise für die Offiziere in Anspruch genommen, der gesamte Besitz mit dem zugehörigen Vermögen, falls es ein solches noch gab, konfisziert. Nachdem Margarete und Stefan abgereist waren, könnten die Angestellten der neuen Verwaltung ins Gutshaus gezogen sein. Da es aber ein gutes Stück von der Stadt entfernt lag, könnte das Gut auch als staatseigenes Landwirtschaftsunternehmen weitergeführt worden sein, um unter einem neu eingesetzten Verwalter Lebensmittel zu produzieren. Höchstwahrscheinlich wurde zu einem späteren Zeitpunkt ein deutscher Kommunist mit der Leitung betraut.

Was die Fabrik angeht, so wurde diese wie fast alle Fabriken in der sowjetischen Besatzungszone demontiert und als Teil der Reparationen nach Russland transportiert. Die Sowjets demontierten sogar Eisenbahngleise und schickten sie nach Hause, nur um dann festzustellen, dass man große Mengen an schwerer Fracht nicht auf der Straße transportieren kann.

Wenn Sie sich fragen, was aus Thomas Kallfass geworden ist, nachdem er nach Mauthausen geschickt worden war: Möglicherweise schreibe ich eines Tages ein Buch, das in diesem KZ spielt, das ich bei einer Recherchereise mit Mitgliedern der Aktionsgruppe Bergen-Belsen besucht habe. Für den Moment stelle ich mir vor, dass er viel gelitten hat, denn SS-Männer, die ins KZ kamen, waren sowohl bei den Häftlingen als auch den Aufsehern unbeliebt. Am Ende ist er dort vermutlich an Unterernährung und Erschöpfung durch die Arbeit im Steinbruch gestorben.

Ich möchte dieses Buch jedoch mit einer erbaulichen Bemerkung enden lassen und Sie daran erinnern, dass das Gute sogar in den schlimmsten Zeiten existiert – wir müssen es nur finden. Wir sind vielleicht nicht in der Lage, die Welt zu verändern, unsere Regierung oder das große Ganze, aber wir können im Leben der Menschen um uns herum einen Unterschied bewirken.

Marion Kummerow

www.marionkummerow.de

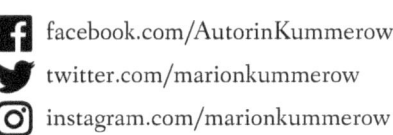

facebook.com/AutorinKummerow

twitter.com/marionkummerow

instagram.com/marionkummerow

www.ingramcontent.com/pod-product-compliance
Lightning Source LLC
Chambersburg PA
CBHW051133190726
48290CB00006B/1819